INK INK INK INK INK INK
NK INK INK INK INK INK IN
INK INK INK INK INK INK
NK INK INK INK INK INK IN
INK INK INK INK INK INK
NK INK INK INK INK INK IN
INK INK INK INK INK INK
NK INK INK INK INK INK IN
INK INK INK INK INK INK
NK INK INK INK INK INK IN
INK INK INK INK INK INK
NK INK INK INK INK INK IN
INK INK INK INK INK INK
NK INK INK INK INK INK IN
INK INK INK INK INK INK
NK INK INK INK INK INK IN
INK INK INK INK INK INK
NK INK INK INK INK INK IN
INK INK INK INK INK INK
NK INK INK INK INK INK IN
INK INK INK INK INK INK
NK INK INK INK INK INK IN
INK INK INK INK INK INK
NK INK INK INK INK INK IN

K INK INK INK INK INK INK
NK INK INK INK INK INK IN
K INK INK INK INK INK INK
NK INK INK INK INK INK IN
K INK INK INK INK INK INK
NK INK INK INK INK INK IN
K INK INK INK INK INK INK
NK INK INK INK INK INK IN
K INK INK INK INK INK INK
NK INK INK INK INK INK IN
K INK INK INK INK INK INK
NK INK INK INK INK INK IN
K INK INK INK INK INK INK
NK INK INK INK INK INK IN
K INK INK INK INK INK INK
NK INK INK INK INK INK IN
K INK INK INK INK INK INK
NK INK INK INK INK INK IN
K INK INK INK INK INK INK
NK INK INK INK INK INK IN
K INK INK INK INK INK INK
NK INK INK INK INK INK IN
K INK INK INK INK INK INK
NK INK INK INK INK INK IN

K INK INK INK INK INK INK
NK INK INK INK INK INK IN
K INK INK INK INK INK INK
NK INK INK INK INK INK IN
K INK INK INK INK INK INK
NK INK INK INK INK INK IN
K INK INK INK INK INK INK
NK INK INK INK INK INK IN
K INK INK INK INK INK INK
NK INK INK INK INK INK IN
K INK INK INK INK INK INK
NK INK INK INK INK INK IN
K INK INK INK INK INK INK
NK INK INK INK INK INK IN
K INK INK INK INK INK INK
NK INK INK INK INK INK IN
K INK INK INK INK INK INK
NK INK INK INK INK INK IN
K INK INK INK INK INK INK
NK INK INK INK INK INK IN
K INK INK INK INK INK INK
NK INK INK INK INK INK IN
K INK INK INK INK INK INK
NK INK INK INK INK INK IN

Crazy Love

搞定怪咖情人

Dealing With Your Partner's Problem Personality

布萊德・強森 W. Brad Johnson 凱莉・穆瑞Kelly Murray／著　柯乃瑜／譯

目錄
CONTENTS

PART 1

怪咖的愛情

辨認怪咖情人完全生存手冊

這樣的情境很常見：女孩認識男孩（或男孩認識女孩），男孩既聰明又有魅力，可能還是個萬人迷。女孩墜入情網，但是隨著兩人關係的發展，男孩逐漸浮現出嚴重的人格問題，她越來越常、也越來越強烈地感受到一些她當初沒注意到的習慣與傾向：

- 他似乎隨時「需要」她的關注，讓她感到窒息。
- 他占有欲似乎越來越強，疑心也越來越重。
- 他孤僻不愛社交。
- 他愛占她便宜，控制欲很強。
- 他似乎覺得自己終有一天會被遺棄。
- 他處事一板一眼，又缺乏幽默感。

她越來越感到挫折、不安，甚至開始覺得自己快瘋了。她怎麼會沒有注意到那些跡象？這傢伙到底是哪來的？她當初怎麼會喜歡上他？她爲何總是碰到怪咖情人？他到底知不知道他怪異的行爲會影響到別人？他能不能——更重要的是，他願不願意改變？

如果你覺得這些情境很熟悉，如果你發現你正在交往或同居的對象，他們自以爲沒什麼的行爲舉止讓你苦惱不已，那你很可能已經遇上了有人格障礙的情人。還有，你過去的對象很可能都是些孤僻、古怪、危險，或是太過黏人的情人。回想起來，你可能發現這些情人身上有著可怕的共同點，然後懷疑到底自己（還有他們）有什麼特質，才會讓你一再地重蹈覆轍。第三章裡，我們將探討反覆遇上人格障礙情人的原因，現在，你只要先了解，人格障礙情人的特徵往往都是古怪、難伺候、難相處，而且不利於眞誠持久的愛。因此，我們建議你盡早辨認出有人格障礙的對象，把他們排除在可以交往的名單之外。

你的情人有人格障礙嗎？

花一點時間，坐下來誠實地回想你以前的情人和過去的感情。有些感情可能沒掉一滴眼淚就淡掉了，有些卻結束得激烈又戲劇化，想想那些情人的行爲與特質。如果你現在正在談感情，甚至已經結婚，也想想你現在的伴侶。好，想著特定的對象，問自己以下幾個問題：

- 你們的感情開始時是否進展得很好，卻不知為何突然停滯不前？
- 你的情人是否絲毫不察他會影響到別人、他的行為會帶來什麼結果？
- 你認為不太恰當、甚至深受困擾的行為，你的情人是否都覺得沒問題？
- 當你努力想要矯正問題時，你的情人是否沒有反應，要不就是很快又故態復萌（意味著他不願意改變）？

∨你的情人是否經常跟你、跟其他人，甚至跟公司或雇主陷入激烈衝突？

∨你的情人是否給人良好的第一印象，後來卻展現出易怒、霸道、人際關係差等問題？

∨你的情人是否「古怪」、「反常」到被人排斥的地步？

∨你的情人是否在自己成為眾人焦點、而你相形之下不受注意時感到最自在？

∨你的情人是否極度需要你把注意力放在他身上、向他獻殷勤，讓你覺得經營這段感情很累？

∨你的情人是否一板一眼、不知變通，只要平常作息稍有改變，他就會焦慮或憤怒？

∨你是否已注意到這人有些地方不對勁，卻仍然決定繼續談這段感情？

任何符合以上問題的行爲都是一面紅旗，警告你應當注意情人的人格健全。雖然單一症狀不代表眞的有人格障礙問題，卻都是一個警訊，表示有進一步探索的必要。如果有一面以上的紅旗，就更應該注意了。人格障礙是一種精神方面的障礙，特徵是長期持久的失序行爲，嚴重影響到一個人在社會中該有的表現——特別是在談感情的時候。人格障礙者會不斷以某種僵固的模式來看待、對應、思考自身與周遭世界，最終會破壞感情。美國國家衛生研究院在二〇〇四年進行了一項指標性調查，結果顯示美國成年人口中有百分之十五左右有一種或多種人格障礙問題；而在接受心理諮商或治療的成年人中，這個比率就更高了：有大約百分之五十。

想想這些數據。就算是在相對健康的環境中尋求愛情（例如教堂、大學、職場），你遇到的對象還是每五位就有將近一位可能有嚴重的人格問題。若再考慮到許多人其實都有強烈的人格障礙傾向，只不過沒有嚴重到會被診斷出來，這些數據大概還要更高。不止這樣，情況還可以更糟：你若是在單身酒吧或線上交友網站尋找愛情，遇上怪咖的機率就更大幅提升了，因為這些場所吸引的正是那些無法在其他地方找到愛情的人。

就算在最好的情況下，要找到對的情人、維持一段健全的感情已經很難了，要是你的情人還有人格障礙，那更是難上加難。在這本書中，我們將讓大家了解那些怪異但其實還滿普遍的人格障礙問題，讓讀者在進入或維持一段感情時能更清楚、更小心。我們也讓大家知道，為什麼很多人會被人格障礙情人吸引，同時告訴大家要怎麼辨認跟避開這種人。雖然一般而言，最好的做法是善於辨認人格障礙者、遠離他們，但是我們了解許多讀者恐怕早已跟人格不健全的人有了穩定的感情，而且你可能真的很愛對方，所以我們會提供一套生存法則，以及如何使感情更順利的建議——畢竟人生苦短，何必還活得提心吊膽的呢？

為何要寫辨認怪咖手冊？

這樣的故事我們已經很熟悉：我們坐在一位新個案對面，他們往往是有魅力的成功男士或女士，各方面表現都很好，事業有成，有好朋友，資源也很充裕；我們這位新個案在許多方面都很有判斷力，智力也絕對屬於中上，他或她有著健全的自我，散發出前途大好的年輕專業人士該有的自信。一開始諮商時，我們都不禁好奇：這個人的生活怎麼會有問題？

然後，熟悉的故事開展了，有時從一陣混亂的迷霧中慢慢浮現，有時卻來得非常突然，但總伴隨著眼淚或憤怒。每段故事的焦點都是情人，有時是個案剛開始交往的對象，有時是愛情長跑的伴侶或未婚夫妻。這些感情故事一說出來，便會發現都有一致的主題，那些徵兆有時明顯得就像霓虹閃爍伴隨著警報器大響，有時卻難以捉摸、掩人耳目地藏在個案混亂的敘述中。

但不變的是：等到初次諮商的五十分鐘結束後，我們大概已經清楚問題出在個案情人的個性上。或許是情人有意無意的猜疑及長期的不信任，讓我們的個案開始懷疑自己；或許是情人時而魅力誘惑、時而憤怒退縮，陰晴不定的起伏讓我們的個案深深著迷又無法理解感情怎麼會變成這樣。由於不知道情人有人格障礙，我們的個案只能沮喪地來找我們，情緒焦慮低落，想不通出了什麼錯，以及錯是否在自己身上。向來很少失敗、習慣根據自己敏銳的觀察力與準確的判斷力行事的他們，已經被感情擊潰，甚至可能開始危及他們的信心跟自我。

故事一說完，個案會指望我們給出答案，這時我們通常必須幫助他們了解，他們很可能碰上了有某種人格障礙症的對象。要跟一個人說他愛上了人格障礙者是一件非常困難的事，但是了解人格障礙症的本質，通常是重新掌握自己人生的第一步。

作爲執業心理醫師，我們不斷看著以上情節重複上演，所以我們寫下這本手冊，幫助你辨認及避開有人格障礙的情人，不要讓他們毀了你的人生。透過這本手冊，我們希望你能：

- 學會快速辨認十二種人格障礙症的徵兆。
- 在感情太投入之前先正確「診斷」人格問題。
- 選擇更好的交往及託付終身對象。
- 從過去的感情錯誤中學習。
- 若發現情人是人格障礙者時，深思熟慮後慎重決定去留。
- 誠實而清醒地評估情人的人格障礙。

如何使用這本手冊？

人格障礙情人長期在行爲上適應不良，很容易讓你感到沮喪跟失望，有時還很危險。如果你單身且到了找對象的年齡，我們希望你運用這本手冊，積極明確地辨認出有人格障礙的情人、避開他們。把這本手冊想像成你的內建怪咖情人透視鏡，是約會的必備品。

熟悉各種類型的人格問題後，你就更能抵抗這種情人一開始時施展的魅力。如果能從開始就辨認出人格障礙，你就有能力過濾有人格障礙的情人，避免跟他們交往所帶來的心痛。

如果你過去總是碰上人格障礙情人，你可以藉此機會好好研究會吸引你的類型，並想辦法改變這種模式。如果你目前的情人符合這本手冊裡提到的其中一種人格障礙的所有徵兆，你面對的將是困難的抉擇：你遲早必須決定是要適應情人的人格障礙、儘管感情中問題層出不窮也要死守，還是要選擇離開。雖然我們無法幫你做決定，我們希望這本手冊能讓你做出明智的決定。如果你決定要離開——多數時候這都是有益身心的決定——那你就要好好想想該如何結束得漂亮而又不傷害對方，同時還要確保自己身心健康安全。

閱讀此書的過程中，如果你發現自己展現了一種或更多書中描述的人格模式，我們鼓勵你承認自己對感情所造成的傷害，並且尋求專家協助，幫助你的情人更加了解你的障礙。

最後要提醒大家：儘管少見，有些人格障礙情人會嚴重到必須住院治療或監禁。如果你的情人或約會對象開始有自殺的念頭，有非常混亂的思緒，或是對你或其他人造成威脅，那就該尋求專家協助或是報警。切勿掉入試圖自己「拯救」情人的迷思，因爲那很少奏效。

PART 2

人格障礙症入門

認識怪咖情人

什麼是人格障礙症，我們又爲什麼要專門寫書來幫助你找出這種人、了解自己爲什麼會受這種人的吸引？每個國家、每個社群都有一定比例的人有人格障礙的徵兆。早在公元前四百年，古希臘醫生希波克拉提斯（Hippocrates）就提到各種他稱之爲「性情」（temperaments）的基本人格傾向，還提到有些性情的混合很容易出問題。過去認爲體質、飲食，甚至氣候，都會影響這些人格類型的發展。雖然多年來，精神病學跟心理學都有提到人格問題，但是一直要到一九八〇年，美國精神醫學會的診斷手冊才將人格障礙症獨立出來，列爲一個獨立的診斷範圍。爲什麼要有這種區隔？相較於其他精神障礙症（如憂鬱症、恐懼症、精神分裂症），人格障礙症出現的年齡比較早，會跟患者的基本人格或個性緊密結合，也因此非常難改變。相較於許多其他精神疾病，人格障礙症沒有確切的發作時間，也沒有具體原因或明確的解決方法，它隨時都有可能發作，而且多數時候是永久性的。

人格障礙者跟一般人有什麼不同呢？我們可以把大部分的人格特質想成一道連續光譜，從一端的幾乎看不出來到另一端的極端，也就是無論在哪種情況下都非常顯著。舉例來說：多數人在面對新感情時，多少會小心一點保護自己，但有些人卻非常極端，面對每一種新情況、每一段新感情都變得非常多疑，認定自己會被辜負，就算沒有任何證據也會指責情人劈腿或不忠。這類人就是有妄想型人格障礙（我們稱之爲「多疑情人」，第四章會詳細討論），在任何關係中都會有嚴重的疑心病，以致社交、工作都不順利。簡而言之，人格障礙者會以固定的模式看待、對應、體驗周遭世界與感情關係，無論在任何時空情境下都固守不變，而這些模式幾乎都會造成障礙。

人爲什麼會發展出人格障礙？科學到現在還無法解開這個謎題，但可以確定的是，人格障礙的形成絕對不是簡單的因果關係可以解釋，許多基因、生物、心理、社會因素都跟人格障礙的形成有關。試圖釐清這些錯綜複雜的因素，將無助於你了解自己的人格障礙情人，還不如把時間精力花在思考此時此刻該怎麼做，並想清楚當初你爲何會被這個情人所吸引。多數情況下，我們會建議你漂亮地結束這段感情；但是在某些情況下，我們會建議你——快逃！而如果你選擇了留下，我們會建議你好好照顧自己，因爲你未來的感情路注定會走得非常顛簸。

就連專業診斷者在試圖了解人格障礙者早年複雜的形成因素時，都得靠一定程度的猜測跟推斷，別忘了有些人格障礙者（如反社會者）往往會捏造他們的過往，許多人格障礙者的童年回憶也不能全信，因爲他們是以人格障礙的扭曲觀點，去詮釋他們過去的生活經驗。

不過，基因跟環境因素顯然在人格障礙養成中占有一席之地，我們知道基因對內向跟外向等基本人格特質的影響占了將近百分之五十，所以，我們可以假定基因對各種人格障礙症有很大的影響。但是即便基因扮演了重要角色，成長經驗仍然對人格障礙的形成影響重大，特別是成長時期與父母的相處經驗。

許多人格障礙症都源自於童年經驗，這類經驗的特徵是：衝突、被忽略、精神虐待，或有成人障礙行爲作爲榜樣。愛情關係的研究者發現，情感依戀方式跟人格障礙的形成有關：如果照護者對幼兒的需求非常關注、用心，且積極回應，對幼兒的不適、恐懼、憤怒不斷給予安撫，幼兒便學會基本的信任，覺得身邊重要的人是可信賴、這世界是安全可預料的；如果照護者無法給予這些回應，幼兒便會覺得無法安心依附，長大成人後，當他覺得自己被輕視或遺棄時，很容易就會有防衛心重、情感疏離、多疑猜忌、滿腔怒火等反應。有人格障礙症的成人，會無法有效管理自己的情緒，也不懂得怎麼安撫自己，在情感上要信任別人會是一大困難。

安心依附的習慣是在幼年時期形成的，這段時期也可說是人格與大腦發展的重要時期。安心或不安心的依附習慣會在大腦內形成一條神經路徑，在後來的情感關係中會自動受到刺激，無法安心依附的成人會立刻做出憤怒、恐懼或憂鬱的疏離反應，因爲大腦已經習慣做出這樣的反應；反之，安心依附的成人大腦就有能力做出更多反應，會視情況而有適當的反應，他們的神經路徑也讓他們懂得自我安撫跟有效管理情緒。

就拿疏離型（冷漠孤僻）人格障礙來說吧（第五章「羅伊」的個案），除了基因之外，還有什麼原因會讓一個孩子採取完全疏離其他人類的對應或生存策略呢？原因不令人意外，疏離型成人年幼時通常曾被忽略或漠視，要不然就是在高度衝突或不安寧的環境下長大，讓他覺得孤獨才是他的解藥。成年後，過去的生存策略定型成了人格的一部分，使疏離型人格障礙者自我封閉、對人際關係毫無興趣，會疏遠同事及避免任何人際關係。其實這種生存方式到了成年便不再適用，所以才會造成疏離型人格障礙者跟他人的關係障礙重重。

在小孩與父母的互動經驗中，最重要的一環或許就是父母接納他或拒絕他的感受了。針對這種強烈感受所做的研究顯示，被拒絕的小孩很有可能在成年後發展出人格障礙，不被需要或不被愛的感受很容易讓小孩變得冷漠有敵意。值得注意的是，許多人格障礙者年幼面對被虐待或被忽視的情況時，會採取一些因應策略，這些策略在當時看來都是很有道理的，所以，受到精神虐待的小孩採取了謹慎、防衛或孤僻等因應策略，我們應該稱許他有辦法適應可怕的環境。但是當那小孩成年後，儘管受虐的環境不再，他的防衛策略卻已經與他的核心人格密不可分，變得死板不知變通，當初那個善於適應環境的小孩，就成了有人格障礙的成人。在接下來的章節中，我們會在細論各種人格障礙時，點出一些最普遍的父母與照護者經驗。

人格障礙症的主要特徵

爲了幫助你更加了解人格障礙症，我們現在列舉一些人格障礙症所共有的基本元素，本書提及的所有障礙症都有這些基本特徵。無論你的情人是自戀型、依賴型或強迫型，都有以下的人格障礙元素。當然，這些元素都只能構成人格障礙的基礎，我們會在接下來的章節中討論每種障礙症特有的決定性元素。根據美國精神醫學會的診斷手冊以及其他跟人格問題相關的研究，以下是所有人格障礙的基本特徵：

- 這種人的行為、經驗世界和處理情緒的方式都冥頑不靈，跟一般人很不相同。
- 這種異常的經驗跟行為模式明顯表現在這種人的思考方式、情感表達、人際關係與控制衝動的能力上。
- 這種人格模式死板不知變通，在各種人際與社會場合都觀察得到。人格障礙成人跟大多數人不同，他們無法改變或調整自己的態度和行為來適應不同情況。
- 這些模式是慣性而持久的，會造成明顯的個人問題（如焦慮、憂鬱、憤怒），或在社會關係、職業成就及其他重要功能層面上造成障礙。
- 這種人格模式很穩定而且持久，開始時間通常至少可以回溯到青少年時期或成年初期。
- 雖然障礙症的人格模式到了老年可能較不明顯也較少問題，某些特徵還是會保留一輩子。
- 適應不良的人格模式會自我循環，因為這種人的行事風格會製造壓力、衝突跟障礙，然後他自己又對這些壓力做出適應不良的反應。
- 這種持久模式並非精神障礙的結果，而是一種獨特的人格表現。
- 界定人格障礙症的經驗跟行為，在這種人看來反而很正常，甚至跟他的自我融合、密不可分。
- 這種行為模式很難改變，這種人通常也不太願意改變自己。

辨認人格障礙情人

你現在可能開始想，要如何辨認交往中的對象是否有人格障礙症，或是過去幾段慘烈的感情是否符合人格障礙情人的情況。人格障礙症在某些方面讓人在感情初期難以辨識：首先，具有某種人格障礙症的人，一開始可能不僅讓人覺得行爲適宜，甚至彷彿合群又具社交手腕。他們在工作上或某些社交情況下表現可能都不錯，但是時間一久，最親近的人就開始遭殃了。以反社會型人格障礙爲例，雖然這種人往往會利用、操控身邊的人，但是他們給人的第一印象通常很好，甚至可說是圓融。可能要到第三次約會或是交往更深入後，他愛利用人、欺騙人、無視社會常規、只願付出一點點的個性才會完全顯現。除此之外，人格障礙情人可能就跟其他情人一樣有吸引力、有才華，讓人不容易在早期發現障礙跡象。不管你做什麼都好，千萬不要怪自己，人格障礙症在臨床上也常被誤診，因爲連心理學家及精神科醫生在最初幾次的心理諮商過程中，都無法察覺人格障礙的跡象。

第二個難以在初期辨識人格障礙症的原因在於，要及早做出判斷，就必須要能確切了解一個人過去的行爲。要診斷出人格障礙症，需要的是那個人過去的不良人際互動及問題行爲紀錄，也就是說這種行爲已變成一種持久的模式。不難理解，在感情初期要這樣看透對方的背景很難，要獲得這些資訊就必須進行訪談（況且人格障礙者往往會掩飾或淡化過去的感情問題），而初次約會就做這類訪談，恐怕太不浪漫、也太不恰當了。試想初次約會就進行以下對話：

「談談你自己吧。」

「嗯，我來自辛辛那提，我爸媽還住在那裡，我有一個妹妹。我現在做業務，還有……我喜歡自助旅行。」

「開場白不錯（她從桌子底下掏出本子）。現在來談點正經的吧，我想討論一下你的情史，每段感情是怎麼結束的，每次出問題的是什麼行爲，到最後對方對你有什麼感覺、對她們自己又有什麼感覺。我還需要她們的名字跟聯絡方式，好聽聽另一方的講法。要再來杯咖啡嗎？」

很顯然的，我們都會覺得這樣問太奇怪，也太侵犯個人隱私了。但這樣你就能了解，要在感情初期準確辨識人格障礙是多麼困難。

最後，要看出人格障礙症的跡象常常很困難，就算跡象很明顯也一樣，因爲我們通常就是被那些行爲所吸引！沒錯，很多人都會覺得人格障礙者的某些特質很吸引人、很刺激、很可愛，甚至很性感。如果你曾經或正在跟人格障礙情人交往，誠實的問自己當初對方到底是哪一點吸引你？是情人喜愛冒險、總會把事情變得很刺激嗎？是情人害羞得惹人憐愛，讓你不自覺想照顧他？情人總是想把全部時間花在你身上，讓你覺得受寵若驚嗎？是他的偉大形象，又會跟你說些他如何有成就、認識哪些大人物的事嗎？不管哪一種吸引力，你很可能就是或隱隱或強烈地被一種（或多種）人格障礙症的某些特質所吸引，特別是如果你總是跟這類型的人交往。總是要經過一段時間，當你更加了解情人各方面的人格特質後，你才會發現情人的整體人格已經壓倒了當初吸引你的部分。可能要等到你或你的情人從這段感情逃開後，你在回顧時才會看清楚他的人格障礙。證據顯示人格障礙者的配偶、情人跟好友在足夠的時間跟經驗累積下，一般都能正確無誤地診斷出人格障礙者的情況。

請記住，很多人都會被人格障礙者吸引，不管是哪一種障礙。因此，閱讀本書時，你可能會發現自己曾經跟不同類型的人格障礙情人交往過，有的情人可能很黏人、特別需要關注，但偶爾你也會有自私自利的自戀情人。如果是這樣的話，那麼你可能有想要照顧邪惡人格的傾向，讓你總是陷入這類感情。想更了解人格障礙情人的交往模式，請見第三章。

人格障礙情人還有其他問題

針對人格病理學所做的諸多研究顯示，人格障礙者通常連帶有著精神、社會跟工作相關的問題。舉例來說，邊緣型人格障礙者比一般人還容易患上憂鬱症，反社會型人格障礙者比一般人常濫用藥物跟酒精，而妄想型人格障礙者則多數會跟同事與情人發生爭執，而且充滿怨懟。因此有估計顯示，看精神科門診的人之中，有一半左右同時也有人格障礙症。人格障礙症也常會造成額外的精神問題、法律問題、工作失職，以及一連串失敗的感情。不要懷疑，如果你遇上了人格障礙情人，並打算持續交往下去，你可以預期他或她不但會有怪異行為，還會有很多其他問題，而且也一定會給你製造一大堆的問題！

改變機率：渺茫

人格障礙情人最讓人沮喪的一點在於，他們幾乎不可能有什麼顯著的改變。儘管心理健康診療師跟伴侶都會努力幫助他們「克服」長久的行為模式，證據顯示這類障礙症就像頑疾一樣。我們不想太悲觀，但也不能太輕率，針對你的情人個性上能否有顯著的改變，我們想提出一個原則：你看到什麼就是什麼，也就是說，在成年初期就有人格障礙的人，通常一輩子都會有人格障礙症的徵狀。因為界定人格障礙症的知覺、思想、行為習慣等模式，到了成年時不僅已經根深柢固，人格障礙者更對這些模式感到自在熟悉。當有人質疑他這種有問題的行為模式時，他很可能會說：「可是我就是這樣啊！」說句公道話，我們必須承認很少有人成年後還能大幅改變個性，畢竟木已成舟；事實上成年後還想要改變個性，就好像要你不管到哪裡都倒著走路，或閉著眼睛過活一樣，這麼做會讓你覺得痛苦迷惘，很快你就會回到先前正向走路、張開眼睛的習慣。

人格障礙症的預後也很差，因為這種人很少會尋求治療或諮商。一般來說，他們會出現在心理健康專家的門前，都是因爲情人威脅要分手或離婚、司法當局威脅要判他們監禁或罰鍰，或雇主威脅要開除他們。就算有可能治療，多數人格障礙症的情況也必須耗上許多時間才會見效，通常是好幾年，而且即便如此，基本人格從根本上有所改變的預後並不樂觀。

新近的心理治療結果顯示，如果人格障礙者非常積極想要改變，過去也曾做到些微的行爲改變，那麼經過一段時間，改變的預後就會改善。但是當兩人還在約會時，還是不要期望你的人格障礙情人會積極想參與改變基本人格的長期治療過程，因爲那就好像在感情一開始時，就期望你的情人欣然接受你要他進行大規模整形手術。有可能嗎？或許有的，但我們還是承認可能性不大吧，而且對你的情人也不公平，更會讓這段感情從一開始就很不健全。

但是，如果你眞的無可救藥地愛上了一個人格障礙情人，還是有一線希望的。舉例來說，邊緣型人格障礙者在積極接受廣泛的療程後，會不再企圖自殺、不再需要偶爾住院治療，也較不會把情人的評論或行爲解讀爲要遺棄他的跡象。也因此，他在工作跟感情上碰到的衝突會比較少，也比較有可能長時間維繫一段感情。雖然在某些情況下，他可能還是比別人會有憤怒的反應，要有健全的自我也仍然很難，但是他會有非常大的改進，光這點就很值得慶祝了。

以上所說代表了什麼？這表示你必須認清，你遇上的人格障礙情人，行爲上大概永遠不會有重大改變，尤其沒有深入的專業協助就更不可能。特定的習性與慣例都有可能做調整，但是假以時日，你的情人就會改頭換面嗎？大概不會。

PART 3

我怎麼老是喜歡上怪咖？

來數數九大原因吧！

專門闢一章來討論「我怎麼老是喜歡上怪咖」，看起來似乎有點奇怪，再怎麼說，有人格障礙問題的明明是怪咖情人，而不是「我」啊，不是嗎？答案是也不是。我們在第二章提到，人格障礙者成年後通常會把感情搞得一團糟，不管你多努力想幫助他們都沒有用。話雖如此，任何婚姻諮商師都會告訴你：不先了解自己，就很難眞正了解、察知你為什麼總是會跟怪咖在一起。身爲心理師，我們看過無數情侶固執地想要改變對方，通常付出的代價就是關係破裂，並在這當中不得不誠實面對自己所扮演的角色。

在仔細討論各種類型的人格障礙之前，我們要先請你誠實地想一想，是什麼樣的特徵吸引你喜歡上一個人，或是你以往交往過的一長串怪咖情人？好好想一想，到底是什麼樣的化學作用讓你一而再、再而三陷入這類感情。比方說，你可以思考以下這些問題：

- 對方外型或行為中的某種特質是否讓你一見傾心，以致你對許多明顯不過的警訊視而不見？
- 你的怪咖情人是不是有一些特徵跟你的父母或家人很像？
- 這位情人有沒有一些你覺得自己完全缺乏的特質？
- 你是不是覺得自己必須去拯救或照顧有障礙的人？
- 就算知道應該分手，你是不是因內疚而無法離開對方？
- 你是不是強烈地「需要被人需要」，所以無法放著有問題的情人不管？

∨你是不是一開始就喜歡上對方的古怪、熱烈、大膽與能言善道，忽略了他行為中的其他重要特徵？
∨你的自尊心是不是脆弱到無法拒絕你認為比較強勢或優越的人？
∨你會展開並維持一段很糟糕的感情，是不是因為那總比孤單好？

顯然，這些問題並不好回答，個個都直指我們的弱點與自我傷害的習慣，但卻都能幫助我們了解自己跟問題情人的感情模式。仔細的自我檢視能幫助你看清楚自己，從你的過去和舊感情中，了解爲什麼自己總是選擇了有人格障礙的情人。如果要你檢討在選擇人格障礙情人上自己所扮演的角色，會讓你覺得痛苦不堪，我們明白那是因爲你抗拒去挖掘那些痛苦的回憶，有些是小時候的經歷，有些則是令人特別失望的感情。但是恕我們直言：除非你能承認是自己的需求、渴望、習慣跟不好的經驗一直在影響現在的感情，否則你注定要不斷重複同樣的感情錯誤。爲了說明愛上一個其實很糟糕的對象有多麼容易，請看下面這個例子。

茱蒂與班的故事

茱蒂在一間昏暗擁擠的單身酒吧內看到班，兩人的目光越過酒吧相接，立刻覺得被對方電到。整個晚上，他們默默地眉目傳情，最後，兩人走向彼此自我介紹，幾杯黃湯下肚，開始分享起各自生命中的點點滴滴。在眾多的生命經驗當中，他們要如何決定跟對方分享哪一些呢？班到底有什麼地方讓茱蒂覺得迷人又充滿誘惑？茱蒂又為什麼會引起班的好奇跟興趣？當茱蒂要班談談自己時，班不知該透露多少，因為他成長於酗酒家庭，有一個很不安定的童年。於是，他決定絕口不提會施暴的父親，以及自己常常觸犯法律，只盡量跟茱蒂談些輕鬆話題，同時掩飾自己過去許多不歡而散的感情。

茱蒂不知該不該馬上告訴班，母親在她小時候就過世了，是祖父母把她帶大的，因為父親一直無法走出傷痛。在某個程度上，茱蒂知道自己一直無法原諒父親在情感上的遺棄。她目前正在努力走出又一次與情人分手的傷痛，她感到非常孤單、沒人愛。但是茱蒂也決定暫時先不提這些不開心的事情，整個晚上只跟班閒扯淡。一個晚上下來，茱蒂發現班吸引她的，不僅是他的金髮帥氣，還有他的狂妄、自信、體貼，以及一種強勢和「掌控一切」的感覺。另一方面，班則臣服於茱蒂的迷人丰姿與羞人答答，她說起話來輕聲細語，看起來善良、能幹又獨立。兩人都在對方身上看見自己欣賞的特點，這讓他們感覺很好、很有吸引力。

茱蒂雖然是個能幹獨立的女人，但她也喜歡跟人在一起，她表現最好的時候，就是當她活躍於社交活動之時。她渴求別人的關心、男性的親近，而且常常覺得很需要男性照顧。茱蒂也很重視跟女性朋友之間的情誼，她是個很好的聆聽者，所以朋友有問題都會來找她。她非常希望有一位親密的男性對象，也相信等她結婚生子後，她才是一個真正完整的女人。她從十歲就開始計畫自己的婚禮，每個細節都經過仔細規畫。雖然她目前從事行銷工作，但她打算將來要待在家裡帶小孩。

班大學沒有畢業，因為他一直沒有找到他真正的生涯目標。目前他從事業務工作，薪水還不錯，但是他並不喜歡這份工作，儘管他擅長社交，很健談，但他很討厭跟上司報備，也排斥所有政策規定跟書面工作，有時還會因為抄捷徑或是反駁上司而惹麻煩；還有，他覺得自己在喝了幾杯後工作效率特別好。他也希望有天能結婚，但說實在的，他不太想要小孩，因為自己的父母不是什麼好典範。不過，他對茱蒂著迷，也喜歡跟她在一起。

班跟茱蒂開始交往，從一開始他們就深受對方吸引，彼此都覺得對方外貌迷人，床笫之間也非常契合。他們各自都有對方欣賞的特點，也相信對方能幫自己達成感情上的目標。茱蒂隨時都有空，也願意幫班做任何事情，她喜歡班開口求她幫忙，也樂於幫班減輕負擔和壓力，讓班能空出更多時間陪她。班喜歡選擇約會地點，茱蒂因此知道鎮上有哪些不錯的酒吧和夜店，她表現得很自在，又樂於配合，讓班覺得自己很強、很有自信。就算班因為有事不能約會，茱蒂也很少生氣，而且不會要求他解釋原因，班很喜歡這點。班對茱蒂很好，在一起的時候也很投入，這讓茱蒂覺得受重視與被愛。

聽起來很棒吧？好，現在往前快轉一年。

班已經換了兩次工作，每次都是為了追求更高的佣金，而且事前都沒跟茱蒂討論。他的收入非常不穩定，但他一點都不在乎，茱蒂對財務狀況的焦慮反而讓他感到厭煩。他似乎更常跟客户出去應酬，而且常常喝酒喝到凌晨，用酗酒來減輕壓力、提高自信。也因為這樣，他變得比較少跟茱蒂在一起，茱蒂覺得被排斥，越來越常因為班不在身邊而哭哭啼啼；雖然她很討厭自己這樣，卻還是會忍不住求班留在家裡陪她。這讓班很生氣，也就更常在外面鬼混。為了逃避茱蒂，班不告訴茱蒂他在做什麼、跟誰在一起。茱蒂更努力想要讓班關心她，但這只會讓她更加覺得班心不在焉、不在乎她。茱蒂的一個朋友告訴她，班經常跟女性客户在一起，茱蒂因此懷疑自己是不是沒有吸引力，開始覺得更沮喪、更絕望。當茱蒂想要跟班討論她的煩惱，班就會變得很「圓滑」，避重就輕，但是茱蒂可以感覺到班沒有説實話，不管是他的酗酒問題、他跟其他女人的關係，還是他亂花錢的習慣。兩人因此發生了幾次激烈爭執，有一次，班被茱蒂的纏人和哭哭啼啼弄得勃然大怒，把她推倒在地，還用很難聽的話辱罵她。

最後，茱蒂終於了解她跟班之間，對她來説不是一段健全的感情。她發現自己總是愛上喜歡發號施令的男人，這些對象起初總是很投入，但是最後都變得冷漠、疏離、拒人於千里之外。她發現自己總是太快就把感情毫無保留地放進去、對男人付出太多。她討厭自己黏人，但也發現這就是她長久以來的問題。班承認他有一長串的情史，不過都很短暫，他不懂自己為什麼總是挑到又黏又依賴的女人，一開始看起來獨立的女人、輕鬆的戀情，到頭來都會變成想要占據他更多時間精力的女人，和超出他能力負荷的戀情。他也承認跟他交往的女性，都會抱怨他酗酒、應酬太多、喜歡獨來獨往。不過，說實在的，他不太擔心這些事，因為他已經瞄準新的目標了。

班跟茱蒂的個案，點出有些人總是會跟人格障礙情人在一起的原因。當你回顧與人格障礙情人交往的過程，你可能會搖頭不解，自己怎麼可能會喜歡上他或她。但事實上，這種事非常容易發生，特別是如果你總是喜歡上這本書中所描述的某種人格障礙者。在這個案例中，茱蒂總是愛上反社會的男人，班的對象則總是依賴性很強。

接下來，我們會點出你可能會愛上有嚴重人格障礙者的九大原因。如果你一直以來都感情不順，請誠實地思考這些因素。如果你正在談一段有問題的感情，問問自己是什麼原因讓你守在這種會傷害你和彼此感情的人身邊。如果你是情場菜鳥，買這本書是想知道該避開哪一種對象，那你最好在認真談感情之前，先想想自己有哪些弱點可能會讓你誤判感情。

愛上怪咖的九大原因

一、我好像會被第一印象騙了

面對現實吧，每個人都會在新的情境中盡量展現自己最好的一面，特別是面對異性的時候。當我們想要吸引新對象時，總會刻意展現自己最光鮮亮麗的一面，隱藏所有缺陷、壞習慣和過去的感情災難。追求新異性時，每個人都會努力營造好的印象，人格障礙者也是如此。

班跟茱蒂剛開始約會的時候，都小心翼翼地篩選、迴避一些過去的重要資訊。班直接跳過自己的酗酒惡習、工作問題、童年時遭到暴力對待，以及常常犯法等。不用說，這些訊息都能在一開始時幫助茱蒂決定要不要展開這段感情。至於茱蒂，她也小心略過自己過去的許多破碎感情，基本上都是因爲她太黏人、太依賴男性的結果。

大家不僅會隱藏自己不好的一面，更容易只注意新情人某些非常吸引人的部分，而忽略所有其他性格特徵，直到問題已經嚴重到再也無法視而不見，才肯面對現實。除非你打算每回初次約會，都帶著一個心理師幫你進行診斷測驗、臨床面談、記錄童年故事，否則你不大可能在第一次約會時，就辨識出對方有人格病態，甚至到第二、第三次約會都很難。

本書可以幫助你成爲更有效率的診斷者，但是要記住，就連心理健康專家都有可能在剛開始的時候，被經驗老到的人格障礙個案蒙蔽。心理師跟情人一樣，有時會在早期錯過不正常的特徵或行爲，要等時間久了，病態行爲慢慢浮現後，才能清楚看出人格障礙的跡象。所以，如果你曾對自己竟然沒有看出新情人的嚴重人格障礙問題而感到震驚，不要太苛責自己。只要是社交手腕老練、聰明、感情經驗豐富的人，多半都能輕易掩飾病情——至少一開始可以。

那該怎麼辦？仔細閱讀下面的章節，熟悉各種人格障礙類型，在展開一段新戀情之前，多花點時間觀察。如果你在感情初期就非常小心明察，必定能大幅降低日後受到驚嚇的機率。

二、我的目光似乎非常狹隘

一開始讓你對某個人產生興趣的是什麼？初次遇見吸引你的人時，什麼樣的特徵、行爲會讓你心跳加速，或是開始幻想兩人的未來？是漂亮的外貌、身高，還是運動細胞？是外向的個性，還是會說有趣的故事逗你？是一種安靜、嚴肅、神祕的氣質，讓你想要了解更多；還是擺明對你一點興趣也沒有，讓你更執意想要吸引他的注意？

我們各自都有會被吸引的罩門，可能是某種外貌、性格或行爲特徵，讓我們落入感情的陷阱，忽略那些理應使我們停下腳步三思的特徵。如果對方有某種「外型」或風度讓你神魂顛倒，那你很容易變得目光狹隘，陶醉在一兩個膚淺的特徵，而忽略了明顯的警訊。

你可能為反社會型情人的能言善道與自信所傾倒，即使有極為明顯的跡象告訴你，這人是個情場高手，不在乎法律、感情，或你的感受，你也視而不見。你可能很喜歡依賴型情人總是專注於你、想要跟你在一起，絲毫不覺他根本就非常纏人、時時需要你的關注。你也可能因為欣賞自戀型人格障礙情人表面看來的成就，而不去懷疑他那些誇張的才華與成就到底正不正當。

如果你交往的對象往往都是人格障礙者，那你就該問問自己，會吸引你的罩門是什麼？什麼原因會讓你在約會初期喪失了良好的判斷能力？什麼特徵會局限你的目光，讓你只能看到、感受到好的一面？你要如何學會在遇到新對象時，把腳步放慢、把眼光放遠？在你陷入太深之前，有誰可以給你客觀的忠告？

三、我總是追求相同的障礙類型

如果在你成長的家庭裡，父母親當中有一人有障礙行為，尤其是異性那一方，而你也習慣遷就他或幫他控制這樣的行為，那你可能就會尋找有相同障礙的情人。這聽起來似乎很不可思議，但是最初吸引你的行為，很可能就是最後拆散你們感情的因素。我們常說：「最初愛上的特點正是最終痛恨的理由。」用這句話來形容愛上人格障礙者的下場，真是再適合不過了。她一味狂歡的生活方式很快就讓人覺得筋疲力盡，也證明不過是想要引人注意的膚淺手段。他對細節的認真和處事的謹慎，很快就讓人感到單調死板、沒有情調。她獨有韻味的外表和獨樹一幟的習性，也隨著時間從新鮮有趣變成怪裡怪氣。他安靜神祕的氣質，其實是讓人厭煩的輕度憂鬱症，跟他在一起你也會變得憂鬱。

如果你很熟悉本書提及的某種人格障礙症類型，因爲你的父母或照顧你的長輩也有這些徵候，那你很可能會一再地愛上這類型的人。唯有靠謹慎和努力，你才能盡早認出這些徵候，及時改變方向，找一個不會讓你一再重溫不正常童年的對象。

四、我需要被人需要

有些讀者長期在感情裡尋找「需要被拯救的人」。朋友跟家人可能會問你，爲什麼你總是「選到爛人」！這不是因爲你不夠聰明、不善觀察，或判斷力不佳，而是你會想要去拯救、重塑你的情人。仔細想想看，你是不是老敗在那些看似脆弱、彷彿在人生中或感情上受過傷的人手中？還是你覺得自己就是要馴服壞男人，讓他們變好？對某些人來說，照顧、治療、拯救那些總是惹上麻煩的情人，能讓他們找到自己的價值。

這種需求從何而來？只要看看我們文化中男女的社交態度，就可以得到答案。女性一般都有照顧人的天性，這可能也是女性基因密碼中最堅強持久的一環。我們經常看到女性個案逃離了反社會、自戀、酗酒的父親，卻又投入反社會、自戀、酗酒情人的懷抱。我們總是找尋自己熟悉的類型，而且會不自覺擔起照顧者的角色。男性也無法抗拒這種衝動，我們兩人都看過無數一再跟依賴型或戲劇型情人交往的男性個案，因爲他們覺得自己必須拯救、保護需要照顧的女性。

說到感化有人格障礙的成人，難題在這裡：這根本沒效！黏人、冷漠、反社會、疑心重、害怕逃避等各種人格障礙徵候，是無法被感化的。你反而會陷入一種循環，在照顧情人和把他們救出反覆出現的情境（或是錯誤的決定，或是對於被遺棄、被排斥的恐慌）之間疲於奔命，你的工作不會有結束的一天。如果你決心要治療人格障礙情人，你會一直生活在挫敗感當中；如果改變所須付出的努力都由你來幫你的人格障礙情人承擔，他們就不會爲自己的生命負責，那麼你其實是在助長你想要幫他們改掉的障礙。如果你是個強迫型的照顧者，一定要特別小心，以免與人格障礙情人一起陷入感情的泥沼。

五、我不值得更好的

感情中最殘酷的事實就是，自我價值低的人往往會屈就於那些事後給他們帶來痛苦的人。你選擇了那些心理明顯有病的情人（如自私、暴力、不老實），會不會是因爲在某個層面上，你覺得自己只值得這樣？如果你總覺得自己比不上情人，那麼就算今天你的情人會虐待你、忽略你，你多少還是會覺得他能提升你的自我價值。這種想法當然是錯的，但卻是個強大的動力，讓人想展開、或不想結束一段糟糕的感情。

如果你跟有人格障礙的情人交往，是因爲不管跟誰在一起，都好過自己一個人，那你本身可能有點依賴（見第十二章）。自尊低落跟依賴經常是分不開的，當自尊薄得跟紙一樣時，我們會迫切需要透過與另一個人的連結來獲得肯定，就算那樣的連結表示我們必須忽略自己的需求、渴望和權益。如果你覺得上述情況跟你相符，那你該好好找心理師諮商了。除非你能找回自信、保護自己，敢於拒絕不好的對象，否則你繼續選擇人格障礙情人的機率仍然很高。

六、我一直想填補自己的不足

有時候，我們發現很多人之所以會跟人格障礙者交往，是因爲他們被這類人個性裡的某個面向深深吸引，那是他們在自己身上完全找不到的特質。每個人都會被自己所缺乏的特性吸引，至少一開始是如此。如果你是穩重保守的人，你可能會被瘋狂愛冒險的人吸引；如果你非常外向，你可能會喜歡上安靜的人；如果你是出了名的謹愼、剛直、有條理，那你內心深處很可能渴望遇到隨性又自在的人。

問題來了：數十年來的研究顯示，雖然異性相吸，我們最終還是比較適合跟我們氣味相合的人。情人擁有耀眼的特質、有你欣賞的行爲，在某個程度上可以很刺激、很有魅力，但是時間一久，這些特色必然魅力褪減，甚至可能成爲衝突的根由。更嚴重的是，如果這些特徵是人格障礙症的一面（例如：隨性的情人其實是邊緣型人格、愛冒險的情人其實是反社會型人格、安靜的情人其實是疏離型人格），那麼你已經陷入一段將會非常難搞的感情，這全都是因爲你想找個可以彌補你不足的人。

健康的做法應該是在有人支持的環境下，自己設法改善這些缺陷。你要如何擴大你的興趣和行事方式？你能否找到擁有你所缺乏的特質的好朋友？而當你終於找到一個健全的情人去愛，他大概就會支持你變得更外向、更懂得自省、更隨性，或任何你想要做的改變。

七、我因爲太內疚而無法分手

對於跟有嚴重人格障礙的情人分手，如果你總是徘徊不定，或是你正在拖延，那麼你該問問自己，是不是因爲內疚、羞愧而狠不下心。許多人逃避跟有嚴重人格障礙的情人分手，是因爲他們認爲：一、情人出問題都是他們的錯；二、情人沒有他們會活不下去，而那也是他們的錯。當然，這絕對是非常荒謬的想法。可以確定的是：你的人格障礙情人早在你出現之前就有障礙，你離開後他也還是會有障礙。難道你應該在事前就知道你的情人有人格障礙嗎？當然不是！請記住，就連心理健康專家在診療初期也常常被人格障礙者騙過去；嚴重的障礙徵狀有時是在感情上了軌道後才逐漸浮出檯面的。

如果你因爲內疚、羞愧，或覺得自己對情人有義務而備感掙扎，我們建議你找心理師諮商，不要再把別人心理健康有問題的責任攬到自己身上（特別是你還沒跟這個人結婚的話）。你正好可以利用這個機會，學習如何照顧自己與理性思考。

八、或許問題不只出在對方身上

另一個被人格障礙情人吸引的原因很簡單，就是你自己可能也有某些人格障礙問題。要承認自己也有人格障礙，在某種程度上會很痛苦，但是如果你發現自己總是跟特定類型的人格障礙情人交往，那你就得好好考慮這個可能性了。舉例來說，我們在看診時經常發現，有依賴型人格的男女總是會跟人格障礙問題嚴重（如反社會型、自戀型、邊緣型）的情人在一起，因為對他們來說，身邊有個人比感情健全還重要，就算這個人永遠不可能讓他們快樂也在所不惜。

如果以上所述跟你的情況相符，那你或許應該開始接受心理治療和進行自我挖掘了。要記得，你的人格特質大多數都曾經是高度適應環境的習性，就連那些如今讓你惹上麻煩的特質也是如此；在你的童年經驗中，發展出那樣的特質也是合理的。不幸的是，當我們長大後，這些習性卻成了絆腳石，在談感情時有礙健全的交往與良好的判斷能力。舉例來說，如果你在感情中很依賴，那你大概就無法堅持自我，讓自己老被欺負，就算感情早已失去了正面意義，或早已不再健全，也還是會勉強維持下去。

九、喔喔！那是個意外

有時候，跟人格障礙者交往純粹只是意外，不表示你總會喜歡上這種類型的人。整體來說算是健全的你，可能正好碰上了怪咖，於是不禁自問：「這種事情怎麼會發生在我身上？我的雷達通常很靈，從人群中馬上就能認出誰是怪咖，現在我卻懷疑起自己，懷疑自己的判斷力、心理健康。難道說我以後注定都要跟爛人在一起嗎？」答案是：不一定。

請記住，人格障礙的程度由輕到重各有不同，比較輕微的人格障礙有時候很難在認識初期察覺出來，更別忘了人格障礙者通常很擅長營造良好的第一印象。你可能為這種人神魂顛倒，事後卻百思不解當初怎麼沒有發現那些警訊。你可能被邊緣型人格或戲劇型人格刺激而強烈的情感吸引，為反社會型人格的溫文爾雅、瀟灑自信傾倒，或是愛上怪異型人格新奇古怪的作風；總要等到後來，你才有辦法看清楚，這些最初的特色原來只是人格障礙症的冰山一角。

你能怎麼辦？如果錯誤已經造成，那就認清這大概只是一次失誤。可能你卸下了防衛心，可能你有點太衝動，可能你太過專注於某個吸引你的特點，也可能一開始根本看不出有什麼問題。無論造成感情失敗的原因是什麼，小心不要以偏概全，以為自己注定會一錯再錯。仔細閱讀這本手冊，熟悉各種人格障礙類型，下定決心讓自己以後更加警惕。

結論

你已經冷靜地檢視過自己被人格障礙情人吸引的模式，還有你會喜歡上這些情人的各種原因；現在，是仔細看看各種人格障礙類型的時候了。在接下來的章節中，我們會詳細描述每一種人格障礙類型，並各舉一個案例，說明這類感情是如何開展，各種人格障礙類型又是怎麼造成感情裡充滿了距離、危機和不正常的狀況。我們將探討相對健全的成人爲何會愛上各種人格障礙類型，而對於決定與人格障礙者繼續交往下去的人，我們也會提供經營這類感情、同時維持身心健全的提示。

A組

古怪、奇特、荒誕不經的情人

多疑情人：妄想型人格

冷漠情人：疏離型人格

古怪情人：怪異型人格

Crazy Love

PART 4

多疑情人

妄想型人格

The Paranoid Personality

☑ 他會懷疑你是不是在傷害他、利用他、欺騙他。

☑ 他老是在想你對他是不是真心的、他信不信得過你。

☑ 他不放心向你吐露心事，也擔心你會怎麼利用他的私人資訊。

☑ 就算你是真心讚美他，他還是會以為你的話都有貶低、威脅他的意味。

☑ 當他覺得遭到侮辱或輕視（這是常有的事），會記恨一輩子。

☑ 他很容易覺得被攻擊或冤枉，而且會即刻發脾氣或做出反擊。

☑ 他一直在懷疑你的忠貞。

上述行爲跟習慣是否讓你覺得很熟悉？你有過跟疑心病重、不信任人、愛指控別人的情人交往的經驗嗎？你現在的情人有沒有這些猜疑傾向？若有的話，我們建議你看看茱莉亞的故事，然後仔細想想本章所提出的警告。簡而言之，這類永遠疑心很重、心理學家稱之爲「妄想型人格」的情人，有可能是很危險的；就算不是實質的危險，肯定也有情感層面的危險。你要怎麼辨識、避免多疑情人呢？如果你已經跟妄想型情人在一起，那該怎麼辦？看下去就知道了！

茱莉亞的故事

回想起麥克斯，我很驚訝當初自己怎麼會喜歡上他，真的很驚訝。他非常英俊，也很文靜，是一種神祕莊重的文靜，不是怪裡怪氣那種。他剛調到我們分行的時候，我好幾個女性朋友都很「哈」他，我承認我一開始也對他很有興趣。不過，其實一開始就有跡象了，例如他不太談自己，也不說他為什麼被調來我們的分行，他有時候也很神經質，似乎聽不太懂大家在辦公室裡開的玩笑；對了，他會適時地露出微笑，但我覺得他總在懷疑那些笑話是不是針對他，好像整間辦公室的人都串通起來在背後取笑他似的。這種時候，他就會顯得害怕、不自在，看起來很受傷很脆弱。我想，在某個層面上，我喜歡那樣的他。

麥克斯第一次約我出去時，看起來真的非常緊張，好像在小心翼翼地衡量我的反應似的。

我們頭幾次約會感覺很不錯，麥克斯似乎很需要人肯定，我也很樂意讚美他；例如，他會問我有沒有在跟別的男人約會，好像真的很怕他可能介入了另一段感情。現在我才明白，早在那個時候，他就已經懷疑我在跟別的男人交往。他也非常害怕辦公室裡的人不喜歡他，想知道別人都怎麼説他。他説了一些同事的壞話，但是我以為那是因為他很緊張，想表現給我看。在這些問題不斷浮現時，我都盡量安撫他、肯定他，但同時我也開始擔心，這個人似乎有些問題。我也注意到我們的話題幾乎總是圍繞著我，不是因為我想要談自己的事，而是麥克斯對我的事顯得極有興趣，不斷問我的過去、我對許多事情的看法等等。但是，過了一陣子，我突然發現自己對麥克斯幾乎一無所知，事實上，他會刻意迴避任何跟他有關的話題。我發現一直都是我在説自己的事，麥克斯則在心裡對我做評估記錄，而很少跟我分享他的事。不用説，我開始感到不對勁。

不過，麥克斯真的很帥，他的不安全感也多少打動了我。我不知道為什麼，我在第四次約會時就跟他上了床，但事後卻發生了非常奇怪的事。我想要讚美麥克斯是個好情人，但不知道為什麼，卻造成了嚴重的反效果。他立刻防衛起來，覺得我好像在取笑他或諷刺他，我越是想要説服他不是這樣，就越感覺到他在懷疑我。最奇怪的是，我開始為傷了他的心而感到內疚，好像他才是對的，我真的是在取笑他——現在我才了解這有多荒謬。

隔天，麥克斯經過我的辦公室時，聽到我在跟朋友説笑。話題跟他一點關係也沒有，但從他臉上的表情看得出來，他很受傷、很生氣，好像我在背後說他的壞話。當天晚上他打電話給我，說了非常奇怪的話，例如：「你的朋友聽說我們上床的事了嗎？」「我會跟你有親密關係，是因為我以為你可以信任。」他還提到辦公室裡的一位同事史蒂夫，對他的態度好像變了，好像在生他的氣；從麥克斯說話的方式，我聽得出來，他是在暗示我也跟史蒂夫說了我們上床的事。我既震驚、又生氣，在電話中痛罵了麥克斯一頓。他跟我認錯、也道了歉，但是我知道他還是懷疑我。

接下來幾天，一切都很正常，我又跟麥克斯見了幾次面，但是之後情況就開始急轉直下。他開始每天晚上打好幾通電話到我家，如果打來的時候電話正好忙線，他就會質問我，暗示我或許在跟別的男人通電話。有幾次，我晚上去逛街或是跟女性朋友出去，每次回到家都會有麥克斯的電話留言，雖然他盡力裝作沒事的樣子，從他的語調我還是聽得出他在質疑我。例如：「茱莉亞，你在哪裡？如果我們要在一起，我必須要能信任你。我必須知道你對我絕對忠實，這樣愛才會茁壯啊，茱莉亞。」類似這樣的可怕留言。他還會說一些跟公司同事有關的怪話，說他們想要竊用他的行銷創意去邀功，他都無法信任他們；有一次，他甚至暗示我可能跟他們其中一個上床。

不久，我發現擔心麥克斯的人不只是我，我的主管瑪格莉特多次私下提醒我要小心他，她說麥克斯的同事已經受夠了他的猜忌跟指控，其中有兩個甚至要求調職，據說是因為麥克斯對他們說了什麼；他會說一些威脅性的話，大概是陰森而意有所指地暗示，要是再有人敢偷他的創意，「代價將會超乎他們的想像」。天哪，現在談起麥克斯，他就好像是那種會突然發起狂來濫殺人的職員之類的。他表面平靜，其實私底下永遠都在生氣。我想他從來沒有真正信任過任何人，就連我也不例外。一天早上，瑪格莉特把我拉到一邊，她看起來非常擔心，我知道一定是跟麥克斯有關。原來她打電話給麥克斯先前的主管，詢問麥克斯為什麼會調職，結果情況一模一樣：他很難相處，老是在責怪同事，指控他們想偷他的創意、想毀掉他的事業。他曾經婉轉地向幾個同事放話，甚至指控主管想要「害」他。最後他們讓他選擇，看是要調職還是開除。

這些事讓我非常震驚，我開始躲著麥克斯。他一天到晚不停打電話給我，晚上還會開車到我家門口守候。我告訴他，我就是不想跟他交往了，但是他一定要我說出個理由，而且一下說我跟這個同事上床、一下說我跟那個同事上床，而這些同事都是想「害」他的，要不就是說我跟他上床只是為了事後羞辱他。我的情緒完全崩潰，最後必須請一位女性朋友來我那裡睡，直到他不再來我家、不再打電話給我為止。我也正式向公司提出投訴，讓他不得靠近我的工作空間。不久他就辭職了，就這樣消失無蹤，辦公室裡沒有人為他的離開感到難過，事實上，我想公司所有同事都鬆了一口氣。從那之後，麥克斯沒有再找過我，我也希望他不會再來找我。不時想起來的時候，我都會同情現在跟他在一起的女性。

多疑人格

多數人都會同意，對外界保有一定的謹慎跟適當的防衛心是好的，畢竟天眞的人容易被人操控或利用。健全的人格養成，需要我們發展某些自我保護的防衛方式，讓我們能避免在人生、在感情裡成爲受害者。但是當情人不斷質疑我們，總是露出懷疑與不信任的態度，她很可能就是患有妄想型人格障礙，這種人格障礙症狀遠遠超過了人與人之間正常該有的防備心與謹慎觀察態度。在妄想型情人的世界裡，不信任與恐懼駕馭了一切，沒有人是眞正值得相信的，每一個人都有惡意、都有不良意圖，所以妄想型情人的名言可能就是：不要相信任何人。

由於信任能力在成長過程中曾遭到摧毀，妄想型的人永遠都心存戒備，隨時準備對他們所感受到、無止盡的輕視與攻擊做出反擊。他們就是會以爲別人想要利用他們、傷害他們，就算沒有什麼客觀證據也一樣。社會險惡，在妄想型情人的世界裡，沒有人能免於意圖不良的指控，包括你也無法倖免。妄想型情人唯有在他是一座情感孤島時，才會覺得安全。

妄想型情人會把無傷大雅的玩笑、眞誠的讚美，都誤會成是取笑和攻擊。漸漸認識他們之後，你就會覺得他們很冷漠、沒什麼感情，也缺乏幽默感。聽起來單純無害的評論，也可能引起他們強烈的敵意，而且只要自覺受到輕視或侮辱，他們往往會大發雷霆、迅速反擊。由於對人不信任，他們極力抗拒外在的影響與控制：沒有人是値得信任的，就連情人與配偶也一樣。妄想型情人是出了名的會記恨，絕不原諒別人對他們的傷害與侮辱，不過這些傷害與侮辱往往只是他們的想像或誤解。妄想型情人還會「醞釀」和「培養」他們感受到的屈辱，你當下看來的小事，會因他們的憤怒在接下來數小時或數日內不斷升高，達到不可理喻的嚴重程度。最讓伴侶感到挫折的一點是，妄想型情人永遠不覺得自己有錯，他們會把自己的錯怪到別人身上，特別是你身上！他們通常被人形容爲急躁、冥頑、好發怒、愛指責別人、很難共事，更不用說與他相愛。

妄想型情人的思維屬於二分法，他們眼中的世界非黑即白。舉例來說，這種人往往覺得別人不是「幫」他就是「反」他，這當然也延伸到他交往的對象；你必須不斷強調你的忠誠，否則就會被指爲感情出軌。除此之外，這種人還會漠視客觀事實，甚至扭曲事實來坐實他的妄想；妄想型情人認爲這世界和世界上所有人都是有惡意、不可靠的，而且他們會扭曲事實來符合他們的這種想法。舉例來說，只要是跟忠貞有關的事情，再多顯示伴侶可靠的證據也比不上一絲絲的不尋常（例如：「你今晚爲什麼晚了十五分鐘回家？」）。遺憾的是，因爲這種選擇性相信事實的傾向，想要辯贏妄想型情人幾乎是不可能的，特別是如果你想用邏輯來辯解的話。

相處日久，你就會發現妄想型的人很難讓人喜歡，因此他們常常會發現自己不受歡迎，這就證實了他們的懷疑：別人都想害他們。這當然是一種惡性循環：妄想型的人對人有敵意，別人就會回以負面或同樣有敵意的態度，他又將這當作證據，證明他的妄想是眞的。要愛一個總是在爭辯、動不動就威脅要提告、要報仇的人很不容易，事實上，想要跟妄想型的人產生親密感也相當困難，他很少流露愛意，或給人溫暖的感覺，而且對任何關係都不會產生特別的連結或感情。

要有心理準備！

這是個鄭重的警告，特別是給那些與症狀較嚴重的多疑情人交往的讀者：比起其他人格障礙類型，妄想型人格障礙更可能出現暴力行爲。每次聽到新聞播出某個工作場合或家庭裡發生槍殺慘案——通常是謀殺後自殺，我們都會先懷疑凶手會不會是有妄想症。請記住，妄想型的人越是覺得自己被迫害，這些念頭就越可能成爲具體的幻想（一種心理症狀），妄想型的人也越可能採取他認爲合理的預防手段，好避免受到傷害。所以，如果嚴重的妄想型人格者相信雇主即將辭退他，或是情人就要離開他，他會想何不先下手爲強？這樣你就知道，妄想是多麼危險的事情了。

妄想型人格是怎麼形成的？

妄想型人格者童年時期就已展露出孤獨、過度敏感的特質，別人都會覺得他很「古怪」，他的人際關係有限，通常會被其他孩子取笑、排斥。除此之外，這種人通常會把父親或母親形容爲殘忍、傷人、控制欲強，他們從小得到的訊息就是自己充滿缺點、活該被處罰，因此長大成人後，也就認爲遇見的每一個人都會攻擊、傷害他們。同時，妄想型的人也覺得自己「與眾不同」、「特別」又「孤獨」。他們小時候的照護者很可能是完美主義者，處罰得特別嚴格，而且可能表示過不容許犯錯。妄想型的人很特別卻也常被取笑，爲了把這種矛盾合理化，他們便假設自己之所以總是遭到攻擊，是因爲他們的確比別人優秀。這種障礙症比較常在男性身上診斷出來。

有妄想型人格的情人

妄想型人格者會是多疑的情人，而且在本書所提到的人格類型中，是最難搞的情人之一。一旦跟妄想型情人開始交往，你很快就能體會什麼叫做「如履薄冰」：你會很快發現自己誠惶誠恐、躡手躡腳地走在充滿疑心病與不信任的地雷區。妄想型人格障礙往往會造成嚴重的感情障礙，由於妄想型情人最基本的人際關係立場就是不信任，他會拒絕透露太多私人的事，也打從心底畏懼親密關係。如果你嘗試跟他建立情感關係或親密度，他會當成你是在攻擊他搖擺不定的防衛心，讓他變得更封閉，或是憤怒地抵制你的努力；妄想型情人會認爲你的親密表現其實是一種僞裝，用意在揭露他的脆弱。無論你對這段感情投注多少心力，還是會發現自己感情上被拒於千里之外，永遠都要承受某種程度的猜疑與不信任。

如果你的約會對象是個妄想型的人，最初的熱戀期過後，你就會發現對方變得很難愛。這種人會一直懷疑你、不信任你，就算你用意誠懇，他仍然會用最負面的角度來解讀，預期你一定會虧待他、欺騙他。你會發現妄想型情人隨時都保持「高度警覺」，密切注意任何情感上的攻擊。他們防衛心重、害怕失去控制權，隨時都在想身邊的人是否忠誠。這種人似乎永遠無法發現，是他自己的不友善態度造成了別人的敵意。妄想型情人最主要的防衛機制，就是佛洛伊德所謂的「投射」：他們完全不承認自己的憤怒與敵意，反而將這些不好的特質「投射」到他們遇見的每一個人身上。

更難搞的一點是，當多疑情人感受到輕蔑或批評時，會用情緒（有時候甚至以肢體動作）發洩怒氣，他會以爭辯、抱怨、冷漠、沉默來表示敵意，而且可能會很固執、尖刻，控制欲也會很強。如果你的朋友或家人覺得你的情人「很難搞」，他們指的可能就是這些特質。你的朋友與家人可能會質疑，這麼敏感又無趣的人，你爲什麼還要跟他交往；他們也可能開始避免跟你們倆互動，因爲他們受夠了他好爭辯的尖銳態度，與這種態度給人的壓力。

很不幸的是，妄想型的人不善於維持親密關係，也不善於透露心事或信任別人。別忘了，妄想型情人一旦覺得自己受到傷害，或被人取笑（這是常有的事），就會變得有威脅性。不過，請記住，這種敵意基本上是出自於恐懼；儘管妄想型情人常常虛張聲勢，而且也相信自己與眾不同，他們其實非常害怕自己一文不值，而遭到別人的排斥與羞辱。在某些情況下，妄想型情人會變得暴力而危險，因爲他們會自覺被排斥而懷恨在心，找機會報復。

最後，來談談所謂的不忠：妄想型的人多少在期待這種事一定會發生，而且會多次或直接、或含蓄地指控你不忠。雖然這會讓你又氣忿又心痛，但是你要記住，妄想型情人最核心的本質，就是會斷定你會不忠。身爲他的情人，你會在情感上給他帶來巨大的危險，因爲當（而不是如果）妄想型情人最親的人離開他時，他失去的會非常多。可以預期的是，妄想型情人會因爲他認定的這種結果而憤怒，就算你對他絕對忠誠也無濟於事。

我為什麼會喜歡上多疑情人？

如果我正在跟多疑情人交往，那表示什麼？如果我曾經跟不只一位多疑情人交往，那又表示什麼？檢討一下，這表示我會喜歡上這樣的人：

- 總是懷疑我有惡意或想欺騙他。
- 會認定我不忠、不值得信任。
- 不肯對我講真心話。
- 不管我做什麼、說什麼，他都會解讀成有隱含的威脅或貶抑意味。
- 總是對他自覺受到的輕蔑耿耿於懷、懷恨在心。
- 會毫無來由地發怒或陰鬱不樂。

V 會認為我對別人有興趣或跟別人上床。

那麼，這表示我瘋了嗎？

除了單純的肉體吸引力之外，妄想型情人的舉止風度可能有某些層面吸引你，甚至讓你意猶未盡，就算這段感情最後可能會對你造成很大的傷害。有些人可能會覺得這種嚴肅、神祕、不願透露自我的人格類型相當具有吸引力，會猜那外表下有什麼，或是將這種內斂的態度解讀爲謙遜。我們可能注意到這個人覺得不自在，對於我們是否眞的喜歡他明顯感到不安，這會撥動我們想要照顧人的心弦，讓我們不斷向對方保證，努力安撫情人的擔憂與不信任。對於那些表現出「受傷」或「被害」形象、需要特別感情照護的新戀人，有些人就會格外無法招架。

如果你發現自己一再愛上妄想型的人，問問自己：我爲什麼會被這類總讓我提心吊膽的感情吸引？我爲什麼有這樣的需求，想照顧、「虜獲」這種根本無法預測、會虐待、指控人的情人？我成長的家庭是不是也是這樣？我的父母中是不是有一個人情緒不穩、疏離、酗酒、善虐待？我是不是很早就學會接受這種撫慰者與僞父母的角色？如果以上任一個問題的答案爲「是」，那你被妄想型情人吸引的原因，可能是因爲就某種程度而言，這種病態的模式讓你感覺很熟悉，當你必須努力安撫、保證、一再證明自己值得被愛時，反而讓你感到莫名的自在。如果你認清了這種模式，那就該尋求協助，擺脫這種撫慰人的慣性需求。

有些人也會錯將妄想型情人對我們目前或過去感情所展現的興趣，解讀爲他們不想介入別人的感情，或只是單純的好奇。事實上，妄想型情人根本已經開始在想，以後你背叛他時對象會是誰了。到後來，當情人的占有欲與控制欲變得越來越強烈，你甚至會將這解讀爲深切的關心與感情。別被騙了，這種行爲是因爲害怕、妄想你對他不忠而產生的。有的女性甚至會將情人盯梢的行爲（例如瘋狂打電話或跟蹤），解讀爲愛與承諾！「這證明他有多愛我！」事實上那只證明他有多不信任你，你面臨了多大的危險。

相對健全的人會繼續跟妄想型情人交往，有一個很弔詭的原因：你可能開始相信你眞的做錯了什麼，因而感到內疚。這是個不知不覺的過程，最有可能影響那些本來就容易感到內疚的人。時間一久，妄想型情人不斷的指控、受傷的樣子、因爲我們的行爲而難過的表情，都會讓我們覺得自己有罪。不知不覺間，你已經開始努力彌補，爲你自己也不能理解的事情道歉。你容易承認或接受錯誤指控的傾向，或許跟你本身比較有關，跟妄想型情人無關。

最後一點，多疑情人在一陣陣的責怪與惱怒之間，可能會有短暫的理性期。我們會驚鴻一瞥地看到他變得健全的可能性，心生希望而繼續留在這段感情裡，就算家人和朋友因爲不想見到我們的情人，而切斷或減少與我們的聯繫，這些短暫的正常時段仍然讓我們深信，是情人被誤解了。妄想型情人造成的「兩人對抗全世界」的孤獨感，可以是誘人又浪漫的。除此之外，這些短暫的理性穩定期甚至會讓我們覺得，問題不是出在情人身上，而是在我們身上，或環境的問題上。但是，時間會證明這樣的想法是錯的。

顯然，有許多原因能讓我們陷入多疑情人的情網。一旦陷入，妄想型情人的許多特質、我們自己的童年包袱，都會讓我們無法自拔。所以，如果你愛上有強烈妄想型人格特質的異性，那是情有可原的。只不過，妄想型情人終究是妄想型情人，如果還想要更多，那你就太蠢了。

與妄想型情人共同生活

如果你發現交往的對象有妄想症，那該怎麼辦？有希望談一段持久的感情嗎？會不會有一天你終能擺脫妄想型情人的猜疑？你是不是深陷危險？這些都是非常重要、非常困難的問題，無法輕易回答。身為執業心理師，我們見過許多妄想型人格，首先一定要建議你：快逃（要快點）！直覺告訴我們，嚴重的妄想型成人不大可能成為一位好情人。幾乎對每個個案我們都會建議：減少損失，快點走人。

既然警告完了，我們當然也知道妄想型的人嚴重程度各有不同，因此要謹慎決定去留（特別是已經結婚的人）。如果你決定繼續跟妄想型的人交往，就算只是再多一陣子而已，都要看看以下的建議，讓你這趟旅程順利，確保自己安全、神志正常。

不要有不切實際的期望

妄想症是終其一生的模式，要改變會很慢、很久。你會覺得，你嘗試的每種辦法都只是讓情人更不友善，讓你更灰心。由於妄想症的根源幾乎都能回溯到早期的童年經驗，之後想重塑這些模式，會非常困難。如果你能接受情人用妄想的角度看世界，同時對改變又有一些期待（就算只有一點點也好），那你就能容忍他難以避免的猜疑與敵對行爲。

耐心地建立信任感

由於妄想型情人會理所當然地認爲，心理治療師與情人都很危險、挑剔、愛評斷人，對他一定要非常小心和有耐性，才能眞正建立感情與信任感。關鍵在於不帶壓力地與情人建立關係，然後讓他慢慢接受你是始終如一又可信賴的人。要記得，太早強迫妄想型情人信任你（例如「你爲什麼不能相信我？」）不會有效果；這只會讓他更確定你在批評他，懷疑你「眞正」的目的是什麼。盡量讓你的妄想型情人主導情勢：讓妄想型情人掌控建立親密關係的速度，能稍微增加他信任你的機會。耐心很重要。

再忍不住也別落入圈套

面對妄想型情人不斷的猜疑與指控，會令人容易緊張惱怒。以憤怒回應情人傷人的妄想言詞與指責，是很自然的事，畢竟，任誰都會厭倦再三的挑釁與每日爭執，況且那往往出自於愚蠢又毫無根據的看法。但是問題來了：妄想型情人早就預期你會變得殘酷、不懷好意，你的憤怒回應正好印證他一直以來的想法——你跟大家一樣，都不值得信任。這或許是個不公平的負荷，但還是請你盡量避免動怒。把妄想型情人想像爲一個害怕、受傷的小孩，這樣或許能幫助你克制發飆的念頭。

採取「言語自制」

正面直接攻擊或挑戰妄想型情人的妄想思緒，很少能獲得回應，聰明的做法是不施壓力地與他建立感情。有位治療妄想症的專家推薦一種「言語自制」（verbal holding）的方法：只要在妄想型情人身邊就好，細心聆聽，不加評斷，只給予無條件的尊重、接納與同理心。與妄想型情人在小細節上爭執只會吵架，讓他更加封閉與自我孤立。正確的做法應該是：聆聽卻不帶批判；情人願意坦承分享時，肯定他的意願。請注意：千萬不要附和或贊同情人的妄想，一定要堅定地對抗任何有惡意、貶低和威脅你的行爲。

牽涉到你（與孩子）的健康時，千萬不可妥協

雖然我們一直提倡，照顧妄想型情人要有同理心，但是說到健康與安全，你可千萬不可妥協。與妄想型情人同住會令人相當沮喪，情緒上也會受到壓抑，你可能會常常遭到指控與批評，讓你的自尊受到損害。更重要的是，你的情人可能會威脅要打你，或是眞的動手打你。關於這一點，我們要說：事先設下你的忍耐限度，一旦出現威脅或是實際暴力行爲，就立刻走人。如果還牽涉到孩子，這點就更重要了。不管有什麼原因，都不該讓孩子接觸刻薄、不友善、陰晴不定的成人。如果妄想型情人的行爲已經嚴重到讓你或孩子受苦，那就是該離開的時候了；你應該趕快離開這樣的人。

治療大概不會有什麼幫助

如同這本書裡提到的多數人格障礙症，妄想型人格障礙者甚少會主動接受治療，除非威脅要跟他離婚或開除他。有時候，他們會願意跟治療師談別人如何傷害他們、他們如何受害，但是不要指望他們會眞心承認自己有錯。最好還是先假設改變的預後不會太樂觀。

到了該分手的時候

最後，如果你的情人長期質疑你、懷疑你，實在很難想像你最後怎能不走人。多數時候，這可說是你能做的最健康的一件事——只要記得，分手後要好好接受心理治療，討論你「爲什麼」會喜歡上這個人。

但是，在你離開前，在你表示有這種打算之前，請先考慮你自己的安全問題。我們在本章前面就提過，與妄想型情人交往會很危險。他們總感覺對方不忠，再加上實際的分手，很可能會引發一些強烈的反應，包括跟蹤、騷擾，甚至肢體暴力。每當讀到女性被前男友或前夫槍殺的新聞，或是聽到分手後的自殺謀殺案，我們都會想到一個詞：妄想型情人。分手前，一定要尋求朋友或家人的強烈支持。如果你擔心被跟蹤或被報復，請立刻去找警察，並在開始新生活之前，先找到安全的住處。如果你的態度強硬、嚴厲，那麼妄想型情人就比較不會跟蹤你，或有什麼其他動作。所以要說清楚你爲什麼要分手，強調沒有轉圜餘地，再表明你有家人、朋友、律師跟警方的支持。無論如何，首先就是要小心，好好照顧自己跟孩子（若有的話）。

結論

要小心多疑情人。妄想型的男女都敏感易怒、疑心病重，無論你如何忠誠，都還是有可能不信任你。所以，要留意對方是否隱約有不信任你、指控你的徵兆，或是對你的動機及意圖的審查讓你感到不自在。如果新交往的對象明顯屬於多疑類型，那就趕快走人，減少你的損失。想跟妄想型情人談健全的感情，可能性很低；更糟的是，這種人不僅在情緒上傷人，甚至會有實際的危險。你有更好的選擇！

PART 5

冷漠情人

疏離型人格

The Schizoid Personality

☑ 他既不想要、也不享受親密關係，更不在乎你們的感情。

☑ 他通常選擇獨自一人的活動，偏好這些活動勝過與你在一起。

☑ 他「性」趣缺缺。

☑ 很少有什麼活動或事情能帶給他樂趣。

☑ 除了家人之外，他沒有什麼好朋友或知己。

☑ 別人讚美他或批評他，他都無動於衷。

☑ 最適合形容他的詞是：冷漠、疏離、沒有感情。

你是不是曾經跟這樣的人交往過？別人是不是都說他「冷漠」、「不在乎」？他就算在你身邊，你是不是仍然感到孤單？你是不是有時會納悶，你不在的時候他到底會不會想你？如果你現在或曾經交往過的情人有這些疏離徵狀，那你可能就是會被有疏離型人格障礙的情人吸引。疏離型情人是離群、冷漠、對感情（包括你們的感情）不大感興趣的人。約會時要如何辨識疏離型情人？有什麼跡象跟線索能讓你知道坐在對面的那個人，可能是冷漠情人？疏離型情人是什麼樣子的？讓我們先看看貝蒂的故事。

貝蒂的故事

我花了一年的時間才認識羅伊，真的是一整年，因為我就是花了這麼久，才終於讓他開口跟我說話。我當時在小鎮上一間雜貨店工作，每個禮拜六早上我當班的時候，羅伊都會來光顧。他當然不是來看我的，那不過是他每個星期補貨的日子。他年紀比我大，大概是四十二歲，我當時三十一歲。我們兩人都沒結過婚，不過我有幾次差點步入禮堂。我後來才知道，羅伊從來沒有交過女朋友！這讓我很驚訝，因為他還滿帥的——雖然我認識他的時候，他已經開始禿頭了。他真的非常安靜，認識新朋友時也很靦覥。

每個禮拜六早上，他都會在同樣的時間，推著同樣的食品雜貨排隊結帳。他在排隊時會順手拿一份報紙來看，這樣他才不用跟別人交談——包括跟我。每當我試著跟他聊點什麼的時候，他都會露出困惑的表情，不知道該怎麼回應。多數時候，他就一直盯著我看，然後語氣單調地回答「是」、「不是」。我一直在等他主動跟我交談、打招呼，但是從來都沒發生過，每個禮拜六都一樣。

「嗨，羅伊，今天好嗎？」

停頓許久……「好。」

「你這個週末打算做什麼？」

「沒什麼。」

「氣象說會下雨，你覺得會下嗎？」

「我不知道。」

每次我開口跟他說話，他真的好像都不知道該怎麼辦。他看起來也很悲傷，我很好奇他是不是有什麼痛苦的過去。總之，這個過程拖了一年，不過他終於開始在結帳的時候，會有比較多回應。他仍然不會主動開口跟我說話，但是他的話變多了，我們的眼神也比較常交會。他甚至笑了幾次，我覺得很開心，因為我沒想過他會笑。我想我是逐漸喜歡上羅伊。我曾經談過幾段瘋狂的戀愛，但是那些人都難以預測又愛操縱人。羅伊跟他們完全相反：他非常穩重、冷靜，而且始終如一。我喜歡這樣的人。我也知道，每個禮拜努力讓他打開心房是一種挑戰，我喜歡這種挑戰。當他似乎喜歡每個禮拜看到我時，我想我愛上他了。

某個禮拜六，我終於鼓起勇氣約羅伊出去。我約他跟我一起去聽禮拜天下午的户外演奏會，這個邀約讓他有點錯愕，呆了一分鐘，才聳聳肩說：「好啊。」羅伊在户外的表現就跟他在店裡一樣，安靜、沉著、不愛說話，不過都會回應我的問題，至少會簡短回「是」或「不是」。他對演奏會似乎沒什麼熱情，他對任何事好像也都沒什麼熱情！總之，我一直邀羅伊跟我去不同的地方，他通常也都會答應。現在回想起來，我必須承認，他好像從來都不覺得跟我出去有什麼好玩。他可能覺得待在家裡，整修他車庫裡一台台的舊車子，都比跟我出去有趣。但是我很孤單，也喜歡跟羅伊在一起，跟他在一起讓我有安全感。

羅伊在鎮上一間小公司當機械師，他們公司生產義肢，他在後面的房間，鑄造、研磨橡膠和塑膠等材料，為需要的成人或兒童製作義肢。我覺得那是份無聊又孤單的工作，但是羅伊從來不曾抱怨，我覺得他似乎很喜歡獨自一人。我後來才知道，其實羅伊以前是負責幫病患做測量的，但是病人跟家屬抱怨他很無禮，所以公司就把他換掉了。當然，我不認為羅伊是真的沒有禮貌，只是不敏感，不太懂得看別人臉色而已。他可能不夠友善，也沒有同理心，測量的過程中根本不說話，沒有安慰對方，也沒有解釋整個程序。羅伊承認他不喜歡跟客户講話，當他接受訓練成為機械師，能夠獨立工作的時候，他反而比較開心。他每天中午進公司，然後一直工作到晚上，直到多數同事都已經下班回家。他很喜歡這個樣子。

我們交往期間，羅伊從來不曾主動與我肢體接觸。這讓我非常驚訝，有段時間，我甚至擔心他是不是覺得我沒有吸引力。後來，某個晚上，我親了他。可憐的他，就呆呆站在那兒，瞪大眼睛，手臂垂在兩旁，嘴唇僵硬。當下我才明白，他從來不曾跟任何人接吻過。我問他是不是這樣，他只是聳聳肩說不記得了，但是應該沒有。反正，之後所有的肢體接觸都像這樣，一切都由我主動，由我來教導羅伊該怎麼回應，該做什麼。那時候我覺得，他這麼天真，還真可愛，我也喜歡跟他有更多的肢體接觸。我以為羅伊也會跟我一樣，開始享受跟我有肉體關係，就像我以前交往過的其他男人一樣，但他始終不曾這樣。

就跟其他事情一樣，最後由我主動提出要結婚。他非常不浪漫地低頭瞪了地板好一會，聳聳肩說：「好啊。」我知道現在看這個故事的人一定會搖頭，想說我到底是有什麼問題。但我跟羅伊在一起真的很有安全感，我總是知道他會做什麼，我需要男人有這種可靠的特質。

到現在，羅伊跟我已經在一起三年了，一切都沒什麼變，至少羅伊沒有變。我想問題應該出在我自己身上，是我讓自己相信，只要住在一起，羅伊跟我就會變得更親近；只要我們多點時間在一起，我們就會更親密。幾個月、幾年過去了，我越來越感到孤單、絕望，因為羅伊不會真的需要任何人。羅伊每天去上班，週末也會跟我出去，但是他從不主動提議兩個人一起做什麼事。如果我不說話，他可以一整個禮拜都不說話，只有偶爾嘟噥幾聲或一個字帶過。他也不是不喜歡我，我想他是喜歡我的，只是他不需要我，完全不需要。事實上，我覺得只要不剝奪他的嗜好，他的開心程度都不會差太多。他喜歡在車庫裡整修車子，要不就是整理他收藏豐富的棒球卡，他也會花很長時間上網搜尋棒球卡拍賣會。羅伊對做愛沒什麼興趣，我已經差不多要放棄這方面的努力了，如果我強迫他跟我做愛，他會「順從」我，但我想他應該從來沒有主動要求過。他好像就是一點也不享受這回事。

我跟羅伊的家人談過幾次。他很少見他們，他們也有點奇怪。他的哥哥跟我說，羅伊一直以來都是這個樣子：孤獨、安靜、像個隱士。他從來不曾真的交過朋友，好像也不會想要朋友。他結婚的時候，他們都感到非常驚訝。青少年時期的他，會跟社區的另一個男孩玩「龍與地下城」的遊戲，但除此之外，他們其實不太常聯絡。我不知道我還能跟羅伊在一起多久，我也想過要跟他離婚，重新開始；但是真正令我難過的是，羅伊大概也不怎麼在乎。他可能會小小抗議一番，但是我不覺得他會想念我。我感到非常孤單，現在我知道，我需要一個也會需要我的情人，一個能跟我溝通、能因為我的陪伴而感到快樂的伴侶。我知道羅伊永遠無法給我這些。

冷漠人格

疏離型人格障礙者的特徵，就是無法與別人建立情感。他們一向是遺世獨立，對任何關係都很疏離，與別人互動時（包含他們交往或結婚的對象），也很少展現任何情感。大家會覺得他們了無生趣、心不在焉，說話語氣單調含糊，溝通方式讓人覺得不清楚或優柔寡斷。疏離型情人眞正不尋常、甚至可以說毫無人性的特質，在於他不會渴望與別人有任何交集或親密關係，事實上，他們對於跟別人建立情誼、享受親密的關係毫無興趣。這種人不僅抗拒與團體、與自己的家人交流，他們基本上對男女感情興趣不濃，也不持久。

冷漠情人是典型的「獨行俠」，總是想逃避人際關係的壓力。這種人是眞正的隱士，因爲讓他們感到最自在舒服的時候，就是孤獨的時候。如果可以選擇，他們一定會選獨自一人的活動，不管是工作（可能找晚班警衛、整理郵件這類典型的獨行俠工作），或是娛樂（寧可選擇玩電腦、虛擬球隊、與機械有關的活動，也不選需要社交的活動），都是如此。由於疏離型的人有這種傾向，他們很少有朋友，更幾乎不會有親密的朋友，他們可能會跟一個或多個家人有互動，但是就連這種交集也很膚淺。這裡要強調的是，疏離型的人不會「想念」親近別人的感覺，所以也不會因爲孤獨、疏離而難過。

這本書的兩位作者都曾經擔任海軍軍官，也曾經在全美各地的海軍基地擔任駐營心理師。身爲軍中心理師，我們常常因爲各種不同原因（例如安全查核、戒酒審查、爲軍事法庭做法醫鑑定），必須爲軍事人員進行心理評估。有時我們必須進行比較特別的心理評估，替海軍的隔離研究站做心理評估，篩選出適合的人選。想要在這些狹小、偏遠、有危險性的研究站「過冬」的軍人或研究人員，必須展現一定的心理「健全度」，證明他們能忍受長期遠離文明所帶來的壓力與孤單。那裡的娛樂不多，多數人員都必須獨自作業，可能偶爾才有機會跟研究站的同伴接觸。心理師很快就發現，某種人格類型在這種孤獨的情境下往往表現得挺不錯，那就是疏離型的人。疏離型的人與人相處時冷漠又孤僻，基本上對人毫無興趣，所以出乎意料地非常適合這項任務。雖然我們都很小心，不去挑有嚴重人格障礙的人員去那些研究站工作，但是有疏離徵狀的人通常都表現得比較好，因爲他們本身偏好、想要獨自工作。然而，誠如這一章所呈現的，若是需要跟別人有密切互動的關係或工作，他們的表現就不怎麼理想了。

疏離型情人對做愛沒有興趣——至少沒有興趣跟別人做。一般人很難理解這點，因爲多數人類都渴望跟另一個人類有肢體接觸，或共享性愛的歡愉，但是疏離型情人就是不愛。他有時可能會自慰一下，但是不太會主動跟情人做愛。疏離型情人的肢體接觸或性刺激經驗，可說是被消音或淡化的，所以在他們的生活中，這類體驗也就沒那麼重要、沒那麼不可或缺。

由於疏離型的人對別人的品頭論足毫不在意，所以他們的表現也不理想——不管在感情或工作上都是如此。這種人的情緒智商極低，意思就是他們不懂別人的心思、沒有能力解讀人際間微妙的暗示，也完全無法察覺另一個人的情緒狀態。他們的冷漠和不善社交，常常讓人覺得他們是「怪胎」或「呆子」。冷漠情人常常被同事誤解，也常被人取笑、排斥或讓人害怕。雖然他們不一定比較暴力，但是他們冷漠詭異的行爲，卻會讓人擔心他們是不是精神狀況不穩、有危險性。

最適合形容眞正的疏離型情人的說法，就是情緒與關係都很平淡。疏離型的人極少有顯著的情緒表現，也不善解讀、回應別人的肢體動作與臉部表情。舉例來說，疏離型的人可能沒有辦法回應別人的微笑、理解別人眨眼的用意，也不懂得要跟人握手、擁抱。這麼有限的情感與冷漠的人際行爲，使他們常常被人形容爲「死魚一條」。雖然他們可能看起來很憂鬱，但事實上應該不是這樣，疏離型的人根本沒有正面（或負面）情緒，他們最自在的時刻，就是跟別人保持距離、在情感上疏離的時候，正因爲對感情如此沒有知覺，他們大概也不會知道自己是否憂鬱。有時候，疏離型的人會被誤診爲自閉症，這是可以理解的；他們所表現出的狀況外、不與人視線交會、明顯沉浸於獨自的活動，這些都跟自閉症成人很相似。但是，疏離型的人大腦沒有任何問題，問題出在他們的基本性格架構。他們對社交、人際關係的笨拙與不感興趣，其實是來自一種從生命早期就形成的對人疏離、漠不關心的模式。要特別注意的是，雖然別人都覺得疏離型的人很「古怪」、很「與眾不同」，他們卻無法察覺別人怎麼看待他們。沒有親近的朋友或家人，並不會讓疏離型的人難過，他們一點也不想要這種關係。疏離型情人身邊的人可能會因爲他的漠然與距離感而苦惱、難過，但是他自己最怡然自得的時刻，就是他無需社交、獨自一人的時候。

疏離型人格是怎麼形成的？

雖然我們還不知道什麼樣的童年經驗或家庭背景，會造成疏離型人格障礙，這種人的父母親通常至少有一位有強烈的疏離特徵，而疏離特徵會遺傳。有精神分裂症史的家庭，也比較容易出現疏離徵狀；精神分裂症是一種非常嚴重的精神障礙，症狀是會出現幻覺、脫離現實。除此之外，疏離型情人的童年的最大特點，可能就是被忽略，與父母或其他家庭成員缺乏情感交集。這個家庭很可能相當拘謹冷漠，寂靜、獨自行動、情感無交集等，都是這個家的常態。疏離型情人的行爲，可視爲一種防衛、自我保護的姿態，在混亂或充滿威脅的環境下長大的小孩，可能會爲了保護自己而與社會脫節。雖然這種疏離行爲在當時是很有適應力的對策，但是如果持續發展到青少年或成年期，就會造成工作與人際關係的嚴重問題。男性被診斷出疏離型人格障礙的機率，只比女性稍微多一點。

有疏離型人格的情人

疏離型人格者永遠會是冷漠的情人。如果你跟疏離型的異性交往，以爲能發展出一段戀情，那你一定會失望。疏離型的人很適合當室友（如果你喜歡從不提出任何要求、也不想要別人關心的室友）、生意或研究夥伴，但是他永遠不可能滿足你的心理或生理需求。當然，問題就出在疏離型的人不會眞的想要一段緊密連結的關係。他可能絲毫不把愛情放在眼裡，對於有你在身邊、兩人在一起，甚至是跟你說話，都沒什麼興趣。矛盾就在於，你的疏離型情人永遠無法眞正成爲你的情人，他對人就是沒有太大興趣，沒辦法眞的跟你建立親密的聯繫。

如果疏離型情人的「性」趣缺缺讓你感到難以適應，這一點都不讓人意外。雖然他可能會一步一步照著做，或是努力讓你享受性愛，但是這種人就是比較不會主動求歡，也沒有這種慾望。正因爲這種冷漠無感，疏離型的人很少約會，結婚更是罕見。你可以回顧你跟疏離型情人交往的過程，問問自己最初到底是怎麼開始的，或許能幫你釐清現狀。很有可能主動的人就是你，維繫這段感情的也是你，因爲疏離型情人很少主動做這些事。

除了對性愛一點興趣都沒有，疏離型情人也欠缺追求親密情感的動力。與疏離型異性交往的人，最常抱怨他們冷感、對關係漠然。大多數人都會渴望愛與連結，害怕被排斥、被品頭論足，疏離型的人沒有這種渴望或恐懼，他們只是漠不關心。就算疏離型的人結婚了，這段婚姻也會是一段分離、平行與糾纏相抗衡的共存關係。

覺得被疏離型情人忽略與拒絕的伴侶，可能會帶情人去接受諮商，好面對這一章裡提及的特徵。毫不意外，疏離型情人會很困惑，不懂爲什麼要接受治療，對另一半的憂慮毫不感興趣，也不怕對方威脅要分手或離婚。只有到這個時候，提議要接受治療的一方才會眞正看清楚，疏離型情人一點都不需要他！

簡而言之，如果你正與疏離型情人交往，那不要太意外，他很可能是個極度冷漠、不在乎任何關係的獨行俠，他會避免與人有親密關係，喜歡獨自一人的活動。疏離型情人沒有興趣、也沒有能力與人建立情感交集，多數陷入這類感情的人，都會覺得被忽視，感到孤獨。這類感情的預後不佳，不會是一段健全、有活力、情感滿意度高的感情。如果你打算要更努力、更巧妙地改變你的情人，你只是在誤導自己，可能還會延長自己的痛苦。

我為什麼會喜歡上冷漠情人？

如果我正在跟冷漠情人交往，那表示什麼？如果我曾經跟不只一位冷漠情人交往，那又表示什麼？這代表我是什麼樣的人？如果你總是喜歡上冷漠型的人，也就是疏離型人格，那就表示你會喜歡上這樣的人：

- 不會真的想跟你、跟任何人特別親近（就算他說會）。
- 幾乎總是喜歡獨自一個人。
- 對性愛和肢體接觸沒有興趣。

∨幾乎沒有親近的朋友。
∨對你的讚美或批評顯得不在乎。
∨多數時候都顯得冷漠、不帶情感。

你怎麼會選擇一個疏離型的人？怎麼會有人喜歡上一個對眞實關係毫無興趣的人？疏離型的人到底有什麼地方吸引你，讓你一再找上他們？

疏離型情人最迷人、最有魅力的特質，就是他安靜冷漠的態度。這個人可能看起來毫無經驗、不諳世故，完全不知道在社交場合裡該說什麼、做什麼，讓我們搶著想要照顧他。我們就像是父母或年長的手足，看到對方表露出我們自以爲的情感需求，或在社交上感到不安，就會深受吸引，想要解決這種問題，想讓他安心、讓他知道有人在照顧他。如果你有這種被需要的需求，那麼疏離型情人會觸動所有吸引你的關鍵。弔詭的是，疏離型情人其實根本不需要你，他樂得獨自一人，他所表現出的手足無措與社交上的不安，其實只反映出他在感情上的經驗匱乏與不在乎；基本上，他根本不在意跟別人有沒有交集。

疏離型的人是如此冷漠，你可能會懷疑，這種人怎麼可能結婚（他們偶爾還是會結婚）。很多時候，就是會有一位喜歡保護別人、照顧別人的拯救者，強烈地需要被人需要，所以覺得疏離型情人非常可愛，會採取主動促成感情的發展，甚至會主動求婚。疏離型情人根本就不在乎，他可能會同意，但大概也只是聳聳肩說：「好啊，隨便。」至少心裡是這樣想。決定訂婚或結婚，對這種人來說都沒有什麼情感重要性。感情結束的時候，冷漠情人受到的影響也很小。

矛盾的地方來了：有些人只會愛上那些對自己毫不在乎也不感興趣的情人，疏離型情人當然最適合這種人。身爲心理師，我們看過很多個案，他們所道出的一長串感情史，對象都是些不投入又狀況外的情人。或許你就是只喜歡那些對你不屑一顧（至少在行爲和態度上）的人！

如果你長期以來都是照顧者與拯救者，如果你發現自己只會愛上那些不容易回報情感的人，如果你發現你喜歡上疏離型情人，甚至是這本手冊提及的許多人格障礙情人，那麼現在是時候打起精神、擦亮眼睛，好好問問自己爲什麼了。面對現實吧！疏離型情人在感情上能給你的很少，多半因爲他們根本不在乎能不能擁有一段深厚持久的感情，這不會是一段有相互回應的感情，你得要一個人努力，你將得費盡心思追求那一點點的關心與感謝。如果你總是喜歡跟冷漠又保留的情人交往，那你該誠實地問問自己，你的父親或母親是不是也一樣疏離，是父親還是母親這樣對待你？我們懷疑，在你的父親、母親或主要照護者當中，至少有一位讓你在情感上完全無法靠近，無論你做什麼，都無法引起這個人的興趣，或讓他表現出眞正的感情。不幸的是，童年時期遇到這種情感保留的人，會讓我們想從冷漠人格類型的人身上，渴求他永遠無法給予的東西，不管是外顯的感情、關注，還是深層的連結。

還有其他因素可能讓人喜歡上疏離型情人。有些人長期擔任治療者的角色，會需要找出困擾交往對象的原因到底是什麼，然後透過無比的愛與關心治癒他。疏離型情人很容易給人這種感覺，如此的安靜、不自在、不諳世故，我們自然會覺得他有些慘痛的過去，可能曾經遭受情人的忽略、虧待或虐待，因此決心要建立一段新的、矯正過去的感情，好抹去舊感情創傷所帶來的影響。許多疏離型情人看起來也很憂鬱（很多心理健康治療者一開始會將他們誤診爲憂鬱症），你甚至會擔心他們有自殺傾向，這麼可憐的人，當然需要細心照料，讓他們擺脫痛苦。但事實上，疏離型的人根本不憂鬱，所以不管你有多愛他、多支持他，沒有任何一段目前的感情關係能重塑他這種根本的人格類型。

有些人可能會覺得，疏離型的人這種安靜、冷漠、不說話的風格很誘人，這種毫不在乎的表現可以很吸引人，甚至很神祕；如果又長得很好看，那疏離型情人的冷漠可能還讓人覺得有一種克林伊斯威特禁慾式的男子氣概。當然，讓人失望的是，這種禁慾態度根本沒什麼神祕之處，他純粹只是不在乎感情而已！

有些人跟冷漠情人交往，是受他們比較沒有感情經驗這點吸引。在這個很容易就陷入性愛關係的世界裡，疏離型的人如此明顯地沒有性經驗，也很願意放棄做愛，會讓人覺得他很可愛、特別又傳統。這個情人在性方面如此單純，或許很可愛，跟過去的情人比起來也讓人放心又耳目一新，因爲過去的感情似乎一開始沒多久就只專注在性愛上。但是別忘了，他們對性愛缺乏興趣這一點，會一直持續到結婚以後。

還有其他動機會讓人選擇疏離型情人。如果你在生命中曾經為孤單所困，那你很容易對疏離型情人缺乏朋友與其他關係的狀況過度感同身受。你嘗試要排除疏離型情人的孤單，其實你可能是想安慰自己。別被騙了，孤單的不是疏離型情人，而是你。最後，有些人在感情裡會需要一些挑戰，找一個冷漠情人，可能正是我們要的挑戰。雖然長期下來，勝利的可能性不大，但怎麼說都算是個挑戰。

疏離型情人有許多行為會吸引我們，讓我們努力維繫這段感情。很多時候，我們只是在重複過去的情感狀態：努力不懈地想從冷漠的父親或母親身上獲得感情。另外一種情況，是我們需要被需要，希望透過拯救、照顧別人來證實自己的存在。還有些人純粹只是覺得冷漠人格很吸引人、惹人憐愛。不管你的動機是什麼，一定要誠實面對一件事：疏離型情人這輩子都會這麼冷漠、疏離，如果你希望談一段有回報的感情，那你跟疏離型情人的日子會很難過。

與疏離型情人共同生活

如果我已經跟疏離型人格障礙者在一起了，該怎麼辦？治療會有幫助嗎？他有沒有可能改變？我的情感需求有可能在這段關係裡獲得滿足嗎？許多男女終於發現自己的冷漠情人很可能有人格障礙症後，都會問我們這些問題。

身爲疏離型情人的伴侶，你必須認清現實，你的情人改變的預後不佳，而且殘酷的現實是，你的情人也沒什麼能力談一段眞正的感情。如同其他人格障礙症，有疏離特徵的人也有各種不同的嚴重程度：有些只是很內向，有些卻全然冷漠，對任何關係幾乎無動於衷。符合疏離型人格障礙診斷條件的人，很難與人建立關係，包含你在內；不是他不願意給你任何情感上的回應，而是他根本不具備這個能力。

對多數人來說，跟疏離型情人認眞交往，甚至考慮結婚，恐怕都不是個好主意，特別是如果你希望情人能跟你共享這份熱情！但是話說回來，可能有些讀者覺得自己已經擺脫不了身邊的疏離型情人，可能你已經結了婚，或有了小孩。如果是這樣的話，在努力接納你的情人、讓你們能和諧共處的同時，請謹記以下幾點。

不要有不切實際的期望

先搞清楚一點：疏離型情人改變的預後並不理想。他們對人際關係幾乎沒什麼渴望，對讚美或批評也毫不在乎，對感情生活的能力很有限。不過，並非所有疏離型情人都有這麼嚴重的症狀，有些人在感情的成長上比較有希望。身爲疏離型情人的伴侶，你可能會感到失望、挫敗，你可能很想相信，只要你更體貼、更投入、更關心他，他一定會「覺醒」，打開他的心胸，變得喜歡跟人說話、分享和傾吐心事。這種想法是錯的，疏離型情人對任何人都很疏離，不只是對你。

不要期望有什麼太大的改變，而當他有任何改變時，就值得慶祝一番。

別逼得太緊

請記得，你的情人已經以這種冷漠、疏離的模式過了半輩子，封閉是他基本的防衛機制，是磨練已久的習慣。如果你不斷要求情人跟你有連結，大概只會讓他更加隔離自己。質問疏離型情人的封閉態度，或是要求他要滿足你，這些策略都只會擊垮你自己。比較聰明的方法，是以寬容的態度來面對。既然知道情人的價值觀，知道他需要時間獨處，那何不鼓勵他？這麼一來，你的情人對每隔一段時間跟你相處這件事，會比較有準備。簡而言之：纏著你的情人、要他跟你有互動，絕對會讓他跟你畫清界線。對疏離型情人來說，具情感侵略性的伴侶最可怕。

不管你的情人喜歡什麼，加入他！

疏離型人格障礙者一生中喜歡的活動不會太多，至少需要社交的活動會很少。你的情人可能喜歡看電影、閱讀或修理車子，何不加入他，就算他不喜歡說話又怎樣？或許你最初就是喜歡跟你的情人一同做某些事，何不重燃那些興趣？訣竅就是，讓你的情人願意有你在一旁，一同享受他喜歡的時刻或活動。與其纏著他不停要求，不如採取這種較柔軟的方式，好在他的情感世界裡占有一席之地。時間久了，你的存在可能就會讓疏離型情人比較自在，甚至開始喜歡有你的存在。雖然不能保證什麼，但是慢慢誘導疏離型情人，總比死纏爛打來得明智。

要鼓勵，不要處罰

知名的行爲學家史基納（B. F. Skinner）發現，鼓勵我們認爲理想的行爲，遠比處罰不理想的行爲要來得有效，這個發現奠定了他的歷史地位。與其責備，或讓你的情人因爲自己的疏離與封閉而感到羞愧，趁他對人際關係顯現出任何一絲一毫的興趣時稱讚他，效果會大得多。如果你的情人進行自己的活動時還讓你陪在一旁，要稱讚、鼓勵他，再來就是趁他參與任何社交活動，或努力主動與人交談或互動時，不管有多短暫都要稱讚他。這就是史基納所謂的行爲塑造。只要朝理想行爲進步就獎賞，就算進步非常緩慢也要包容，你就比較有可能培養出對他的成長有幫助的情感條件。

設法透過其他管道滿足你的情感需求

如果你打算長期跟疏離型情人交往，又有情感需求、喜歡與人往來，那你最好尋找和培養其他關係。繼續跟好朋友往來（但是別指望你的情人會樂於一同出席情侶活動），加入支持團體或社交團體，去上課，一定要跟家人保持聯絡。只要你至少能在別的地方滿足你部分的人際關係需求，你自然就會減少對情人的要求，也更能忍受、接納他的疏離。當然，與異性或是吸引你的人建立情感連結，可能會有外遇的危險。請記得，當你跟一個人吐露心事，加上互動頻繁，親密度自然會增加，但是外遇從來不能解決你與情人之間的問題。

治療大概不會有什麼幫助

以眞正的疏離型人格障礙者來說，接受專業諮商或心理治療可能不會有什麼成效。疏離型的人不太適合心理分析，也不太能洞悉自己的疏離模式，最重要的是，他們沒有什麼人際相關的動力，會讓他們想要改變。雖然你的情人可能很喜歡你，他就是不太會因爲你威脅要分手而想要改變。你大概猜得出來，疏離型情人在面對心理治療師時，也會跟面對你一樣冷漠。雖然疏離型的人能就你的感情關係自在地進行知性對話，但他的話大概不會有什麼情感成分。總而言之，這必須要由你來適應，期望不要太高，接納你的情人在人際關係上的小小進步。

到了該分手的時候

你遲早會發現，你可能眞的無法忍受長期跟疏離型情人在一起。最初吸引你的因素，到最後原來只是人格障礙的徵狀。你的情人不僅無法在情感上有任何回應，他也沒有動力要這麼做。你可能自己接受了一些不錯的治療，現在更清楚地了解，你有一種被誤導的需求，要去拯救與治療別人；一旦看清楚了，這些動力就再也不足以讓你繼續追求疏離的情人。好消息！如果你跟疏離型情人分手，他應該不至於感到心碎，別忘了，這個人不太能跟人產生連結，通常自己一個人就很滿足。當然，每個人都不一樣，疏離特質越輕微的情人，跟你的連結就越深。多數時候，疏離型情人適應分手的能力，都比這本手冊中提到的多數人格類型要好。

結論

疏離型的人會是冷漠的情人，可以說是「死魚一條」。這種情人一輩子都在磨練他疏離的技巧，所以，永遠處於情感的孤島，是讓他最自在的狀態。就算你愛上這個人的原因，是他喜歡孤獨的那種神祕感，但他大概永遠也滿足不了你的情感需求。如果你的交往對象是疏離型情人，你們的「感情」大概都是靠你在經營。你很快就會發現，跟這個人在一起，你獲得的是孤獨，而不是愛情。

PART 6

古怪情人

怪異型人格

The Schizotypal Personality

☑ 他的想法可以用「怪誕」兩個字來形容，你的朋友和家人都說他是怪人。

☑ 他認為偶發或無所謂好壞的事情對他來說也有特別的意義或重要性。

☑ 他理解事物的方式很奇特，有時聽他告訴你他看到或遇到的事情，會讓你很困惑。

☑ 他說話的方式很奇怪，別人會被他說的話、做的事嚇到，或搞得一頭霧水。

☑ 他有時候會變得疑心病重。

☑ 他的情緒往往顯得不恰當或很怪異。

☑ 他的衣著打扮常常很怪。

☑ 除了你之外，他沒有什麼好朋友。

☑ 因為別人對他怪異行為的回應，他身處社交場合時常常感到不自在。

你是不是曾經跟十分古怪、反常、特立獨行的人交往？他的怪異行為是不是在你們開始約會之後變得更明顯？這些古怪特徵是否讓你們不受歡迎，因為你們遇到的人都覺得他很奇怪？如果是的話，那麼你交往的對象很可能就是心理健康專家會診斷為怪異型人格障礙的人。這種類型的人因為太古怪、太反常，所以很難找到工作、朋友與感情，就算找到也維持不久。閱讀這一章節時，想想你的他有沒有怪異型情人的行為特徵，也想想你要怎麼做才能更有效地辨認出這種類型的人。如果你老是遇上古怪情人，或許你該問問自己，是什麼樣的怪異特徵那麼吸引你，以致擄獲你的心。

派翠西亞的故事

如果當初我有多花點時間先了解史都華，我可能根本不會跟他交往。不要誤會，我還是很喜歡史都華，他有很多不錯的特質。現在我們偶爾還會通通電子郵件，但是我根本不可能長久地愛著這個人。

我當時已經離婚六年了，公司同事幫我跟史都華牽線，四個人一起去約會。我一開始就應該要心存懷疑了，因為我朋友自己也有點古怪，她是個很幽默的人，但是她非常熱中於未解的謎團與鬼故事。我知道她加入了一個「讀書會」，裡面都是一些跟她興趣相似的解謎偵探，我非常感興趣——當時我很寂寞，還要照顧十歲大的雙胞胎，很少出去見世面。所以，那時的計畫是，我去參加一次讀書會的聚會，然後跟我的同事、她的男友，以及她男友的死黨史都華一起去約會。

我第一眼就喜歡上史都華。雖然他小我幾歲，但是他似乎不在意。他長得很普通，但是到了我那個年紀，我已經不那麼在意外表，而是比較在意對方的穩定性與忠誠度（我的第一段婚姻就一團糟）。他的幽默感很奇特，他的冷笑話也都能逗得我開懷大笑。由於讀書會的每個成員討論未解謎團的時候都口沫橫飛，所以史都華堅信世上有鬼，以及遇鬼事件都被刻意掩蓋起來的陰謀論這一點，一開始也沒顯得那麼奇怪。我有注意到初次約會的時候，史都華跟我講話顯得很緊張，我覺得那很可愛也很新鮮，居然有人會因為跟我在一起而緊張！

我很喜歡跟他在一起的感覺，所以我答應跟他第二次約會。第二個週末，我們一起去看電影、吃晚餐。我很喜歡跟史都華在一起，覺得他很好笑，雖然是有點古怪的好笑。不過，我注意到我們的話題永遠都會繞回奇特的鬼故事和傳說，以及史都華發現的「證據」，證明政府成立了特別小組，負責掩蓋與壓下超自然事件的消息。我覺得這整件事都讓我毛骨悚然，但是史都華顯然很認真。雖然他笑著說這些事，卻堅持要我記下他的電子郵件帳號與手機，以防我遇見「任何不尋常的事情」。他的電子郵件帳號有「月下狗」（MoonDog）這個字眼，他說那是讀書會的朋友幫他取的綽號，因為他晚上都跟朋友一起探索鬼故事。當晚他開車離去的時候，我注意到他的車牌也有「月下狗」這幾個字。

史都華跟我開始斷斷續續約會，不過，我們的關係比較像是令人好奇的友誼，而不是激烈的愛情。他常常會寫很長的電子郵件給我，有時候彷佛胡言亂語，信裡有各種古怪的陰謀論、未解謎團的網站連結。有時候，我完全聽不懂他開的玩笑或幽默，我也發現「月下狗」史都華非常熱愛角色扮演的遊戲，他會在我們講話或一起用餐時，突然轉換成某個角色，他覺得這樣很好笑。一開始，我覺得這很新鮮有趣，但久了之後，我只覺得討厭。

我得知史都華在唱片行工作，過去也曾在書店、電玩店、唱片行等做過許多低層的工作。他只有那麼幾個朋友，大多數也都熱中於謎團跟角色扮演遊戲。我也開始注意到，只要提到遇鬼事件跟超自然現象，史都華就變得非常「奇怪」，例如他會指出報紙或電視節目的某個小細節，然後意有所指地點點頭，好像在說這顯然證明就是鬼魂的作為，或是政府企圖隱瞞事實的證據。我開始覺得，這太令人毛骨悚然了。

決定分手，是因為有一次我邀請史都華到我家對面的公園，與鄰居一起野餐。當我看著史都華時，我發現他跟陌生人在一起非常不自在，他的焦慮也讓他表現得更怪異，跟他互動不過幾個小時後，每個朋友都說史都華「怪透了」，大家提到他野餐時說過的怪話、做過的怪事，都會翻白眼。他甚至對一個可憐的傢伙大叫，因為那個人在史都華描述某個他扮演過的角色時，笑了出來（我相信那人沒有任何惡意）。我想，最後一根稻草應該是我的小孩，他們被史都華堅持要說的故事嚇到，聽說有個女人在公園裡遭到謀殺，很多人都曾經看過她的鬼魂晚上在社區裡遊蕩。

在那之後，我很快就提出分手。史都華難過了一段時間，但是也承認女性通常不太了解他。直到現在，我偶爾還會接到「月下狗」的電子郵件，警告我附近有人見到鬼，或是邀請我去參加角色扮演的聚會。

古怪人格

受怪異型人格障礙所苦的古怪情人，很可能在約會初期，就在外表、想法與行爲上，出現異乎尋常的跡象。這種人的思考方式非常怪異，深信魔法與超能力的存在，深信日常生活中有超自然作用力，也深信他們正在影響世間以外的力量（或受到影響）。你可能會發現，你的怪異情人深信，電影裡的角色所說的話對他來說有特定的意義或重要性；你的情人也可能深信有心電感應這回事，每當你無法讀到他的想法或感應她的感受，就會覺得非常挫敗。一般我們認爲是巧合的事件，古怪情人總會解讀爲有特定的意義與重要性，或是與他個人相關，這會讓他身邊的人覺得很怪，又讓人緊張。怪異型情人如果沉浸於角色扮演，或已經看了五十次的《魔戒》，會突然非常認眞嚴肅地脫口而出某個遊戲或電影裡的台詞，對這些遊戲與電影沒有他那種古怪熱情的人，就會感到困惑和害怕。

怪異型情人的衛生習慣與穿著打扮，通常都很差或很隨性。那是因爲他們一方面跟不上時代流行與習慣，一方面又完全沉浸於奇幻與怪誕的想法。這種人格類型的說話或打招呼方式也可能會讓人覺得怪誕。（例如：「你好，我是法蘭克，我住在這個星球已經有二十八年了。」）想像一個古怪的高中生，平常總是獨自一人坐在學校餐廳裡，一頭亂髮，衣著也很不入時。某天，某位學生終於勇敢地坐到他那一桌時，這個男孩很不禮貌地盯著人家看了好一會，才舉起手學《星艦迷航記》裡的瓦肯人熱情地打招呼。這已經足以讓另外那位學生相信，他犯了極大的錯誤，於是這位怪異型學生很快又再獨自一人坐一桌。

不難想像，這種人格類型很可能經歷了非常痛苦孤單的青少年期。他的成長過程充滿了排斥與嘲笑，讓他更加深信不能完全相信別人。他明顯缺乏人際手腕，在社交場合裡感到非常不自在，特別是跟他不熟的人在一起時。新環境會讓他太焦慮而無法與人互動，或是太緊張而脫口而出不恰當的話。怪異型的人也會很無厘頭地從一個話題跳到另一個話題，讓人懷疑他是瘋了還是嗑了藥。很不幸的是，這種人格類型除了直系血親外，很少有朋友或知己。不同於冷漠情人，這種人會想要有感情關係，而且會覺得寂寞，覺得被孤立、被排擠。

由於長期遭受排擠與孤立，這種人格類型的情緒智商可能很低，也就是不善於正確解讀別人的言語或肢體訊息，或在溝通過程中捕捉幽微的社交語言，會無法聽懂別人話中隱含的意思。由於經常成爲別人取笑與羞辱的對象，這種人也傾向於懷疑別人的意圖。令人難過的是，這恰好成了一種惡性循環：怪異型的人多疑而防衛心重，遭到排擠後也就更封閉、更多疑；當然，這樣的封閉恰好讓他無法發展他迫切需要的社交技巧。

我們在教學時，也常常很難讓我們的心理學學生了解，一個眞正的怪異型人格障礙者會是什麼模樣。電影《拿破崙炸藥》（*Napoleon Dynamite*）上映後，我們的工作輕鬆許多。在這部電影裡，主角是個嚴重的「書呆子」高中生，熱中於魔法角色，例如獨角獸、尼斯湖水怪，甚至自己創造了一個幻想的角色「獅虎」（老虎與獅子的混合體，但有法力）。這個拿破崙沒有什麼朋友，很難在社交場合與人好好溝通，也懷疑學校同儕的意圖。他的穿著很怪，不修邊幅，也聽不太懂同學沒有惡意的笑話。拿破崙以他可愛的方式，表現怪異型人格障礙的徵兆。

關於古怪型的人，最後還有幾點。首先，這個人在工作上很可能有問題，一個人如果面對別人時會焦慮，說話很奇怪，穿著打扮又不尋常，就很難找到或維持一份工作，客戶跟同事可能會覺得反感、害怕。除非找到剛好適合他的工作，例如獨自一人的工作，或同事正好跟他志趣相投，否則工作會是一場試煉。再者，小心怪異型的人壓力過大時，那些怪誕念頭會演變爲精神問題（脫離現實）。有時候，怪異型的人會短暫失去理智，妄想壓過現實，讓他們難以分辨。（例如：「甘道夫有難了，他需要我，不管怎樣我都要找到他、把他救出來！」「此刻有惡魔在干擾我，只有我看得到他。」）遇上這些偶發狀況時，怪異型情人可能會需要服藥及入院治療。

怪異型人格是怎麼形成的？

有這種人格障礙的人，不太可能有什麼「正常」或快樂的童年。基因一定有關係，特別是如果父母之中有人是怪異型，甚至有精神分裂症；但是早期跟父母相處的經驗，還是比較容易造成後來古怪的個性。首先，父母如果人格古怪，對小孩可能也會冷漠不在乎，讓他退縮到與現實脫離的幻想世界裡。再者，父母可能會處罰、貶損、羞辱小孩，讓小孩爲了不要再遭受這種待遇，而避免與別人接觸。長大成人後，這種人就變得很焦慮，不容易適應新環境。

造成怪異型人格障礙最大的原因，在於父母溝通模式的怪誕或令人困惑。這些父母所做、所說的事，可能讓小孩覺得混亂或破碎，舉例來說，小孩說了或做了相當正常的事，卻遭到父母處罰或取笑，甚至可能根本還沒說、沒做什麼，就遭到處罰或取笑了。天眞的小孩想不通父母怎能預測他們下一步要說什麼、做什麼，於是就歸因於父母有魔法，造成他們往後怪誕的思考模式。對於這種他們所以爲的神奇魔法，小孩會害怕，也會感到很好奇。父母可能也會因爲小孩離開家而羞辱他們，影響童年時期同儕社交技巧的正常發展，造成小孩很早就發展出孤僻畏縮、有奇異幻想與古怪習慣的模式。

有怪異型人格的情人

矛盾的地方來了：許多怪異型的人幾乎終其一生都孤單一個人，因爲他對被排斥過於敏感，或就是無法順利與人建立情感。然而，你很可能正好在跟這種人交往，不知道如果這段感情持續下去，會發生什麼事。你必須了解到，在你們交往的過程中，他這種古怪反常的特質會以某種形式一直持續下去，事實上，他這種異常的人格特質很難有持久的改變。要與古怪情人交往，應該要仔細考慮以下幾點：

你的情人很可能會不時說出古怪的話、有古怪的舉動，一開始，你可能覺得有趣，或受吸引，但你可能也已經發現，你的父母、朋友與情人的雇主都不覺得他這樣有什麼可愛；從別人的角度來看，那根本怪透了！這會對你造成很大的影響，你的社交圈可能會逐漸縮小，因爲家人與朋友都開始迴避你的情人；你可能發現自己與原本友好的親友間，關係變得前所未有的緊張，又或者他們開始擔心你，怕你的情人會有危險的舉動或是發神經。畢竟，當你的情人說自己來自別的星球，或是會背出《星艦迷航記》第四十集的台詞，愛你的親友們會擔心是難免的。

除了讓你感到孤單、被親友孤立之外，愛上怪異型情人的另一個下場是經濟壓力。除非你的情人剛好找到適合他的工作，否則他很難維持一份工作，或是會只想做一些低階、低薪的工作。

在這段感情裡，你可能得承擔主要的財務重擔，特別是當情人偶爾陷入妄想的狀態。

除了社交與財務問題，你會發現你的情人很難顧慮到你的情感需求。別忘了，這個人成長的過程中，很可能長期被孤立、被排斥，他很難解讀你沒說出口的暗示，也很難理解你所傳達的對感情的期望。就許多方面而言，你使用的語言是你的情人所不會的，儘管成人能學會以情緒表達代替語言，包含微妙的暗示，但這些都需要相當久的時間。

在慢慢發現他很難了解你的同時，有時他回應你的方式，還好像是你很危險、有惡意似的。經歷了充滿排擠、嘲笑的童年與青少年期，你的情人會不由自主地猜疑、不信任人，聽來無傷大雅的評語，可能立刻被解讀爲嘲弄或排斥，使他鬱悶不樂、封閉退縮。如果發生這樣的事，很可能會進一步刺激他怪誕的想法與行爲。

這種自覺被排擠、被嘲弄的模式，可能會引起一段憂鬱期。怪異型情人有時會陷入憂鬱，與別人往來一直是他這輩子痛苦的主要原因，因此成人間的互動或排擠可能會持續引發他內心深處的無價值感。當你們感情不順，或是當你好心想指出一些你不了解、希望他能改變的行爲時，不要太意外，他可能就此封閉或陷入憂鬱。你可能開始覺得，這是個必敗的處境，想要與怪異型情人眞誠相對，的確相當困難。

雖然這些訊息大半讓人感到沉重、甚至消沉，與怪異型情人交往還是有一線希望的。多半時候，這種人格類型的人很有創意，也因此非常有趣。你的情人如此特立獨行，在某些方面可能會讓你很開心，而且只要情況不太嚴重，在某些行業中會取得不錯的成就。

《蘇西的世界》的作者艾莉絲・希柏德（Alice Sebold）在她這部處女作熱烈暢銷後，在某次訪問中提到，她一直都有那麼一點「古怪」，也鼓勵初出茅廬的作家要「擁抱你的荒誕」才能成功。就我們所知，希柏德本身沒有任何人格障礙症，不過她卻有許多「古怪」的經歷，包括來自酗酒家庭、曾遭到強暴、曾有創傷後壓力症候群、吸食海洛因上癮、戒毒，以及非常成功的寫作生涯。她應該也會同意，她說自己「古怪」、「荒誕」，正好印證了我們的論點：明顯與人不同（「古怪」）和不尋常的行爲與愛好（「荒誕」），可能讓人在創意這條路上相當成功。畢竟，「創意」就是要走在尖端，找尋新的方式表現自我，不是嗎？

令人遺憾的是，有些怪異型的人會因爲遵循他們怪誕的思考方式，在創意這條路上相當成功，但是多數時候，古怪情人只會因爲她的「荒誕」而遭受排斥、挫敗與誤解。

我為什麼會喜歡上古怪情人？

你的怪異型情人到底有哪一點吸引你？讓我們來看看，如果你發現自己喜歡上有這種徵狀的人，那吸引你的人可能擁有以下好幾種特質：

∨他認為別人說的話或發生的事都跟他有關，其實根本不是。

∨他相信魔法等荒誕的事，會說奇怪的話，不只丟臉，還會讓人以為他不正常。

∨他不時有荒誕的感覺或體驗。

∨他常常懷疑、不信任別人，而且也沒幾個朋友。

∨他的情緒表現得很不恰當，或是跟當下發生或討論的事不搭。

∨他的打扮有時相當怪異。

∨他處於社交場合時極度不自在，認為別人會排斥他。

不難理解，不管讀這本書的人是誰，都可能曾在某個時刻與古怪情人交往。依徵狀的嚴重程度，這種情人異乎尋常的特點一開始可能讓人覺得很新穎、神祕、有趣又有吸引力，他們可能相當迷人，在特定領域成就不錯，又很有創意。偶爾愛上一兩個古怪情人其實很正常，但是如果你發現自己交往的情人多半是古怪型，或是你目前交往的對象有嚴重的怪異型人格障礙，該怎麼辦？如果你已經跟有嚴重怪異型人格障礙的人結婚，又該怎麼辦？

首先，你可能只是深深受到那些明顯違反常態的人吸引，你或許欣賞他敢於在外表或社交行爲上逆向操作，你或許戀上他對某種嗜好或某種不尋常社會裡想的絕對專注。如果你的家庭給你極大的壓力要你循規蹈矩，或父母中至少有一人異乎尋常，那麼這種類型的人對你會更有吸引力力。如果答案是前者，跟古怪情人交往的確能擺脫充滿約束的過往，讓你透過怪異的情人感受新的身分；如果答案是後者，那吸引你的可能是古怪情人身上讓你感覺熟悉、自在的特質。

如果你經常與怪異型的人交往，另一種可能性就是你自己也有些古怪的特質。很抱歉要這樣講，但是你的確不該忽略這個可能性，所謂「同路人才能彼此了解」、「物以類聚」，這些俗話用在這裡再恰當不過。在我們的臨床經驗中，我們發現情人往往被相似的特點吸引，因為那些特點會讓人想到自己。所以，就算你覺得你不像情人怪得那麼明顯，你會不會其實跟他有許多相同的怪異看法和習慣呢？你是不是也因為無法融入群眾，而在社交上受到孤立？在社交環境中掙扎，是否也是你熟悉的經驗？我們建議你至少想想，你有沒有這一章開頭所列出的那些特徵，誠實地想想你是不是也有怪異型人格的特徵。

當然，要釐清你為什麼會喜歡上古怪情人，一定也要將你想照顧、保護人的欲望納入考量。你是不是特別無法拒絕那些社交上笨手笨腳、情感上受過創傷、沒有安全感的人？你為什麼會特別想保護這個人，不讓他再受到傷害與排擠？可能因為你的父母或家人有怪異型特徵，現在你努力想做兒童時期無法做的事——保護你愛的人，以致你在愛情裡擔任起父母的角色。對那些迫切需要照顧別人的人來說，怪異型情人將會是永無止盡的「任務」。當然，這通常不能作為成人感情的穩固基礎，因為古怪情人會在許多方面都一直古怪下去，你得永遠扮演父母的角色。

與怪異型情人共同生活

讀完這一章，或是與一兩位怪異型情人交往過後，你一定就能了解與這種人的生活會相當「古怪」。我們不建議你嘗試這麼做。如果你選擇與有這些特徵的人長期交往，你就必須想辦法優雅地適應情人的封閉、拒絕，而且要有心理準備你會遭受難堪的排擠。你也必須練就一張厚臉皮，不只因爲你的情人荒謬怪誕的思考模式，也因爲你的朋友與家人必定會有不解的反應或刻毒的評論。有時你會想保護他，有時你會感到很困惑，而通常你會處於惱怒的狀態。但是如果你決定要繼續跟怪異型情人交往，以下策略與建議能幫助你更有效地與他互動。

無條件地接納他

有怪異型特徵的人，幾乎都過得非常不順遂，人生一直很辛苦，而當這個人被排斥、疏遠的經驗越來越多，他就益發變得孤立、不信任人。許多治療古怪人格的治療師，會認爲自己是在矯正他的情感經驗，或是安慰一個受傷的孩子。怪異型情人會透過一張由遺棄、受傷、疏離與不信任所交織的網看待這世界，愛他的情人必須要很有耐性，給他一個環境，讓他再來一次，嘗試、體驗一段可靠的感情——這很可能是第一次。你可以怎麼做呢？首先，要無條件地尊重、接納他，不管你的情人展現出什麼樣的古怪念頭或行爲都好。這種人防衛心重又很保護自己，所以他會需要你持續展現你的耐性、善意、尊重與接納，不能表現出任何嘲弄或排斥的樣子。時間一久，你的情人就會覺得更自在、更信任你，也更願意在這段感情裡表露自己。

別逼得太緊或太急

多數人都希望在感情裡能相互扶持，我們都希望有付出、也有獲得。儘管知道怪異型情人的迴避與不信任是根深柢固的習性，我們還是很容易感到挫敗，接著就會對情人施加壓力，要他坦露自己、多與人往來，或是不要有那麼多古怪的念頭。這麼做是錯的，如果你打算繼續跟怪異型情人交往，你就必須要有耐性。別忘了，這種情人累積了許多年不愉快的社交和人際經驗，就像烏龜一樣，一旦人際壓力超過他的容忍範圍，就會躲回自己的防護罩內。強逼他信任你、與你分享心情和童年往事，都足以讓他變得更安靜，行爲更古怪。

幫助他建立不間斷的社交關係

如果你的情人是個怪異型的人，建立並維持一些穩定、有意義的關係，應該是你的長期目標。這不表示你就要負責爲情人「安排」朋友，但抓緊機會促成這樣的交集又何妨？由於這種情人很渴望有朋友，往往希望能與人有更密集、更親密的互動，他的動力會成爲你的助力。困難之處當然就在於，你的情人面對新的社交場合與陌生人時，會有根深柢固的焦慮感。你可以考慮找些符合情人嗜好的社交團體（例如電影、電腦、虛擬球隊等），然後跟你的情人一同參與活動。找幾個人或是幾對情侶，確定他們能容忍並接納情人的反常行爲，然後找機會多接觸這些可能成爲朋友的人——熟悉能撫平焦慮。最後，要鼓勵情人嘗試參與社交活動的努力。

鼓勵恰當的社交技巧

有時候，形塑與鼓勵情人良好的社交技巧，能幫助他在社交場合中更有自信，但是絕不能把他當小孩子對待，或是採取高傲的姿態。怪異型情人一向把社交場合當成戰場，可能連最簡單的應對都無法做到，如該說什麼，或更重要是，不該說什麼。需要你來形塑與鼓勵的社交技巧還包括：站著時要離別人多近，眼神交會要多頻繁才算恰當，要如何善用非言語的暗示。這些技巧對你來說或許很簡單，對許多古怪情人來說卻相當神祕，不經過一番形塑或練習，很難掌握。若與人互動有緩慢的進展時，要積極地鼓勵他。

幫他鑑定他的信念是否正確

怪異型情人常有的問題，就是想法往往很怪誕，認爲自己、別人、這世界都與魔法有關。一旦情人開始信任你的好意，你或許就能挑戰他那些不合理的信念。當你的情人說：「我還沒說你就知道我要說什麼！你都知道我在想什麼對吧？」你必須溫和但堅定地回他：「你我都知道我不可能知道你在想什麼，但是因爲我很了解你，所以有時候我能猜到你要說什麼。」如果你溫和但持續地這樣矯正他，就能幫助他分辨什麼是魔法，什麼是合理的想法。

記住，消除他的古怪並不是目標

如果你不喜歡情人那些古怪的特質，那就去找別人。診斷出有怪異型人格障礙的人，永遠會是古怪又荒誕的怪咖，某些怪癖一開始可能吸引你，但是如果你的目標是要改變情人這種基本個性，那你只是在浪費時間，最終只會灰心喪志。相反的，如果你是想讓情人更接近一般人，在社交互動與自信上不那麼邊緣化，這是個很合理的目標。他大概永遠都會保有某種古怪的說話方式與習慣，而且永遠都不會喜歡成爲眾人焦點，但是古怪情人可以變得更自在，跟你、跟自己、跟別人相處都一樣。

到了該分手的時候

到了某個階段，你可能會發現自己再也無法繼續跟一個古怪致極、社交上又封閉的人在一起，那分手時會發生什麼事？怪異型的人並未顯現出暴力傾向，除非他過去曾經威脅你，或是妄想情況很嚴重，否則你的離去應該不會讓他走上這條路。

不過，你的離去的確會讓怪異型情人受到傷害。這種人格類型的人被排斥的經驗很豐富，也很容易察覺別人輕蔑的態度。如果有辦法放慢這個過程，避免突然離去，會很有幫助。利用疏遠他的這段期間，對你喜歡他的那些特點表示肯定、鼓勵，並通知他身邊能夠支持他的人，讓他們在這段期間更關心他、更常接觸他。

結論

一開始，怪異型情人可能讓人覺得新奇、有趣又「特別」，但時間一久，你大概只會覺得這個人就是怪。雖然我們每個人都有怪癖或古怪的習慣，古怪情人卻奇特到了有障礙的地步。他的想法跟行爲都很怪誕，在新的社交場合中，他會很不自在，他的行爲舉止也會讓他不斷遭到排擠。如果你就是喜歡極度古怪的情人，或許你很適合跟怪異型的人交往。如果不是的話，遲早有一天，你會想逃離他身邊。

B組

激烈、危險、捉摸不定的情人

危險情人：反社會型人格

激烈情人：邊緣型人格

誇張情人：戲劇型人格

自私情人：自戀型人格

破壞情人：被動攻擊型人

Crazy Love

PART 7

危險情人

反社會型人格

The Antisocial Personality

☑ 他會做出不法的事，可能有被逮捕或觸犯法律的先例。

☑ 他曾經為了好玩或個人需求，對你說謊、不老實，或誘騙你。

☑ 他很衝動，做事不會先計畫，也不考慮後果。

☑ 他曾經在肢體上侵犯你、攻擊你，或對你很不耐煩。

☑ 他完全不為你的安危或幸福著想，而且表現得很露骨。

☑ 他工作都做不久，也無法擔負經濟責任。

☑ 他傷害你、對你不好、把你的東西占為己有時，都顯得毫無悔意、毫不在乎，要不就是把自己的行為合理化。

上述警訊是不是很熟悉？你交往的人是不是都愛操弄、愛說謊、做事不負責任？你是不是覺得，目前的感情已經走到一個地步，你開始懷疑對方說的話、做的事，以及他到底跟誰在一起？你是不是經常眼睜睜看著戀情變調，因爲你發現對方根本是在利用你？你是不是覺得你對情人的愛，都被他的利用和操弄給糟蹋了？安琪的故事讓我們清楚地看到，這種特別危險的人格類型有什麼特徵，以及這種障礙症在感情中會出現什麼徵兆。

安琪的故事

高中畢業不久後，我就開始跟理查交往。我們來自同個城鎮，也有許多共同的朋友。理查長得很帥，是個很棒的運動員，有很多朋友，他非常有自信，一切對他來說都顯得很容易。大家都知道他交過很多女朋友，是個花花公子。雖然我也知道他風流成性，但他就是有辦法讓我覺得，我跟其他女人不一樣，好像我比較特別。我立刻就被他的落落大方、他的幽默感和浪漫攻勢迷倒，他會捧著花出現在我家門口，也會記得我最愛的是什麼。我們的感情彷彿有了自己的生命，很快的，我們就變得很親密。

不知道為什麼，我覺得跟理查好像認識了一輩子那麼久，他什麼都跟我傾吐，還說他告訴我的那些事，他從沒跟任何人說過。他非常溫柔，在一起的時候，我覺得自己就好像是他生命中的唯一。我們當時念不同的大學，也各自都在兼差，我在唱片行打工，理查則在醫院當技工。平日晚上、周末有空的時候，我們都會在一起。由於我們都要上課、打工，白天要見面很困難，所以我會用電話、電郵跟他保持聯繫。我肯定比他多花心思保持聯繫，但是我總會告訴自己，女生就是會這樣做。雖然相較之下，他比我冷漠，但是每次接到我的電話或電郵，他都顯得很開心。不過，我有時候會找不到他，他會不接電話，不告訴我他在做什麼、跟誰在一起，他經常言辭閃爍。但是當我們又見面的時候，他就會費盡心思讓我覺得我很特別，好多次我都放下憤怒與挫敗感，跟著那美好的感覺走。有幾次，我鍥而不捨地追問他在做什麼，他就變得很有防衛心，心情也變得很差。他總能說出很好的理由，解釋為什麼我聯絡不上他：他會說他是跟男性朋友在一起，因為喝太多，醉倒在朋友家；不然就是說，他的手機沒有訊號，一直到隔天才收到我的訊息。事後他總是對我特別溫柔，所以有好長一段時間，我真的都相信他。他有一種不可思議的能力，就是能讓我什麼都相信他。

我發現理查喝酒喝得比他身邊的人凶，一到週末，他總是啤酒不離手。我只要跟他提這件事，他就會非常生氣，所以我學乖了，再提也是白費力氣。我想我大概都把注意力放在理查好的一面上。有一次，我在他口袋裡找到女生的電話，我還自己幫他找藉口。他很愛跟別的女生調情，就連在我面前也不例外。如果我表示不高興，他就會叫我不要擔心，他的心始終在我身上；不然就是會防衛起來，生氣地說我只是沒有安全感又愛吃醋。

有一天，我決定去醫院找他吃午餐，給他個驚喜。我跟櫃檯人員說要找他，對方在電腦系統裡找了很久，最後告訴我，他並不在那裡工作。我堅持一定是哪裡搞錯了，那個櫃檯人員很好心地又幫我查了一次，這次他告訴我，理查從來沒有在醫院工作過。我又驚又氣，撥了通電話給理查，電話終於接通時，我在電話上對著他大哭大叫。他很生氣，而且很輕易地就給了我一個解釋。他說我從來都不用心聽他說話，我一定忘記了，他跟我說過他只是去那家醫院應徵工作，但沒有錄取；他說他有跟我說，最後他只好選擇了他不喜歡的工作，就是清理游泳池。我開始懷疑自己，是不是我忘了他說的這些事，我對自己的又哭又叫感到很內疚，最後我為沒有仔細聽他說話而向他道歉。一切又回復原狀，但是我已經無法忽視那逐漸萌芽的懷疑種子。我努力甩開那些憂慮，但是有太多時候我聯絡不上他，或他的言辭閃爍，我也經常發現他有別的女生的電話。

有一天，我看到他跟一個女生在吃午餐，可是他明明告訴我，他是要跟朋友去滑雪。當我質問他的時候，他又開始說謊。那是理查第一次對我粗暴，我還記得我被嚇到了，覺得很害怕；他對著我破口大罵，我從來沒有看過他這個樣子。我想要離開，可是他抓住我，把我推倒在地上。我開始哭，但這讓他更生氣。最後，我為了終止這樣的場面，變得非常的消極；而且結果又是我為了惹他生氣、挑起爭端而向他道歉！我不敢相信，我竟然讓他這樣操縱我。記得有天早上醒來，我發現自己過得很不快樂，我竟然放棄、改變了那麼多，我想，在跟理查交往的這段日子裡，我失去了自己，我明白我必須重新找回自尊，逃離他的虐待。我終於受夠了他的謊言、欺騙和擺布，我鼓起勇氣，結束了這段感情。我覺得自己好笨，竟然會相信他說的話。我浪費了兩年的時間，被他欺騙、擺布、耍弄，而我還不知道他最後到底在不在乎、有沒有覺得對不起我。我敢打賭，他現在一定正在對別的女生做同樣的事。

危險人格

一開始喜歡上某個人時，我們很自然會將注意力全放在對方的優點與正面特質上。我們可能喜歡上他的外貌、他的幽默感、他的聰明才智，或是他善良大方的表現。放大新戀人的優點，是很自然的事；如果遇上的是危險人格類型的人，這就更容易發生了。危險型的人很善於在一開始時表現出迷人、善良、體貼、有愛心的模樣，他很注意自己給人的印象，也非常清楚該怎麼樣善用別人對他的好感。由於這種人可能相當聰明、風趣又圓滑，他給人的第一印象總是非常好。心理學家稱這種危險人格為反社會型人格障礙，他們是情場高手，認識不久就知道怎麼擄獲對方的心，這種萬人迷的魅力看起來很玄、很不眞實；他們有辦法讓人覺得他們很誠懇、很可靠（儘管他們絕非如此），這種天分有時候非常可怕。「外表會騙人」這句話似乎就是為反社會型的人量身訂作的，因為你所見到的絕對不是眞的。

反社會或危險型的人最主要的特徵，就是他們總是罔顧、甚至侵犯別人的權益。這種行為模式從很早就開始（往往始於童年），一路延續到成年晚期。如果你的情人是危險型的人，你遲早會看出他虛偽、奸巧詭詐的本質。虛有其表的魅力、不可靠、判斷力差、對自己的不良行為毫無悔意，這些都是反社會型人格者會有的典型特徵。「反社會」一詞的定義是：這種人背逆社會、違反社會規範（法律），跟疏離型人格的不合群、從社會抽離有所不同。說到這裡，你可能納悶我們說的「危險」到底是什麼意思；「危險」一詞是我們精心挑選來形容反社會型人格者的。這種情人可以在很多層面上、以各種不同方式摧毀你。繼續讀下去，你就知道這種人是怎樣給別人帶來災難。

有反社會型人格的人，通常都會做犯法的事，他們目無法紀，真心相信社會規範只是給別人用的，就是管不到他們。這種人視法律規範為愚蠢、不方便的東西，認為鑽漏洞是應該的。你的危險情人大概會覺得法律管不到他，而且法律訂來就是要讓人違法的。所以，他會在需要的時候犯法或鑽法律漏洞，只要方便行事或能達到目的就好。反社會型的人有兩大座右銘：「先下手為強，後下手遭殃」；以及「只要我喜歡，有什麼不可以」！如果你檢視反社會者的人生，你會發現他們的行為模式都不符合社會規範、都觸犯法律，往往導致被逮捕之類的下場。反社會者在童年或青少年時期，可能曾經偷竊、說謊、侵犯人或動物、縱火、破壞公物、跟人打架、濫用藥物，並多次與公權力起衝突。當然，跟反社會型的人交往時，他大概會說謊掩蓋這些事實，所以你可能都要等到事後，才能完全看清這個人的犯罪模式。

危險人格類型的人進入成年期後，部分反社會行爲仍可能持續。你往往可以清楚看出一種侵犯別人權益的模式，就是將自己的意願和想要達成的目的加諸於別人身上，必要時甚至會用強迫的。這裡要警告大家：聰明的反社會者往往很懂得怎麼在不被察覺或逮到的情況下犯法和違反社會規範，他們會在「雷達區」之下低空飛過，在短期內不須承擔事情的後果；特別當他們的操弄和反社會行爲較不明顯、較不具犯罪性質時，更是如此。你可能已經猜到，反社會者的智商越高，就越是危險。歷史上有許多惡名昭彰的連環殺手與強暴者，他們都是最難抓、也最聰明的一群；沒那麼聰明、不那麼狡猾的反社會者，早就被關進牢裡出不來。

反社會型的人之所以危險，還因爲他們有一種不可思議的能力，在警方（因犯罪行爲）或情人（因操弄、利用、欺騙、說謊）逮個正著時，總能裝出眞的很後悔的樣子。當謊言與惡行被拆穿時，他們的確會覺得難過，但只是因爲他被逮到了，至於自己犯下的錯、對別人造成的傷害，他並不會眞的感到自責。反社會者很擅長將自己的行爲合理化，能夠當下就爲自己的行爲找藉口，還會假裝很懊悔。在監獄裡治療反社會者的專家，稱這種懺悔態度爲「貓哭耗子假慈悲」：他難過只是因爲被抓到，其實這個危險人物大概已經在盤算時間，等你靠近的時候下手——把你吞了！

說反社會型的人很危險，還有一個充分的理由：因爲他們會持續不斷地侵蝕感情和伴侶的情緒健康。要跟一個會一直欺騙、操弄、利用你的情人在一起，身心健康很難不越變越糟；你所受到的傷害，可能是情感上、財務上，或身體上的，也可能同時受到好幾種傷害。這種人就是有辦法完全罔顧別人的感受、需求和意願，他們幾乎不自覺地就會說謊、欺騙和操弄人，而且都是為了達到自己的目的。當你終於當場逮到反社會型情人，並跟他對質時，他會展現過人的本領，說服你相信你完全搞錯了，或至少是誤解了。他會扭曲你的話、扭曲事實，到最後連你都相信是你錯了，是你沒有安全感、有妄想症，或是問題其實出在你身上。別指望其他人能證實你對反社會者行為的憂慮，至少一開始不可能，因為這種人會給人非常正面誠懇的第一印象，你的朋友甚至家人可能都搞不懂你到底在抱怨什麼。危險情人是這方面的高手，能讓你在感情裡感到恐懼、脆弱、孤單。

反社會者也永遠在追求刺激，這種人比別人需要更多的刺激和感官興奮，這也是為什麼有些軍事特種部隊與精英執法單位，會以某些反社會特徵（需要刺激，而不是違法行為）來選人。濫用藥物、魯莽駕駛、亂花錢、賭博、從事非法活動、同時有多位性伴侶等行為，在反社會型情人身上並不罕見，他們不僅享受這些活動所帶來的刺激，甚至會刻意去做這些事。如果沒有這許多尋求刺激的宣洩管道和冒險行為，他們就會抱怨日子太無聊。想當然耳，這樣的冒險行為對危險情人或對你，都會有一定的後果；反社會者很難理解他的行為會帶來什麼後果這一點，往往會讓他的伴侶因此受害。

反社會者也很不負責任，而且在金錢、法律、感情，以及對自己的小孩等許多方面都是如此。他會常換工作、常被開除，經常或長期性地失業，若是談到累積財富、適當理財，反社會者都不會有好的紀錄。他的自我中心、衝動、對刺激的無盡需求，都讓他難以逃脫財務窘境，這一點從他經常向身邊的人借錢、利用身邊的人幫他紓解財務困境，就可以看得出來。

總結來說，反社會者是危險的情人。他不遵守法律規範，經常顯得急躁又好鬥，特別是在有人找他對質，或要他負責的時候。他會一再逃避承擔賺錢的義務，而且總是利用別人來滿足自己的需求。這種人不會事先計畫，總是衝動行事，這往往是因爲他的行事模式就是要追求刺激。對於自己和別人的安全，反社會者都很魯莽又不負責任。這種人一開始會讓人感覺很迷人、很圓融，但他過去通常有一長串短暫膚淺的感情。最後，反社會者不會眞心懺悔，反而會因爲傷害或操弄別人而感到滿足。

一點警告

讀完前面的部分，我們希望你已經清楚了解，反社會型情人足以造成危險的種種方式。但是還不止這樣：反社會型人格有的時候會變得很有威脅性——不管是言語上、肢體上都會。相較於多疑情人會因爲疑心病而採取行動，危險情人很可能只是爲了滿足他的欲望、或不讓你奪走他想要的任何東西，就採取粗暴的行動。

危險情人的正式診斷名詞爲「反社會」，其他通用的名詞還有「精神變態」（sociopath）和「變態人格」（psychopath）。如果你還是無法想像反社會型的人有多危險，請想想美國史上最著名的反社會者——泰德．邦迪。邦迪是一個犯案累累的強姦犯、連環殺手，他姦殺了大約三十五位女性，才終於落網被處死。邦迪可不是滿口胡言的狂人，而是風度翩翩的爾雅之士，他受過教育，長得帥又有魅力，能夠讓女性覺得他不僅是個好對象，還很安全。話說回來，有反社會型人格特徵的交往對象，大多數都不會是殺人犯或強姦犯，但是他們有相似的思考模式，都會毫無所謂地利用別人，光這點你就應該要提高警覺。

如果你們還有孩子，那你就更有擔心的理由。反社會者是很不負責任的父母，由於總把自己的需求排第一，他們不會盡心照顧孩子，例如：他們不會適時給孩子支持、不會照顧到孩子的基本需求、無法給孩子必要的醫療照護。他們的孩子在營養與衛生上，可能也無法受到妥善的照顧。反社會者很難滿足別人情感上的需求，因爲他們只想要滿足自己的欲望；他們可能無法在情感上與孩子有所交集，有時候甚至會在情感上或肢體上加以虐待。以上這些情境，我們在執業生涯中都曾經遇過，所以我們要請你注意，危險型的人跟孩子在一起時，可能需要小心監督。

反社會型人格是怎麼形成的？

你可能會想，反社會者的童年到底發生了什麼事，才讓他變得如此自我中心、冷漠和危險。

請記住，如同其他人格障礙症，反社會症狀可能有部分來自先天基因的影響。事實上，反社會傾向常常是家族遺傳，罪犯父母一方面會把這種基因弱點遺傳給下一代，另一方面又會成爲孩子的反社會行爲榜樣。不過，危險人格要發展完全，需要的不僅是基因，關鍵似乎在於先天基因加上後天與重要成人相處經驗的組成。

那麼，反社會者的父母是什麼樣子的呢？有這種人格障礙的人，形容自己的家庭教育時往往前後矛盾又難以捉摸，可能在消極管教與積極懲罰之間擺盪。多數時候，這些父母都相當嚴厲，要求很高，會辱罵人；要不則是徹底的漠不關心。這種父母無法提供可敬的、被社會接受的行爲模範。反社會者發現父母根本不可靠、不關心之後，就會變得極爲獨立，並專注於滿足自己的需求，即使犧牲別人也在所不惜。對這種人來說，要生存就要取得他所需要的東西、滿足他的需求，而且永遠都要取得最好的。其他的先天影響因素還包括被父母忽略、照護者本身有危險行爲或會利用別人，要不就是家庭環境極爲混亂而備受忽略，唯有靠「加碼」或發洩才會受到關注。男孩成爲反社會型成人的可能性比女孩要高出許多。

有反社會型人格的情人

與反社會型情人交往，感情可能會迅速而激烈地展開，但你很快就會發現，與反社會者在一起並不容易。隨著感情發展到不同階段，你可能會覺得自己像個偵探、警察、法官、家長、老闆、孩子，你在這段感情中的角色，會隨著情人時而難以捉摸、時而不負責任的行爲而不斷轉變。你會發現，反社會型情人會去挑戰極限與耐性——包含你的跟他遇見的每個人的。每當你覺得要舉白旗投降時，他就會施展魅力，把你覺得嚴重的大事化小，但這只是爲了維持感情的和諧，好讓你繼續留在他身邊。你很快就會看清這種模式：他在一連串的說謊、欺騙、操弄過後，緊接著就會短暫表現出悔過行爲，還承諾眞的會改。

說來令人難過，如果你愛上了反社會者，那你就必須接受一個事實：你的情人不會像你一樣，爲這些反社會行爲如此苦惱。你必須理解，他不太可能因爲他的行爲，或他對待你的方式而感到後悔，他根本沒有「感受你的痛苦」的能力。想要證據嗎？請看這個實驗：當反社會者的腦部接上腦部造影機，再給他看充滿情感，會讓你我生氣、悲傷或狂喜的畫面時，反社會者的腦部掃描卻顯示，負責處理這些情感刺激的腦區並沒有什麼活動。換句話說，他們的腦袋根本不具備同理心的功能，他們感受不到你的感受，就算他們努力想感受也沒辦法。

危險情人在人際關係中相當狡猾，也很會看透人心，這表示你的情人很清楚你的極限在哪裡，也知道違背你的期望、準則或價值觀時，你會有什麼反應。對你的情人最有利的方式，就是能夠正確看透你的心，這樣就能滿足他的需求，同時又不會惹上麻煩。你的情人也會以同樣方式對待其他出現在他生命中的人，通常也包含公權力。挑戰別人忍耐的限度，對他來說是很平常的事，因爲這樣才能滿足他追求刺激的需求。至於你，則會感覺被玩弄於股掌之間，甚至會被逼得對他暗中調查一番，好看看情人對你說的話是不是眞的。

你對情人的懷疑會隨著時間加深，到最後，你會不知道該相信什麼。如果你愛上一個反社會者，你對情人的動機、行爲、託辭或一舉一動，警覺性都會變得非常高。除此之外，你也會厭倦總要爲情人不檢點的行爲擦屁股，不管生活上或工作上都是如此。你的確應該抱持懷疑的態度，因爲從過去的行爲往往能預知未來的行爲。當你開始明白你的情人其實並不怎麼自責，你也會越來越難接受和原諒他的行爲。如果你覺得情人的道歉聽起來很假，那是因爲他的確不是眞心的。他是眞的覺得難過，但只是因爲被抓到而難過，不是因爲他傷害、欺騙或玩弄了你。危險情人很擅長把矛頭轉回去，讓伴侶相信問題其實出在自己身上，是自己太天眞、太死板、太沒安全感、不聽人家說話，或就是「不相信他」。

如果你開始懷疑自己精神有問題，那你很可能正在跟反社會型的人交往。別忘了，反社會者沒有辦法體會你的苦惱或感受，也不怎麼在乎。他們非常擅長的一種生存機制，就是掌控每次的互動，讓自己占上風，就算需要稍微假裝在乎和有同理心，也難不倒他們。每個人都希望能談一段平等和諧的感情，危險情人無法給你這樣的相互關係。反社會者對別人的苦難會表現出典型的漠不關心，甚至麻木不仁。如果你期待這個人能在身邊扶持你，那你大概要一再失望下去。請記住，這種缺憾不是因爲他不想要有同理心，就如前述腦部掃描研究所指出，那是他在這方面有生理上的缺陷。所以要反社會型情人「學習」同理心，是不合理的要求。

身爲他的情人，你可能會覺得危險人格膚淺又虛假，當初迷人又牽動人心的特質，現在都顯得空洞又自我中心。危險情人對自己的評價相當高，這種人能言善道，對自己的能力也過度自信，會毫不遲疑地吹噓或告訴別人他們的「高見」。他們喜歡與人辯論，但是對別人的意見或想法卻缺乏耐性及接受能力。他們很容易落入口舌之爭，毫無預警地就變得有敵意和攻擊性。身爲他的情人，你會覺得自己永遠也無法吵贏他。

有危險人格的人，還有另一個常見問題：對感情不忠。事實上，反社會者的註冊商標就是無法維持一對一的感情狀態，這種人一定會有多位性伴侶，以及許多短暫的戀情。別忘了，反社會者很不懂得控制自己的衝動，也無法意識到他的行爲會帶來什麼後果。爲了尋求刺激，這種人格類型的情人會遵從他們的性衝動，滿足他們眼前的需求。而當你發現他這些不檢點的行爲時，他很可能會表現得滿不在乎、吹噓一番，或是設法迴避、說謊脫困。

最後，反社會者長期的不負責任，會是感情的致命傷。這種情人永遠不會盡自己的一份責任，不管金錢上或其他方面都是如此。最後，所有責任——財務、工作、扶養小孩，一定都將由你來承擔。如果你指責他沒有貢獻、做事不負責，他可能會用非常誠懇的語氣承諾你，他會改過自新，變得可靠一點；不然就是怪你要求太高，或根本不理你。跟反社會型情人在一起，你很快就會覺得，你好像是跟一個永遠唱反調的小孩在一起。

我為什麼會喜歡上危險情人？

你已經知道危險情人是什麼樣子了，現在該來想一想，你怎麼會喜歡上這種人、你是不是一直有被這種情人吸引的紀錄。如果你交往的對象是反社會型，那表示你會受這樣的人吸引：

- 違背你倆感情裡的界限與規則。
- 會騙你、耍你。
- 在感情裡衝動行事、不事先計畫。
- 在肢體上或言語上攻擊你。
- 完全不在乎你或孩子的安危。
- 指望你一個人承擔起你們兩人生活中的情感與財務責任。
- 對你的感覺與需求滿不在乎。

可以想像，看到這份清單會讓人多麼沮喪。不過，如果你被危險型的人吸引，你其實並不孤單。反社會型情人會散發一種令人無法抵擋的魅力，讓你永遠意猶未盡。當這段感情順利的時候，一切都會非常美好，你會覺得你倆的感情緊密無間，既刺激又有默契，有些時候他會顯得很在意、很體貼你。這種時候，你很容易騙自己，相信一切都會變得更好。

危險情人精於看透人心，他大概非常清楚，他可以把你逼到什麼程度，什麼時候他又該收斂一點。可能有什麼原因，讓你甘於跟一個不負責任的情人在疏離與親密間來回擺盪，或許你自己的心理也有一些問題，讓你覺得這種感情特別吸引人。

有人會爲了反社會型情人神魂顚倒，是很容易理解的事。這種情人一開始散發的自信、跟他在一起的刺激感，很容易讓人著迷。有個魅力十足的異性追求你、關心你，彷彿直覺地能看透你，這當然讓人感覺很好。反社會型情人會在一開始，展現一股能收服人心的圓滑魅力、幽默感及滿滿的自信；正因爲他有那麼一點粗獷、一點壞男孩的形象（想想詹姆斯·狄恩），讓人覺得他有趣、可愛、甚至充滿誘惑力。但是你很快就會發現，這個第一印象幾乎可說是假的。我們知道要認清這個事實很困難，但是我們情願你現在就看清楚，你的反社會型情人很可能在說謊、玩弄你、扮豬吃老虎，就爲了達成他的目標、釣你上鉤。

反社會人格類型的關鍵特徵在於，這種人完全不懂得尊重別人的感覺與需求。最初，他可能會表現出界限分明的樣子，他那種獨立堅強的模樣或許很吸引人，但是時間久了，你一定也發現這個人根本就沒有同理心，無法體會別人的痛苦或內心的感覺。他與別人的交集都很膚淺，也毫不誠懇。除了情感上無法跟人連結之外，你將發現反社會型情人會用他精湛的操弄技巧來扭曲你的話、你在意的事，沒多久你就會懷疑起自己的感覺，懷疑你對情人的要求是否合理。危險情人到底有哪一點吸引你呢？你的原生家庭是否讓你必須千方百計，設法與反社會或情感疏離的父母建立連結？還是你把反社會型情人當作一種挑戰，相信你能改變這個情人，因爲你跟他過去的情人不一樣？另一個可能是，如果與反社會者交往對你來說已經成了常態，那麼你的自尊很可能已經嚴重受挫，讓你不願相信自己其實值得更好的感情。

有反社會型人格的人都曾有過許多短暫戀情，以及對感情不忠的紀錄，有些還有過幾段短暫婚姻。不用說，你可能從一開始就難以眞正信任這個人。你是否總會跟對你不忠的人在一起，還是你很輕易就會忽略這些不點檢的行爲？如果是的話，我們建議你好好想一想爲什麼。是不是你的父親或母親總是不忠？是不是你總將這一切解釋爲「他畢竟是個男人」？是時候停下腳步，問一問自己爲什麼要談這種注定讓你失望的感情。當你有理由不信任你的情人，當你的需求總被情人理所當然地忽略，你很難無視於情人的不忠繼續維持這段感情。如果你發現情人不斷出軌，而你仍然繼續跟他在一起，那你很可能是在欺騙自己，幻想「他這次眞的想改」；要不就是你已經變得非常依賴，寧願維持一段備受虧待的感情，也好過自己孤單一人。

與危險情人交往的人會陷入一種進退兩難的困境，他們會開始看不清自己的權利、需求與渴望。你會一再被利用、擺布，最後還得挑起經濟和家事的重擔，多數時候還要扶養孩子。你會變得很習慣被擺布，習慣永遠爲你的反社會型情人「擦屁股」，直到有一天突然醒來，你才發現過去那個堅強獨立的自己到底怎麼了。到了某個時候，你將不得不承認，你不只是情人也是父母，對象還是個難搞的大孩子。

如果你發現自己總是與反社會型情人交往，你或許該問自己這個問題：爲什麼我的感情最後總讓我覺得痛苦，覺得被利用、被擺布？與反社會者交往會讓人在情感上大受打擊，你心中或是你的過去，有什麼一直吸引你踏入這種感情？你小時候是否也曾遭受如此的待遇，還是有什麼讓你覺得，你不值得與一個正直的人談一段眞心的感情？你是否常常懷抱可悲的幻想，以爲只要你夠努力，終有一天能夠「馴服」你那狂野、不受控制的魅力情人？你是否發現，在這些感情中，你逐漸失去自我，不再知道什麼對自己最重要？如果你對以上任何一個問題的回答爲「是」，那我們建議你最好找時間跟一位心理專家好好檢視一下自己。

最後，千萬別忘了，你那魅力十足、詭計多端的反社會型情人會在多種層面上讓你陷入危險。當傷害僅限於情感上、口頭上時，很容易讓人忽略這類感情可能帶來的危險。但是，如果繼續陷入、或維持這種感情，你其實是在隱約（或許也不那麼隱約）地告訴自己，你不值得更好的。你有一個自私自利、只管自己要什麼的情人，如果你不照顧自己的需求，你的需求永遠不會得到滿足，而且如果不警惕的話，你可能成爲肢體暴力的受害者。現在是好好反省一下，爲什麼你沒有保護好自己的時候了。

與反社會型情人共同生活

如果你現在的情人是危險型的人，你必須決定要繼續維持這段不平衡的感情，還是要離開他。我們必須老實說，與有反社會型人格特徵的人交往，會非常危險（特別是如果他這種人格特徵很強烈）。我們在執業過程中發現，有危險人格的人都有根深柢固的習性，很難改變。你不應抱持太大希望，以爲反社會型情人眞的會改掉他愛擺布你、利用你，以及忽略你的需求等種種行爲。我們強烈建議你認清這種感情對你沒有好處，你應該認眞考慮離開他。

儘管話說得這麼白，我們也知道你經過各方考量，最後可能還是決定繼續維繫這段感情。你可能認爲情人的反社會特徵沒那麼嚴重，所以你比較不會有危險；或者你們可能有了孩子，你覺得情人的行爲尚未對孩子造成負面影響；又或者你們已經結了婚，而你是個堅持誓言不離不棄的人。與反社會者一同生活的人，一定會考量以上各種原因，如果你還是決定留下，那我們希望以下建議能幫助你跟他和平相處。

改變的幅度會很小

要符合反社會型人格的條件，這種人必然有一長串至少從青少年期就開始的不良紀錄，包括欺騙、操弄，以及種種違反人際與社會規範的越界行爲。想當然耳，要這種人改變沒那麼容易。有危險人格的人往往不知道、也無法體會他們的思想行爲有多不正常，更不會因爲這些思想行爲而苦惱。反社會型情人會努力說服你，你在感情裡不快樂是你自己的問題，不是他的問題。這類情人的改變幅度會很小，切勿懷抱太大的期望。

採取防備措施以策安全

由於有危險人格的人魯莽又不負責任，你可能會身處對你或其他人都不安全的情境。要記得，某些有反社會特徵的人會虐待人，所以請盡量確保自身安全。這表示你可能得另覓住處，直到你們倆都開始接受治療；或是你得擴增你的社交支持後盾，需要幫忙的時候才有人可以找。這個時候，你眞的應該確保自己與孩子（若有的話）有值得信賴的人，可以在需要的時候支持你、幫助你面對現實。如果你有孩子，要確保他們的情緒與人身安全無虞。如果情人變得有威脅性，或過去有施暴紀錄，要向他清楚表明，一旦你遭受威脅或虐待，就會立刻報警，而且你要說到做到。如果情人有偷吃的跡象，拜託，請你一定要避免不安全的性行爲，不要冒險讓自己染上性病。如果有需要用到律師、財務顧問、私家偵探或醫生，千萬別猶豫。

溫和但堅定地要你的情人負責

反社會型情人一貫的手法，就是惹了麻煩後撒手不管，讓你來承擔責任。儘管多數人在出了亂子後，都會想讓生活趕快恢復正常，但是這種時候，你一定要讓情人收拾自己的爛攤子。不要替他掩蓋，這只會鼓勵他的這種行為，保證他更不會改；如果你總是幫他擦屁股，他又何必改呢？這種時候如果你動搖了，你的情人一定會挑戰你的忍耐限度，最後更無止盡地利用你。設下一個限度，並堅持不退讓，必要時報警或提出分手，這樣才是讓他改變的最佳做法。當你與他對質時，要用正面肯定、強調「我」的語句來伸張自己的權益，讓情人知道你不是說著玩的。

要信任但也要確認

與蘇聯交手時，美國總統雷根提出了「要信任但也要確認」的說法，表示「好，我們相信蘇聯會遵守他們簽訂的核武條約，但是為了確定，我們會密集蒐集情資，以確保我們的信任有根據！」我們覺得，與反社會型情人交手時，這個建議也很適用。反社會者沒有辦法不說謊，就算根本沒有好處，他們也要說謊。因此，我們強烈建議你要求證據，好證明他人的確在他說的地方，證明他的確有在工作，證明該付的帳單他都有付，還有他說要做的事都有做。舉例來說，當情人有外遇而騙你時，你可以再給他一次機會，但條件是他要出錢，讓你不定時或是覺得需要的時候，可以請私家偵探來確認他是否忠誠。

治療大概不會有幫助

這種人格類型的人不會覺得有需要、也不會想接受治療，他們根本不覺得自己有問題，有問題的是別人、是這個世界！如果你提出找心理專家諮商，你的情人一定會強力抗拒。不要感到太意外，這時他有可能把所有感情中的問題都推到你身上；他也可能設法說服你，他自己或是你們倆就能解決這些問題，不需要外人介入。如果情人同意接受治療，他很可能只是爲了安撫你，讓你繼續留在他身邊。研究顯示，反社會者接受治療的時間不會太久，他們常常缺席，而且會暗中對付治療師，他們很快學會心理治療的術語，但本身不會有什麼眞正的改變。

到了該分手的時候

如果你的情人眞的符合反社會型人格障礙的診斷條件，不難想像，終有一天你會沒有辦法或不願意再與他交往下去。這種情人永遠都會是衝動、不可靠、不負責任的，他們動不動就打架或採取報復行動，與任何人的關係都非常膚淺；他們感覺不到你的需求，對你不忠，經常操弄你、利用你。因此，如果你決定沒有了這個人，你和孩子（若有的話）的生活會更好，我們一點也不感到意外。由於反社會型情人可能會很危險，所以分手的時候一定要小心，要謹愼地衡量情勢。首先，保護你的人身安全，分手時要打電話報警，通知家人、朋友，必要時可以申請禁制令，搬家時也找朋友全程陪同。再來，立刻告知銀行保障你的財務，也要保護你的私人財產。最後，分手的過程要請律師陪同，特別是如果你們結了婚，或擁有共同財產。反社會型情人會一直利用你，直到把你榨乾，就算分手後也一樣，所以一定要表現出堅定、嚴肅的態度，同時找可信賴的第三者跟他溝通。

結論

我們說反社會型人格障礙者是有危險的情人，這有幾個原因：反社會者很自我中心，無法眞正體會別人的感受，對你的關心只會是表面的；爲了自己的利益，他們會操弄你、利用你、侵犯你。與危險情人交往有時很刺激，但這種感情始終是膚淺的，有時還得在情感、財務，甚至身體上付出相當大的代價。提醒你跟危險情人在一起時，務必要小心謹愼。

PART 8

激烈情人

邊緣型人格

The Borderline Personality

☑ 她很害怕被拋棄，經常將你的行為解讀為在拒絕她。

☑ 她過去的感情都是激烈、不穩定、反覆無常的。

☑ 她的自我形象非常薄弱。

☑ 她有許多衝動行為的紀錄，如衝動性消費或性交、濫用藥物、魯莽駕駛、暴飲暴食等。

☑ 她曾企圖自殺，或曾經自殘。

☑ 她的情緒起伏很大（例如在憂鬱、焦慮、憤怒間轉換）。

☑ 她長期感到空虛無聊。

☑ 她常常亂發脾氣，而且會以謾罵、甚至動粗來發洩。

如果你曾經愛過或與激烈情人（心理學家診斷為有邊緣型人格障礙的人）交往過，你很可能永遠也忘不了這種經驗。邊緣型的人總讓人印象深刻，主要因為他們會不斷地情緒爆發，將情人拖入感情的流沙裡。與邊緣情人交往，一開始總是充滿刺激，卻也很快就以震驚、憤怒、困惑結尾。如果你曾經愛過或交往過的情人，個性衝動、反覆無常、動輒以自我傷害作為懲罰自己或別人的方式；或者更可怕的，如果你曾交往過的情人，聽起來很像以下個案研究中的柔伊，那你就更應該要仔細閱讀這一章。

派崔克的故事

我跟柔伊是某天晚上跟朋友去夜店時認識的。在夜店裡，我立刻就注意到她，她很有魅力，那天晚上的打扮也很性感。她獨自一人在吧檯喝酒，看起來不太開心。我在她旁邊坐了下來，試圖找話題聊天，結果進展很緩慢，她看來不太信任人，一開始我根本沒有任何成果。後來她慢慢開始暢談，甚至會對我笑，有時還笑出聲來。我們一起跳了幾支舞，她真的很吸引我，我們一起跳舞的時候，她變得跟我很親熱，讓我有點嚇一跳。一切都進展得很順利，直到我說我得去看一下我朋友。我記得她說「好」，可是看起來有點冷淡。五分鐘後，我回來時，她已經跟另一個男人在舞池裡跳舞，而且貼得很近，三不五時還回頭看我，好像要看我會有什麼反應。後來，我們整個晚上都在一起跳舞、聊天。我記得當她告訴我，她因為小時候曾遭到虐待在看心理醫生時，我有點嚇到，但我當時沒有想太多。

當我終於告訴她我得走了，但是希望能打電話給她時，她臉上閃過一絲恐慌，但馬上又變得很性感，手伸到吧台下撫摸我，要我叫朋友找別人載他回去。我記得，她眼中閃著激烈、懇求的眼神，我想我當時有點害怕，但更主要是被挑逗起來。呃，我的確把她帶回我的公寓，真是讓人吃驚，她在性這方面非常積極，我記得我一方面覺得很興奮，一方面卻也有點吃不消。到了早上，她戲謔地要再翻雲覆雨幾次，一直到下午，我才終於說服她讓我送她回家。當晚她就想再跟我見面，隔天也是。我們開始每天見面，她晚上也越來越常留在我的住處。一開始，我們的關係主要圍繞著性，但是時間一久，柔伊開始要求我們所有時間都在一起。她很討厭我去上班，開始一天打好幾通電話到公司找我「查勤」，告訴我她愛我，說她從不曾像愛我這樣愛過別人。我早上出門時，她總要上演一段詭異的儀式，噘著嘴試圖說服我留在她身邊。有時候，她甚至會叫嚷「我以為你在乎我」之類的話。這樣的怒氣來得莫名其妙，但是當我回到家時，她又會很積極地想要和好，好像什麼也沒發生過一樣。我都不知道每次見面，我看到的會是哪一個柔伊。

這一切都發生在十天之內，我開始有點被嚇到。我的死黨與同事也都覺得很驚訝，問這到底是怎麼回事，他們似乎很羨慕我們經常做愛，但也暗示柔伊有點太激烈。某天下午，有位同事看到她坐在我們辦公大樓外面，更加證實了他們的想法。我真的很震驚，她沒有告訴我就搭公車來，坐在外面的長椅上直視我們的大樓，等著我出去。

當我到外面去告訴柔伊，她不該沒告訴我就來這裡，我還有工作要做時，她完全瘋了。當時情況很糟，因為辦公室裡的人都從窗口看著我們。她開始尖叫「去你的，派崔克！你根本就只是想跟我上床，然後把我甩了是吧？好啊，那我就當你的垃圾，讓你跟其他人一樣把我扔掉！」她怒氣沖沖地走掉，留下又羞又惱的我。

那天晚上我回到家後，柔伊馬上打電話給我。她聽起來醉醺醺的，說剛吞了藥，她為下午的事道歉，說她不值得跟我在一起，她保證我以後都不必擔心她的事，她不肯告訴我她吞了什麼藥、或吞了多少，然後就把電話掛了。正如她所預料的，我衝到她家，看到她躺在地上神智不清，手腕上還有血，我一陣恐慌，便打了一一九。

到了醫院，急診室的醫師說柔伊只吞了幾顆阿斯匹靈，手腕割痕也很淺。然後他把我帶進他的辦公室，關上門，告訴我柔伊曾經多次因為類似舉動進急診室，幾年前還曾經因為自殺意圖比較嚴重，一度入住醫院的精神病房。不用說，我非常吃驚。醫師說她有憂鬱症與某種人格障礙症，會三不五時想要傷害自己。他很同情我，但是也很直接地說，這是一種長期狀態，未來我應該會常跑急診室。

在那之後，我很努力陪了柔伊一段時間，情況也好轉了一陣子；但是，不管我怎麼做，她總找得到理由說我不愛她，說我準備要「逃開」。我也更加了解她的過去，原來我只是她交往過的眾多男人之一。當她大發脾氣，一口咬定我會甩掉她時，有時會丟下一句：「沒關係，我可以再找別人。」我知道她是故意說這種話來傷害我，但我也真的受傷了。

三個月後，我們吵得很凶，我還叫她滾出我的公寓。她直接走進浴室，拿了一小罐藥丸回來，在我面前把藥丸全部吞下去，結果我們又去了一趟醫院。我真的受夠了，也嚇到不敢再繼續維持這段感情。柔伊出院後，我送她回家，告訴她我需要更多空間，我們之間進展得太快了。她一邊啜泣一邊大叫，指控我就跟其他男人一樣，只是想要利用她。她要我不要再打電話給她，說她再也不想見到我。我為她感到難過，也覺得自己很可恥。第二個星期，她打了好幾次電話，但是我拒絕跟她和好。一個星期後，她在我門上夾了一封長達十五頁、很詭異的信。信中滔滔不絕敘述她的童年，說我有多遲鈍，說她有多需要我卻又無法信任我。在那之後，我沒有再跟柔伊說過話。那大概是我這輩子最累最不安的三個月。從那之後，我變得小心翼翼，一定要先徹底了解女方，才會在情感或肉體上有進一步的親密關係。

激烈人格

有邊緣型人格障礙、也就是激烈人格類型的人，將會是你認識的人裡面最反覆無常、也最難搞的人。邊緣型的人是活生生的感情旋風，會以極端激烈與負面的態度席捲你的生活。雖然有時相當有趣又刺激，這種情人卻會突然發飆，變得怒不可遏或有自我毀滅的傾向。邊緣型人格的主要特徵，是在情緒、行為、自我形象上，以及感情關係中，都長期而嚴重的不穩定。「邊緣」一詞，原本是用來形容介於一般精神官能症（如焦慮、憂鬱）與精神病（如脫離現實、發瘋）邊緣的人，這是一種非常嚴重的障礙症，與邊緣型情人交往就像是在抱一頭豪豬，或是手中拋耍著手榴彈。

電影《致命的吸引力》中，葛倫．克蘿絲飾演一位有嚴重邊緣型人格障礙的女性，你或許還記得，她與麥克．道格拉斯飾演的已婚男人展開了一段激烈的婚外情。相處不過一天，她就要求經常見面；當男方覺得不對勁，減少與她聯絡時，她變得怒不可遏，開始跟蹤對方。在電影裡，她一度割腕，就為了要男方留在身邊照顧她。雖然邊緣型的人大多不會跟蹤或企圖傷害他們的情人，這種人卻是反覆無常、無法預料、情緒不穩、動輒自殘，而且極度害怕被拋棄。

邊緣型人格障礙的典型特徵，就是極度害怕被照護者或戀人拋棄。這種人不單認為所愛的人會遺棄自己，還會弄巧成拙地促成這種結局，因為當她認為自己快要被遺棄時（儘管對方根本沒有這麼想），就會要求更多時間與關注，還會以憤怒、拒絕對方來回應。邊緣型情人會把遲到、計畫改變等事情，解讀為即將被拒絕的證據，並可能有憤怒或憂鬱的反應，往往還伴隨著某種衝動的自殘或自殺行為。這種衝動又極端的舉動出自於害怕被丟下一個人，那也是邊緣型情人從童年期就在努力避免的事。

邊緣型情人過去的感情都是激烈而混亂的。她一開始會把新戀人理想化（「你最棒了！你是唯一眞正懂我的人！」），但是也很快幻滅、失望，進而憤怒辱罵戀人對不起她。邊緣型情人沒什麼分寸，會在追求期的最初幾個星期甚至幾天之內，就讓感情從一檔加溫到超速。舉例來說，邊緣型情人經常在感情初期就與新戀人發生性關係，然後要求幾乎每時每刻都跟對方在一起，她會掏心掏肺，可能頭幾次碰面就跟對方分享極度私密的事。許多專家認爲，當邊緣型的人排斥新朋友、伴侶或照護者時，通常是一種先發制人的手段，因爲她覺得自己又快被拋棄了，這麼做可以避免被拋棄的痛苦。

邊緣型情人的自我形象很有問題、很不完整，她的自我意識薄弱，也不停改變。她常認爲自己基本上很壞、很邪惡，但也會覺得自己沒有存在價值，像個無名小卒。她感覺最好的時候，就是在熱戀中，而熱戀對象又是她自認爲可靠又會呵護她的人。不過，由於邊緣型情人的戀情都很短暫又不穩定，他們注定會不停回到自厭和迷失的狀態中。

邊緣型情人的衝動行爲往往會造成自我傷害。這種人經常做出突然（而且不智）的決定，不管是花錢、嗑藥、跟人上床、暴飲暴食或魯莽開車，都是如此。這種衝動行爲總發生在感情出問題，或感情結束的時候；然而邊緣型情人所感受到的威脅，卻往往只是她的幻想。除了衝動行事外，邊緣型情人也會自殘，她的手臂與手腕處，通常有許多撕裂或燒傷的傷痕（我們甚至看過電池酸造成的傷痕）。這種行為我們很難完全理解，但往往發生在她覺得自己特別沒有價值的時候，或感覺麻木、疏離到這麼做才能證明她還活著。邊緣型的人也常會說，自殘有時候是因為應付這種生理上的痛，比應付精神上的折磨與悲傷容易得多。

邊緣型情人的主要徵狀之一，是情緒不穩定，這種不穩定就是在多種負面情緒間快速轉化，包含憂鬱、憤怒、煩躁、焦慮，當中偶爾也會出現短暫的平靜，甚至正面情緒。這些情緒直接反映出邊緣型情人在感情裡是否感到安全、被照顧，還是預期將被拒絕或拋棄——後者是常有的事。不幸的是，邊緣型情人幾乎每天都處於憂鬱、絕望的情緒狀態，偶爾穿插些許短暫的穩定與看似健全的時刻。他們總是在努力逃避空虛與無聊，因此常常會「煽動」感情中的情緒起伏，純粹只為了以其他感受來代替那種疏離的感覺。

有時候，嚴重的邊緣型情人可能會與現實完全脫節，也就是說，會顯得很茫然，不知道自己是誰、此刻身在何處。這種情況通常發生在感情受創時，例如覺得被戀人或朋友遺棄時。

邊緣型人格是怎麼形成的？

激烈情人從來不曾發展出堅實、完整的自我，就算已經是成人了，做自己還是讓他們沒有安全感、不自在，他們的自我可說薄弱又千瘡百孔。邊緣型情人會利用你來肯定、確認自己的存在，證明他們或許還有那麼一絲絲的價值。你的邊緣型情人究竟為什麼會變成那樣呢？

可以確定的是：邊緣型的男女一定有非常可怕的早期童年經驗。絕大多數案例中，他們的童年都充滿了混亂，感覺被遺棄、嚴重被忽略，或曾遭受嚴重的性虐待、情緒虐待，或身體上的虐待。邊緣型的人童年時家中可能很混亂（例如吵得很凶、婚外情、暴力、亂倫），孩子的情緒需求不是遭到忽略，就是被嘲笑。這些孩子在試圖區隔或建立自我時，可能曾遭受攻擊或嘲弄。除此之外，很可能還眞的發生過嚴重的性、情緒或身體虐待，所以，不難理解為什麼這些孩子長大成人後，很難覺得自己有價值（他們多半感到邪惡又沒價值）。

有研究顯示，高達百分之六十至八十的邊緣型女性，在童年或青少年時期曾遭受性虐待。這或許就是診斷出有邊緣型人格障礙的個案有高達百分之七十五是女性的原因，這也解釋了為什麼部分邊緣型情人會有脫離現實、「恍神」或暫時與當下脫節的時候。脫離現實可能是邊緣型情人童年時期採取的應變措施，雖然學會以脫離現實來應對難以承受的痛苦經驗，對孩子來說是聰明的做法，但如果延續到成年期，卻會變得分裂又不正常。

並非所有邊緣型成人童年時期都曾遭受性虐待、身體虐待，有些人經歷的是隱約但長期的忽略或情感傷害，時間一久，他們會將周遭環境的許多訊息內化，特別是照護者的訊息。（例如：「你不重要，你是隱形人，你很壞，家裡會這麼亂都是因爲你。」）不管童年時期經歷的是哪一類傷害，很顯然，等到這個人進入成年期，已經完全缺乏我們多數人視爲理所當然的正面與穩定的自我。

有邊緣型人格的情人

如果要說這本書中描述的哪一種人格障礙症，最可能讓你感到既困惑又苦惱，那一定是邊緣型。如果你認爲你即將與邊緣型情人一同徜徉愛情海，那你最好把艙口封死、把自己綁在桅杆上，因爲你正迎著暴風雨航去。如果你們交往已經有段時間了，那你一定知道我們在說什麼。你很可能已經非常習慣提心吊膽，隨時等著下一波情緒大轉變、下一次的衝動行事，還有那些你已經不在乎的指控。

你的情人最大的問題，八成是對於被遺棄無時無刻不感到一種病態的恐懼。在她看來，所有人——包含你在內，最終都會離開他，沒有人眞的値得信任。在你們的感情初期，邊緣型情人會將你美化爲她的「眞命天子」，並很快就會變得依賴：要求更多時間相處、更緊密的肉體關係。邊緣型情人會需要不斷的呵護與關心，讓你立刻就感到不舒服，那種黏膩與過度坦露自己的態度，都會讓你不自在。

最後，通常不用等太久，邊緣型情人就會覺得你讓她失望；也就是說，你無法滿足她隨時渴望關注、呵護、親密的需求。問題其實不在於你會不會讓她失望，而是時間遲早而已。我們猜，如果你正在與這種人交往，你可能已經讓她失望很多次了。就像她以前交往過的每一個人，你也會無法滿足她的情感需求。要知道，想滿足邊緣型情人諸多不斷改變的需求是不可能的。你們感情裡眞正的風波，現在才要開始，邊緣型情人對抗你讓她失望的方法，可能是惡意的掌控：要你付出更多時間、更多資源。如果你試圖設下界限，或堅持要更多時間獨處，她就會大發脾氣；不然就是怒氣沖沖、冷嘲熱諷地貶損你，說你「跟其他人都一樣」，也就是說你壞透了、會遺棄她。藉由這種惡意的厭棄，邊緣型情人可以保護自己不再因自覺感情要結束了而感到痛苦。

在這種憤怒與敵意的風暴中，你的邊緣型情人要是有衝動的情緒或行爲也不要太意外，有時甚至會造成危險，不過她的危險行爲通常只針對她自己。這種衝動主要展現在言語上與情緒上，所以，如果你約會遲到十分鐘，或某天晚上需要獨自去做什麼事情，你可能會聽到她說：「好啊！去你的！走就走，走了永遠不要給我回來！」這種衝動也可能化爲實質行動，例如自殺行爲（割腕或輕微服藥過量）、跟蹤（到處跟著你或在你家門外守候），或是在極少數情況下，對你有威脅性的舉動。這種時候，邊緣型情人也很可能會魯莽駕駛、暴飲暴食或衝動消費，同時這種人也出了名地會出於衝動尋找其他性伴侶。每次吵完架，或是她認爲你打算要甩了她而想報復你時，邊緣型情人都有可能短暫出軌；當然，這一切都會怪到你頭上！

與邊緣型情人交往最讓人難受的一點，是感情瀕臨崩潰時你將會經歷的感受。雖然你並沒有做錯什麼，但是你將必須承受不時的惡毒謾罵，你的情人會突然變得充滿敵意、尖酸刻薄，甚至可能在公共場合辱罵你，但之後又馬上感到羞愧、內疚、覺得自己毫無價值，甚至可能會自殘。

無論如何，你隨時都像在走鋼索，不懂你到底做了什麼，導致情人有這樣可怕又難以預測的行爲。最終你將會感到筋疲力竭。

由於邊緣型情人無法形塑出協調的自我，她的感情總是不得善終，也就毫不令人奇怪。一個人如果無法覺得自我是一致的，或自己獨自一人也「沒關係」，那就幾乎不可能與另一個人共同經營一段健全、界限清楚的感情。邊緣型情人永遠無法理解，界限的用意是要讓你跟她有各自的空間；相反的，她會努力跟你合而爲一，或糾纏在一起。如果你跟多數人一樣，會感到窒息而想要拉開距離，你的情人當然只會更情急而充滿憤怒和被遺棄的恐懼。

與有邊緣型人格障礙的情人交往，從一開始就注定不會有好結果。就連專業的精神治療師，都常會刻意避免接受邊緣型的個案。他們非常難應付，要幫他們設下合理的人際界限，將是一場無止盡的爭戰；他們會大發脾氣、企圖自殺，漠視你試圖設下的極限。當一段感情開始順利進行時，他們反而會暗中破壞自己的幸福，在憤怒、憂鬱、遺棄中尋找熟悉與自在感。雖然你終究得決定，是否要繼續與邊緣型情人交往，但是做決定時一定也要清楚了解，這段感情從頭到尾都會是激烈如狂風暴雨的。

我為什麼會喜歡上激烈情人？

如果你總是喜歡上激烈情人，這表示你會受這樣的人吸引：

- 有時會很激烈、不穩定、反覆無常。
- 害怕被遺棄，把你的許多行為解讀為拒絕。
- 自我非常薄弱。
- 很容易變得極度憤怒、大發脾氣、鬱悶不樂。
- 偶爾會威脅要自殺、自殘，或輕微過量服藥。
- 永遠覺得空虛無聊。
- 情緒上或肢體上對你發飆。

看完這份清單，你可能會想，自己是不是腦筋燒壞了，才會愛上激烈人格類型的人。但是，如果你已經迅速愛上邊緣型情人，或你發現自己經常被邊緣型情人吸引，你其實並不孤獨。請記住：激烈人格類型最明顯的特徵，就是有許多短暫的戀情。顯然，許多人都有跟邊緣型情人一見鍾情的經驗，甚至有可能你就是這樣被你現在的情人所吸引！這種人的舉止有很多層面能輕易擄獲我們的心，除了外表的吸引力外，邊緣型情人有某些元素會吸引、誘惑我們，讓我們著迷；必須一開始就謹慎思考、小心提防，才能避免陷入情網。

對多數人而言，與邊緣型情人在一起最吸引人的一點，大概就是開始時非常激烈，充滿了刺激。這種人不懂界限，也不了解謹慎、得體爲何物。在性這方面，可能只消幾天或幾個小時，就能從時速零加速到一百。激烈情人很容易有魯莽行爲，這可能讓你覺得新鮮又刺激。許多男性遇上對他們很有興趣、在性方面很積極、在許多方面又很樂於冒險的異性，也會特別沒有抵抗力。如果你特別喜歡激烈而充滿刺激的感情，如果跟人交往時你本身也有自尊低落的問題，那麼與邊緣型情人交往會相當新鮮，而且完全不同於過去你所習慣的無聊約會模式。

如果你還記得，激烈情人往往在感情剛開始時將情人理想化，你就不難看出自己爲什麼會喜歡上這種人。他們非黑即白的思考模式，讓他們覺得新情人是最好、最棒、最完美的，也是解決他們生活中所有問題的答案。一開始，你會被理想化、甚至被崇拜，這種強烈而徹底的諂媚會讓一些人陶醉、興奮，又有滿足感。你很容易相信，與邊緣型情人在一起會一直這樣下去：你是這齣戲的主角，與你合作演出的搭檔似乎能提供你無止盡的性與濃烈情感，這還會有什麼問題？

這種初期的理想化狀態往往很快過去，感情至此陷入雲霄飛車般的起伏動盪，然而就算到了這個階段，有些人還是覺得這種激烈的情感很迷人。過了短暫的蜜月期後，八點檔就此上演，你的情人也會在怒火中燒、陰鬱不語、情緒陷落、自殘行爲與欣喜若狂、激烈性愛間轉換。儘管多數人很快會被這種轉換弄得筋疲力盡（甚至心生恐懼），有些人卻很愛這種生活。如果你是後者，那可能是因爲你的童年家庭生活也是如此混亂，或者扶養你的父親或母親也有這種病態情緒，讓你應付得很習慣，這種模式可能讓你覺得自在又熟悉，儘管其實很不健康。還有，在你的潛意識裡，可能是想藉由「治癒」新情人，讓過去的事不再困擾你：讓過去那個孩子，有機會治癒那位始終沒有痊癒、沒有肯定你的父親或母親。不管與邊緣型情人在一起的危險、動盪生活到底有什麼吸引你，你應該要好好探討，爲什麼你總是喜歡上這類型的人。

有些人會被激烈人格憂鬱、沉默、善變的情緒吸引，當一開始不顧後果的熱情平息下來，第一波低潮取而代之時，我們可能會覺得情人憤怒、封閉、疏離的情緒波動神祕又迷人。那些從小被訓練爲治療者、照護者的人，對這種情緒波動也會難以抗拒。我們會不斷接受挑戰，想讓我們的情人心情更好，而且我們每次都會上鉤，相信她的自殺威脅，生怕她是不是又會服藥過量或割腕。儘管相對健全的朋友會質疑我們爲何還要留在情人身邊，每次我們衝到急診室去拯救情人時，他們也會大搖其頭，但我們就是無法擺脫照顧情人的義務。

最後，你會喜歡上邊緣型情人，很可能是因爲初次見面時，這種人經常表現得比實際情況健全得多，特別是如果徵狀沒有很嚴重時，他們病態的情緒變化、感情風暴、自殘行爲可能不會立刻浮現。等到那些症狀浮現時，你們可能已經發展出眞摯的感情，讓你滿懷希望「就是這個人」。等到情人最後洩了底，等到你掉入始料未及的八點檔劇情時，你可能會無所適從，進而把情人怪異的行爲改變怪罪到其他事情上，更糟的是，怪到你自己頭上。

激烈情人吸引人的原因很多：他們一開始看起來相當健全；他們在感情初期往往熱烈、興奮又熱中於肉體關係；對需要拯救、照顧別人的人而言，他們散發一股強大的魅力；還有，那些美好時光（儘管很稀罕）眞的非常美妙，特別是相較於跟邊緣型情人在一起必定會有的噩夢。

一點告誡

如同前一節所提到的，激烈情人常常有情緒低落與企圖自殺的時候，雖然這種行爲屬於邊緣型人格的一部分，但是有這種徵兆的人也比較容易患有憂鬱症。你的情人的自殺念頭與憂鬱情緒，很可能代表眞正的情緒障礙，需要專業人員指示用藥與治療，有時候，抗憂鬱藥物能有效預防激烈情人嚴重的憂鬱狀態。如果將情人的情緒低落，單純視爲這種奇怪人格的正常反應，那未免有失公平，所以你更應該鼓勵情人尋求專業協助。

你該如何回應情人的自殺威脅或自殺舉動？小心！這些自殺威脅或輕微自殘，幾乎總是爲了要引起注意，因爲她覺得自己快被遺棄了，所以要控制、懲罰情人；要不就只是爲了感覺自己還活著、與這世界有所關聯。但是，邊緣型情人自殺而死的機率，也比這本書中所提到的任何一種人格類型都來得高！最終，他們可能會因爲太過憂鬱或絕望，刻意結束自己的生命；又或者不小心服藥過量，或劃下致命的一刀，儘管眞的害死自己不是他們的本意。爲了獲取注意、懲罰自己或別人，他們有時會做得太過火。

我們之中有人曾治療過一位邊緣型女性，她在六個月內曾有過二十五次的自殺威脅。她會打電話到辦公室來，說些「很感謝你這麼幫我，我知道你已經盡力了。我現在站在公寓樓頂，再見」之類的話。有時候，她會在諮商結束時說：「謝謝你所做的一切，我現在得走了。還好我在車子的置物箱裡，存放了很多藥丸……」說完她會站起來，快步離開辦公室。每一次，治療師都被逼得報警，檢驗她的心理狀態後，以有自殺危險強迫她入院治療。有時候，她會眞的在手腕上劃幾刀，或服下劑量不高的藥物，不過，多數時候她什麼都不會做。要「猜出」她哪一次是說眞的，根本不可能，因爲每一次都要主事者做出完整的反應才知道。

重點是，你必須清楚了解，這些自殺威脅、舉動都是激烈情人的手段之一，所以每次都要平靜面對，設下限度。但是，你也必須認眞看待每一次的自殺威脅或舉動，切莫以爲他們「不是眞的這麼想」、「不會眞的這麼做」。因爲有時候，他們的確會這麼做。

與邊緣型情人共同生活

讀完這一章後，沒有喜歡過激烈型的人，大概很難了解邊緣型情人到底有什麼吸引力：跟這種人只要在遠處好奇地揮揮手就好了，還想要親近？簡直是瘋了！但我們完全能了解。這本書中所提到眾多難搞的情人裡，就屬這種最難與她維繫一段感情。邊緣型情人乖僻、情緒不穩定，有時甚至如火山爆發，不管暴怒或自殘的方式，都讓你措手不及。說實話，大多數人——包含專業治療師在內，都會被邊緣型的人搞得筋疲力盡，甚至感到毫無希望。

然而，讀者當中有人可能已經戀上邊緣型情人，或是與這種人有深厚的感情，讓他們願意堅持下去、繼續努力。雖然我們不建議你走上這條路（跟激烈情人在一起可能永遠沒有安定的日子，更別說平靜的生活），我們還是了解、尊重你留下來繼續努力的決定。如果你打算跟邊緣型情人「試試看」，或是你覺得你的配偶可能有這種人格障礙症，我們提供以下建議，讓你的路走得不那麼顛簸。但千萬要搞清楚：這會是一條漫長的路，途中你會有崩潰的時刻，這趟旅程也將充滿各種阻撓你抵達目的地的力量與事件；只有最頑強的旅人，才有可能成功。

專業治療是必要的

矛盾的地方來了：雖然治療邊緣型人格障礙是一條漫長的路，成功率也很低，但這絕對有必要。爲什麼？因爲就算你是全世界最有耐性、最深情的人，也不足以「治療」自我這麼破碎又傷痕累累的人。如果你天生就是個拯救者、治療者，你可能不願意相信這一點。任何人都想相信，有愛就足夠，但那是不夠的。聽我們的建議，讓專業治療幫你一把；我們的意思是，想辦法讓你的邊緣型情人開始接受治療，越快越好。幫她找一位專門治療邊緣型人格障礙的心理醫師（這類治療師難免稀少），然後把徹底參與療程這一點，當作繼續交往的條件。你的情人必須了解，你堅持要她接受專業治療就是你愛她的表現，因爲你不願意看著她繼續陷在自我毀滅的迴圈裡。多數時候，最適合這種障礙的治療方式，就是由長期、穩定的治療師與憂鬱症藥物搭配治療。

混亂無可避免

激烈情人的伴侶的最大錯誤，就是指望這種情人不要這麼激烈！也就是說，有太多嘗試與邊緣型情人在一起的人，自己心理上也出了問題，就是因爲他們強求人格有問題的情人能奇蹟般地「好轉」，要他們不要像長期有人格障礙症的人一樣。這眞是太扯了！你的激烈情人已經練習了一輩子：等待被遺棄，在每段感情中安排被遺棄的結果，再以典型的憤怒與自殘作回應。她善於破壞感情、破壞自己的幸福，邊緣型的人就是會這麼做。徹底且有效的治療或許能減少、甚至改掉某些最糟糕的模式，但是這些行爲仍會以某種形式存在很長一段時間。如果你眞的想要跟邊緣型情人在一起，千萬不要在情人無法預料、反覆無常、難相處的時候困擾自己，讓情況變得更糟。要預期一定會有混亂，這樣情況如果開始改善，你就會感到驚喜。

接受重新教養情人的角色

不管你喜不喜歡，面對你的情人時，有時你得扮演父母的角色。你越早接受這一點，就越容易了解情人的行爲，了解你們感情中奇怪的變化。你的邊緣型情人已經發展出許多固化的做法或看法（基本上來自與父母相處的經驗），讓她等待、認定自己將被遺棄、被忽略、不被認同，也覺得自己有缺陷、毫無價値。由於邊緣型情人的父母當初養育不當，她對這段感情會有基本的不信任，認爲你隨時也會開始拒絕她。有時候，你的情人會以小孩子的眼光看你，雖然這點不太浪漫，卻能幫助你了解情人那些古怪幼稚的行爲。這點認知能讓你降低防衛心，也不會那麼氣你的情人，這份體悟也能幫助你更加小心、平靜、周全地思考，該如何應對那些激烈行爲；如果你能對情人做出健全（矯正情感）的回應，或許就能加速她的進展。

不要鼓勵情人自我毀滅的行爲

你對激烈情人的自殺威脅或舉動的回應，有可能會鼓勵這些行爲，那你很容易不小心就讓這些行爲變成永久模式。以下是我們建議要避免的回應方式：一、每次她提起自殺念頭或有自殺行爲時，你就急著衝到她身邊，丟下你的其他責任不管；二、每次她提到自殺或做出自殺舉動，你就慌張起來，不停哀求她別這樣；三、有敵意、拒絕她的回應，會讓她更加深信，感情出問題時你就會離開她；四、變得挑釁，指控情人在控制你，甚至激她儘管「去做」。

不管你做什麼，千萬不要不經意地鼓勵情人那些威脅或控制的行爲。這當然需要極大的耐性，要沉如鋼鐵，還要有能力看清情人這些行爲，其實就像孩子在挑戰父母的極限，看父母的決心有多堅定。雖然你絕對不能漠視、忽略情人的自殺言論或自殘行爲，但是你也絕對要小心，不能以關注、照顧、替她的決定承擔責任等方式來滿足她或鼓勵她。先想好要怎麼回應情人那些自殺威脅或自殘行爲，事先把你的計畫告訴她，然後一定要照做。這個計畫可能包含打電話給她的心理醫師、報警、必要時通知家人或朋友。但這一切都必須以平靜、超然、履行契約般的態度進行，不讓你的情人有任何情緒上的收穫。你所傳達的是這樣的觀念：我愛你，我不會坐視不管，任你盡說些自我毀滅的話、做出自我毀滅的行爲；我不會放下手邊的一切去照顧你，但我會確保你獲得必要的協助。

挑戰情人非黑即白的思考模式

與邊緣型情人交往，最麻煩也最令人氣惱的一點，是她傾向於以非黑即白的方式看待、解讀一切。心理學家稱這爲二分化思考，會爲感情帶來極大的災難。舉例來說：你的情人會說（也會相信）：「你恨我。」而不是：「我做的某些事眞的讓你很生氣。」她會說：「我根本不能相信你，你跟其他人都一樣。」而不是：「你在我服藥過量時打電話報警，讓我覺得被遺棄。」由於你的情人會以嚴格的對或錯、黑或白、愛或恨來看待這世界，在感情中你很難長久站穩合理的中間地帶。那麼，你的挑戰就是要鼓勵你的情人，接受一切看法、信念都有灰色地帶。因此，當她說：「你恨我。」你可以試著說：「我對你威脅要傷害自己感到很不高興，但是我不恨你。如果我恨你，我現在還有可能在這裡嗎？」重點是要讓那非黑即白的世界觀產生矛盾，讓你的情人了解，簡單的二分法不適用於你、不適用於這段感情。

強化優點

由於你的激烈情人已經非常習慣等待被遺棄，也深信自己毫無價值，你更加必須成爲她生命中那張跳針的唱片，不斷強化、鼓勵她。努力找出情人的天分和才能，然後經常提起這些優點。這些優點可能包含聰明、善良、有朝氣、有創意、有幽默感。但是由於情人的這些特質都不曾被贊許、被稱讚過，你必須努力不懈地讓她慢慢接受，相信那是眞的。藉由強調她的優點、幫助她鞏固更正面的自我感，這樣，她了解、接受你的承諾是眞誠且有保障的可能性也會跟著提高。

到了該分手的時候

有邊緣型人格障礙的成人，通常都曾有過許多短暫、混亂又膚淺的感情，他們的感情最終都會結束。如果你正準備開始跟激烈情人約會，或是進一步談更認眞的感情，請牢記這一點。與這類型的人交往，就算感情結束了，可能也跟你沒有太大關係——就算你沒什麼耐心、不愛承諾也一樣。別忘了，邊緣型情人就是會破壞感情、逼走愛人，會弔詭地在覺得自己被遺棄而感到痛苦時最「自在」，而且這種結果根本是邊緣型情人自己努力安排的（往往是不自覺的）。

令人難過的是，我們預測總一有天，你的情人會憤而離開，或是你終於決定受夠了，爲了你自己的心理健康著想，是時候說拜拜了。當這一天來臨時，我們建議你清楚且不帶任何虛假承諾地告訴你的情人，這段感情結束了：到此爲止。雖然她可能會聽而不聞，你還是要強調你仍然重視、在乎她，只是你們不可能再繼續下去了。我們建議你要做好心理準備，可能會有自殘、自殺威脅等發洩行爲。如果這種情況發生了，隨時準備報警或通知醫護人員；你可能得安排她住院，或得跑一趟急診室，但是不要就此再陷下去了，改由專業人員來照顧你的舊情人吧。最後，針對電話、不請自來找你等行爲，要嚴格設下極限與界限，如果有必要的話，也包含跟蹤在內。你越早能夠跟她斷得一乾二淨，對你們兩個越好。

結論

如果你偏好混亂的感情，如果你喜歡無法預料下一步的情人，如果你不介意總是一團混亂、經常分手、全天處理情人的情緒危機，那激烈情人恰巧適合你。當然，如果你喜歡上有這種特質的情人，那我們很替你的心理健康擔心！與邊緣型情人交往，你很容易感到迷惘；跟邊緣型情人維持一段感情，你會變得非常困惑又憂鬱。當新對象展現出強烈多變的個性、起伏不定的情緒，或極度黏人時，千萬要小心！

PART 9

誇張情人

戲劇型人格

The Histrionic Personality

☑ 焦點不在她身上時，她會感到不自在。

☑ 她經常對別人做出性感誘惑、挑逗的行為。

☑ 她經常有膚淺的行為，而且很快就改變主意。

☑ 她會利用外表吸引目光。

☑ 她的話只是要引人注意，沒什麼內容。

☑ 她常有誇張、言過其實、過度戲劇化的行為。

☑ 她耳根子很軟。

☑ 她認為自己的感情關係比實際情況來得親密、激烈。

上述特徵是不是讓你想起你現在的情人，或過去曾經交往的對象？當你跟這個人在一起的時候，會不會覺得她的意見、想法、動作沒什麼實質內容？你的情人是不是常常覺得，她必須是眾人目光的焦點、派對的靈魂人物？與誇張情人在一起很有樂趣但也很累人，非常刺激但也很膚淺。繼續讀下去，你就能更了解誇張情人或所謂的戲劇型人格障礙，並看看你跟這種人的感情可能會如何發展。

湯姆的故事

當初我真該聽朋友的話，不要跟貝拉交往，畢竟我是在脫衣舞俱樂部認識她的，也不知道為什麼那時我會覺得這是個好主意。我只知道，當我看到她的時候，我幾乎忘了呼吸。她很高，一頭深色頭髮、曼妙身材。我當時已經喝了很多啤酒，跟我的哥兒們也玩得很高興。雖然俱樂部裡還有很多其他男子，貝拉卻對我特別有興趣，幾乎整個晚上都在我的大腿上跳舞。臨走之前，我給了她我的電話號碼，她也給我她的（就跟以前遇過的女生一樣）。我作夢都沒想過她會打給我，我也沒打算要打給她。我在金融業上班，薪水還不錯；我有很多朋友，社交生活也相當活躍。我當時有跟幾個女生約會，多半都是跟我的生活、我的價值觀接近的人。我還沒有覺得跟誰特別來電，但是就這樣跟哥兒們混在一塊玩樂我也很開心。我知道緣份最終會來，但是我並不心急。

幾天後，貝拉打電話給我，我也同意挑她不用工作的傍晚見面。我們約在餐廳見面，當我走進去時，她就像我記得的那樣美麗又有異國情調。她穿著貼身牛仔褲、低胸上衣，我得說，我馬上就拜倒在她裙下。她一點都不害羞，甚至還幫忙消除了初次約會的尷尬。她很快開始跟我分享她的生活、她的家人、她的夢想，還有她對未來的期望。她告訴我，她真的很想要結婚、生小孩。如果不是因為我完全被她吸引，我大概會被這種進展速度嚇到，感覺無法招架。我們共進晚餐、喝了點酒，最後一起回到她的住處，事情一件接著一件發生，當天晚上我們就上床了。她一點都不羞怯，比我碰過的其他女生都還開放。那是個非常愉快的夜晚，但是我沒想過還會再來一次。她不是我平常會追的那種女生。

我沒辦法不想貝拉，雖然我知道這樣不好，但我還是打了電話給她，然後我們很快又在一起了。誇張的是，我一開始沒有告訴任何一個好朋友，我知道他們只會因為我跟脫衣舞孃交往而為難我，我不想應付那些刁難。為了這件事，我心裡很掙扎，因為我知道她不適合我。不過，她很好相處，跟她在一起真的很開心，而且她似乎真的很喜歡我，對我所說所做的事都很感興趣。她買新衣服、新內衣時，很喜歡為我舉辦個人時尚發表會，炫耀她的戰利品。我們的性生活美妙得不可思議，所以我開始把大部分時間都花在她身上。

貝拉開始對我施加壓力，想要見我的朋友，想要認識他們、加入他們的活動。有天晚上，我決定帶她去參加朋友舉辦的派對。她穿了一件非常暴露的衣服，妝也化得太濃。我很想請她換衣服，但是又不忍心。我的朋友都被她嚇到了，我看得出來他們很努力裝出禮貌的樣子。那天晚上，她喝了幾杯之後，開始擁抱每個人，還跟我的幾個朋友跳起有性暗示的舞來。那個場面很難堪，我不喜歡，我那些朋友的女朋友也很不高興。

我們去餐廳或是公共場合時，她嗓門都非常大，喜歡把目光吸引到她身上。有一次我們去聽一場音樂會，她遇到她的牙醫，竟然就摟住他，向我介紹說是她「親愛的朋友」。天哪！我覺得很丟臉，卻也不意外：她常常過度誇大她跟別人的親密程度，特別是如果她覺得那個人有影響力的話。她喜歡把那些名字掛在嘴邊，不過這個戲碼很快就變得老掉牙。我不敢相信我竟然粉飾太平了那麼久。

我很討厭她當脫衣舞孃，但是她一直向我保證那只是一份薪水不錯的工作。拜託，她在別的男人面前脫衣服，但是我跟朋友出去如果不帶她，她還敢生我的氣。她會不高興好幾天，我就得拍她馬屁、說她有多棒，直到她氣消為止。當我建議她跟她的朋友出去時，她卻說她跟其他女生不太合得來，真不知道是為什麼喔！我到現在還很氣自己，竟然浪費六個月的生命跟她在一起。我喜歡她一開始很健談的樣子，我們可以一起出去，隨便聊點什麼。可是，當我開始觸及我覺得重要，或我想要深入討論的政治、時事等議題時，她卻沒有辦法跟上我的步伐。她對任何有意義的事物都沒有看法，但你如果問她時尚或化妝的問題，她可以沒完沒了地說下去。有時候，她會試著發表她對某個政治、宗教議題的看法，但是當我想要跟她辯論、甚至只是討論而已，她卻沒有辦法提出什麼來支持自己最初的看法。她真的很漂亮，可是內在什麼都沒有。

對於我跟貝拉在一起，我的朋友很不諒解。因為她，他們不再邀我參加派對，我覺得我好像過著雙重生活。我得說謊、掩飾我跟她出去的事，也得對她編理由，解釋我為什麼不帶她跟朋友一起出去。這太累了，而且說真的，貝拉會讓人筋疲力盡，生活完全繞著她打轉，她很難伺候，我根本無法滿足她的要求。後來，她實在太讓人難以承受，我再也受不了。有一天，我終於厭倦了，直接跟她分手。當然，她對分手這件事的反應誇大到失控的地步，甚至哀求我再試一次。還好，我堅持我的立場，轉身離去。把貝拉提出我的生活後，我開心極了，每天上演的八點檔戲碼與誇張情緒全部不見，我變得更開心，情緒也更穩定。我現在只想跟平凡無奇、有一份平常工作、過平常生活的女生交往。

誇張人格

你有沒有聽過一句俗話：半瓶水響叮噹？這句話用來形容誇張人格最適合不過了！這種人格類型基本上就是聒噪但沒有什麼實質內涵。你會發現這類型的人情感都非常誇大，喜歡成爲眾人注目焦點。他們會竭盡所能讓別人注意到自己，而且說實在的，如果沒有獲得他們自認爲該有的注意，就會很生氣。這種情人的情緒都非常高漲，所以當事情順利的時候，一切都非常完美；但是，如果戲劇型的人得不到他們想要的注意，就會變得反覆無常、苛求難伺候。

誇張情人的共同特徵在於外表與行爲都非常「引人注目」。這麼說到底是什麼意思？有戲劇型人格的人會穿引人犯罪、具挑逗意味的衣服，而且會非常細心地打扮自己。沒有什麼比引起注目更能滿足他們，因此他們會花許多時間跟上潮流、逛街、穿衣、打扮，也很注意別人的外表，會確保自己打扮得比周圍的人好看，更要讓大家都知道這一點！

戲劇型情人渴望別人的注意與讚美，如果沒有人主動讚美他們，他們就會想盡辦法贏得讚美與注目。他們熱愛當「聚會中的靈魂人物」，如果當不成，就會做出某種激烈行爲，大鬧一番，確保大家都注意到他們。誇張情人很擅長把事情戲劇化，行爲誇大，看法言過其實，外表則浮華矯飾。在一群人中，你絕對不會沒注意到這種人！

不過，慢慢你就會看出，誇張情人的這種風格與打扮，實在是太過火了。一開始你以爲她只是注重儀容、行事風格很有異國風味，但很快事實就證明這只是要博取別人的注意。問題出在，這種人挑逗性的打扮與行爲，並不僅針對自己的情人，而是針對所有人，他們通常會對任何人調情，或顯得過度友善。別忘了，他們的目的在於博取別人的注意與認同，挑逗性行爲與明目張膽的調情，是他們百試不膩的方法，目的就是要吸引別人的目光（短時間也好）。

浪漫是誇張情人愛玩的遊戲。他們喜歡上高級餐廳品酒用餐、炫耀自己，藉此營造激情與興致。他們很重視與別人的親密度，儘管他們與別人的關係往往非常膚淺，而且他們總是透過玫瑰色的玻璃來看待關係。他們很快就會神魂顚倒，熱烈愛上自己的情人。他們相信童話般的感情，這有時會讓其他成人覺得過於天眞、愚蠢。

他們很快就跨越跟別人之間的親暱界限，想要跟人更親密，但是這種親密度對多數仍在感情初期的人來說，有點太超過。舉例來說，戲劇型的人有個不好的名聲，就是堅持要他們的醫生等提供專業服務的人士直呼他們的名字，而不要連名帶姓。他們很愛提起某人的名字，讓別人知道他們的人脈有多廣，當然，這也不過是引起注意的方法之一。戲劇型的人會利用與別人的關係，來滿足自己受人注目的渴望。

戲劇型的人很適合在舞台上演出，他們在生活中是很好的演員，而且能夠輕易駕馭任何當下最適合扮演的角色，這一點也反映在他們的談吐與行爲上。他們是天生的變色龍，渾然不覺自己能夠瞬間變換色彩，只爲引起大家注意。他們的談吐往往膚淺又戲劇化，情緒也隨情況所需起伏不定。想到戲劇型的人，就會讓人想到「演戲天后」這個詞，想想看有哪些演員是這個樣子的，再想想他們要維持長久的感情看來有多麼困難；許多好萊塢演員都有誇張人格，他們之中能夠維繫一段婚姻的少得不可思議。這個年頭，他們似乎每拍一部新片、每換一個搭檔，就會有一段新感情。由於誇張型的人迫切需要新仰慕者帶來的興奮、刺激與關注，不難看出爲什麼他們很容易就覺得舊情人無趣。

最後，有戲劇或誇張型人格的人，很少會有具深度的想法或個人意見。這種情人終其一生的行事方式，就是要善加管理自己給別人的印象。試想，如果有人這麼在意自己給別人的印象，在意別人是否認同自己，應該也很難發展出自己的想法或信念。誇張情人的耳根子非常軟，就算沒什麼證據，也很容易相信別人說的話。他們會把別人的意見、想法當作自己的，所以也很難爲這些想法辯護。想跟這種情人就堅定的信念做深度、有意義的討論，是不太可能的事，而且只要一受到質疑，他們大概就會退讓，改而採納情人的意見。

誇張型人格是怎麼形成的？

爲什麼會有人長成爲誇張又愛引人注意的人？這是最少被研究的一種人格障礙症。我們知道女性通常比男性容易診斷出戲劇型人格障礙。這種人格類型的起源，有幾種假說：戲劇型成人的臨床經驗顯示，童年時期，他們父母的管教方式很不一致，他們經歷過不聞不問的過程，有時又因爲愛出風頭的表現獲得獎賞；他們的母親可能沒有給予他們足夠的關注與照顧，所以他們常常得誇大表現才能得到想要的東西。戲劇型的人小時候往往因爲浮華、誇張的表現獲得許多肯定與注意，從小就學會如何控制別人，好獲得關注與照顧。最後，許多戲劇型的人都說，他們家裡有個戲劇型的榜樣，父母中有一位也是同樣的反覆無常、愛引人注目。

有戲劇型人格的情人

你或許正在納悶，你是不是跟一個情緒的無底洞在一起，又或者你老是被誇張型的人吸引。與戲劇型情人在一起會相當分裂，一方面，你可能有個很喜歡你、也很喜歡有穩定關係的情人；另一方面，你這個情人需要無止盡的讚美與愛，來自於你，也來自於她遇見的每個人。最大的問題是，你有沒有那個精力去應付情人不斷轉變的情緒，還有，你的臉皮夠不夠厚，去面對情人所製造的丟臉場面。

最初喜歡上戲劇型情人的那一刻，可能就像被磚頭砸中一樣，一切都很突然、很意外，也充滿激情。戲劇型情人追求另一半時，頑強如鬥牛犬，沒有征服獵物前絕不放棄。當你事後坐下來回想這段感情，大概會說一切很快就變得很認眞。一開始，戲劇型情人可能隨時都願意陪你，又很有趣。他們喜歡追求感官刺激，不管什麼都願意嘗試，跟他們出去玩會很開心，他們又很開放、很願意分享自己的事。這種人會讓新朋友覺得很自在，而且很多人會說，他們一開始就覺得自己跟戲劇型的人好像認識了一輩子。

戲劇型情人相信自己跟別人的關係比實際情況要來得密切。她會一頭栽進新感情，很快就會透露極度私密的事情。這種情人在新感情中充滿激情，對新對象表現得非常熱烈。別忘了，誇張情人常有激烈又過度美化的浪漫幻想，一般人很容易陷入這樣的激情，但也很容易無法承受。

與戲劇型情人談感情，意味著你得做好心理準備，要耗費大量精力滿足情人的情感需求。這種情人非常情緒化，有時候也相當反覆無常。她的情緒與心理需求都靠讚美與關注獲得滿足，然而，她也可能變得非常黏人，使朋友與情人跟她疏遠。她很容易受傷，會將最輕微的疏忽解讀爲刻意的傷害，當她受傷時，可能會用力發洩在你身上，有時候還會當眾發洩。

這種循環模式多少有些控制的成分。戲劇型情人從小就學會要如何獲得他們想要的關注，他們不止渴望你的關注與稱讚，也渴望別人的。說實在的，這會是你們感情中很難處理的一環。時間一久，你會（如果現在還沒的話）越來越清楚，情人對情感的需求將永遠無法獲得滿足。在聚會中，情人會有浮華、風騷、戲劇化的表現，因爲她正在「舞台」上，會不顧一切占據舞台中央的位置，緊抓不放。這會很丟臉，你會覺得被忽略，沒有安全感。

戲劇型人格在許多方面會讓人覺得不眞誠、有心機，其中之一，就是他們人際關係的本質。他們一方面很黏人、要求很高，另一方面又很難維繫深厚、持久、有意義、有感情的關係。誇張人格戀愛時是出了名的變幻無常，當你交往的對象有這些特徵時，她的行爲可能會讓你覺得很膚淺，因爲戲劇型的人沒有能力付出深厚、持久的情感；再者，也沒有人能單獨滿足她對愛與刺激的渴望。戲劇型情人永無止盡的戲劇化與調情行爲，很可能會把你逼走。

戲劇型情人誇張的表演還帶著一絲自我放縱。一個人如果那麼專注在自己身上，只想滿足自己的需求，那她的另一半就只能自己照顧自己了。你的情人最初吸引你的，可能是她在感情裡既開放又坦率，但是回想一下感情初期，那些有意義的深度討論眞的跟你有關嗎？是不是最後都繞回你的情人身上？那些分享的時光，是不是比較像情人在用故事吸引你、跟你調情？你有沒有發現，當你提起對你而言重要的事情，那件事很快就被丟在一旁，而情人的需求或感受則迅速浮上檯面？你是不是發現，相處日久，你們的感情主要是情人獨占舞台中央？以上這些問題，都是爲了讓你了解戲劇型情人的自私與自我放縱。

這種人格類型要注意的另一點，就是缺乏同性朋友（或很有限）。同性的人往往會避開這種人，他們會說，戲劇型的人調情的行爲、挑逗的裝扮，讓他們覺得自己的感情受威脅。因此，跟誇張情人最親近的人幾乎都是異性，而且由於這種情人永無止盡的需求，通常還會有很多異性朋友。如果你是誇張情人的伴侶，你自然會覺得情人爲數眾多的異性朋友是一種威脅。

身爲誇張情人的伴侶，你會發現面對你周遭的其他人時，你得爲情人找藉口、找解釋。其他人不太可能沒注意到誇張情人的行爲與穿著，如果他們沒注意到，你的誇張情人一定會不高興！你的情人膚淺、戲劇化、需要別人注意的行爲，會疏遠其他人，也會讓你陷入尷尬。

我為什麼會喜歡上誇張情人？

現在，你可能開始懷疑自己怎麼會喜歡上這麼難伺候的情人。你可能會問：這代表我有什麼問題？我怎麼會喜歡上如此膚淺的人？當你在決定感情的下一步時，這些都是你該問自己的好問題。如果你已經開始與誇張情人約會，或已經深陷情網，那你現在應該已經知道：

> 你的需求不會有人理會，這樣你的情人才能成為眾人焦點。
> 你的情人會以帶有性誘惑與挑逗意味的方式與人互動，而且對方通常是異性。
> 你的情人無法對你產生深厚持久的感情。
> 你的情人會利用外表引起大家的注意。
> 你的情人的溝通方式很誇張、戲劇化、不真實。
> 你能輕易影響你的情人的想法、情緒與意見。
> 你的情人認為她和別人的其他關係也非常親密。

與誇張情人交往，表示你至少在情感上願意與別人分享情人，不管是好朋友、泛泛之交或陌生人。會被這麼黏人又自私的人吸引，代表你有什麼問題？那可能表示，不管情人表現如何，你在感情裡都感到很安定；也可能表示，你跟情人一樣，難以維持深厚、堅定的感情。這時候你應該要好好探討，你是不是眞的準備好要展開一段持久、雙方都能獲得滿足的感情。

坦白說，有些人在感情裡，就算情感與知性的需求無法獲得滿足，只要肉體需求滿足就滿意了。如果你現階段的人生，只要有熱烈的肉體關係就足夠，那你會發現自己深受戲劇型情人吸引。但事實是，這段感情永遠無法超越新鮮的情慾與性刺激的吸引力。如果你覺得自己也沒有情感或知性方面的需求與能力，那你可能這樣就滿足了。不過，如果你希望有一段對等的感情，雙方能相互分享需求、渴望、情感，注意力也平均分配在你們兩人身上（我們猜你是希望這樣，否則你不會看這本書），那你就該好好檢討，爲什麼你會選擇一位永遠無法滿足你這些需求的情人。那些習慣否定自己需求的人，會發現自己總喜歡上那些要求特別多的人；像戲劇型這種難伺候的情人，就會去找那些願意當配角、把自己的需求放在次要地位的人。

當然，也可能你自己也很難伺候，所以會喜歡上跟你一樣重視外表、需要關注的人，你們可能都喜歡、都追求這種戲劇化的生活方式，渴望成爲眾人注目的焦點。你大概聽過「物以類聚」這句話。演員就常常彼此吸引，因爲他們都了解那種戲劇衝動和戲劇需求。你可能也是這樣，特別是如果你發現自己常常與戲劇型情人交往。

最後一個解釋你爲什麼喜歡上誇張人格的原因，是你本身雖然不愛追求刺激，卻喜歡那些愛追求刺激的人。你可能覺得情人對生命的熱情與浮誇，對你是一種挑戰、一種刺激，與情人在一起可以感同身受，會刺激、誘惑你去做一些事。這會不會是因爲你自己一成不變的生活方式，壓抑了內在對追求刺激的需求？有些人能夠永遠與戲劇型情人在一起，但有些人就會覺得，相處日久這段感情就越來越不吸引人。

與誇張情人共同生活

「衝擊合唱團」（The Clash）有一首經典名曲叫做《該走還是該留》（*Should I Stay or Should I Go*）。要爲親密感情做重大決定，總讓人沮喪又害怕，但是跟戲劇型情人在一起，這一天很快就會來臨。此刻閃過你腦海的問題可能包括：我的情人有沒有可能改變？我的情人有沒有能力表現得平靜、成熟？我的需求可能在這段感情裡獲得滿足嗎？如果你已經厭倦了要引起注意必須與情人競爭，或是如果你發現朋友、家人爲你這段感情擔心，特別是擔心你的情人過火的行爲，這都是好的徵兆。除非你可以付出無止盡的精力、讚美與關注，否則你或許應該認眞地考慮是否要維持這段感情。

不過，如果你們已經有深厚的感情，甚至已經結婚，那你可能會覺得離開不是最好的選擇，至少這一刻不是。仔細思考過以上問題後，你可能決定就目前而言，你願意與情人一起努力經營這段感情。如果是這樣的話，我們提供的建議可能對你這段感情有幫助。

設下堅定的容忍限度與極限

就跟人生中的其他事物一樣，我們必須了解自己的極限，特別是如果你的情人有誇張人格。誇張人格者會挑戰極限、挑戰別人的限度，有時甚至是不自覺的。這種情況很可能發生在他們引起別人注意，好滿足自己的時候。他們對你會有很多要求，會持續不懈、甚至幼稚地堅持要成爲你唯一的關注焦點。你必須清楚自己的實際界限與情感界限在哪裡，你能容忍多少難堪、做多少破壞管理？更重要的是，當你被逼到極限時，你必須以正面的態度堅守界限，才能保有自我的完整和避免被利用。

設下極限時，準備好迎接情人的強烈反抗。了解戲劇型情人的行爲模式之後，你就該知道，當你減少付出的時間與關注，或是你在情人出軌或不斷有不恰當的調情行爲之後決定要分手，她一定會很不高興。要有心理準備，她會有憤怒、反覆無常的情緒，甚至會要求更多關注。要堅守你的條件，特別是要求情人以尊重、忠誠、互相照顧的態度對待你。

持續給情人意見反饋

在一起久了，我們可能非常習慣情人的行爲，而不再給予對方積極的意見反饋。除此之外，你的情人可能也不知道，她的行爲會讓你擔心或難過。這時候，你就該坦白點出你重視、擔心的行爲。誇張情人對批評非常敏感，可能無法把你的話聽進去，你如果直接批評她，她大概會生氣得不可理喻，你如果以不帶情感的方式面對她，她把你的話聽進去的機會就高很多。但給情人的反饋必須一致，讓她知道她的行爲如何影響你，也別忘了積極鼓勵對這段感情有益的行爲。關鍵在於以溫柔、深情的方式給予反饋，讓情人把你的話聽進去，更希望她能採納這些意見。

鼓勵熱誠與同理心

眞心的熱誠與同理心是誇張情人很難學會的事。如果你的情人是個戲劇型，那她一定非常自私，渴望成爲焦點，只會粗略帶過你的需求與擔憂。只要你能接受誇張情人很難在感情中有任何眞實、深厚的交集，也了解她表達親密的方式都很膚淺，那你已經能接受情人這個面向的人格。但是，你有沒有辦法促進情人的相互性與同理心呢？

這方面有兩個重點。首先，你自己要成爲情人的最佳榜樣，要充滿同理心與無條件而積極地關心她，也就是說，任何情況下都要努力找時間眞正傾聽情人：回應時不要只重複她說的話，要反省她的行爲透露出她什麼樣的感受。這樣，你傳達的訊息是你眞的想要了解、「陪伴」你的情人。這種體貼周到的同理心，能幫助戲劇型情人放慢腳步、反省自己，或許還能領悟自己爲什麼需要關注；而且，你的同理心也會成爲情人的榜樣。第二個重點，情人同理心的表達若有任何進步，一定要加以鼓勵，也就是說，每當她對你展現眞正的興趣，或是努力去了解你的感受時，都要稱讚她。告訴她這種關心讓你有什麼感受，特別是你對情人的感覺！

不要有不切實際的期望

如果你愛誇張型的人，千萬要實際地面對情人改變的可能性。要記住：情人從小就學會這些戲劇化行爲，這些行爲已經徹底固化。情人的戲劇化行爲會讓你感到難堪、挫敗、苦惱，同樣地也可能讓她反覆遭到失敗、感到沮喪。你的情人可能不太清楚，她過度黏人、對關注貪得無厭的渴望，其實只是掩飾她缺乏安全感的薄紗。戲劇型情人有時會很憂鬱，但是就算你同情她的困境，還是要張大眼睛看清楚她。沒錯，假以時日，你的情人的確有可能變得不那麼黏人、要求不那麼多，但這也的確會是個緩慢的過程。你的情人大概永遠無法做到不再給人誇張的感覺，你必須想辦法接受某種程度的情緒混亂和綜藝化，不然就要決定分手。

到了該分手的時候

你可能已經嘗試過以上幾種建議，或是你已經走到一個你覺得感情難以再挽救的地步。與戲劇型情人在一起會讓人筋疲力盡，甚至無法承受。先前，我們建議你清楚設下極限；令人難過的是，有時妥善的界限，就是離開總是在調情、引起注意又膚淺的情人。

如果你決定告別這段感情，要小心情人可能會變得非常憤怒又情緒化。她很可能會以極端的手段，設法把你留在身邊，或尋求報復。你的情人過去的行為中可能有某種情感控制的模式，可能會因為她感到絕望，害怕你會離開而變本加厲。我們再一次建議你，要堅持立場，好好照顧自己，為自己找好可靠的支持後盾，採取保護自己的措施。雖然分手總是不易，但是維持一段可怕的感情更難，也更痛苦。

結論

誇張人格的某些面向可能很吸引你，可能是那誘惑人的方式、頗具娛樂效果的情緒轉變，或這種情人沐浴在眾人目光下的模樣。不管一開始的原因是什麼，與戲劇型情人在一起，最終可能因為她膚淺的情感、無止盡地需要別人注意、無法預料的情緒爆發、社交甚至性方面的不合宜行為，而讓你感到孤單。就現實面來說，你會成為這種情人的全職「處理者」，把全部心力投注在她身上，設法遏制她的誇張行為、確保她行為得宜，同時令她滿足。這份工作會讓人筋疲力竭，在一段長期的感情中，多數人會需要更多相互且眞誠的情感交集。

PART 10

自私情人

自戀型人格

The Narcissistic Personality

☑ 他非常自我膨脹，常誇大自己的才華與成就。

☑ 他滿腦子幻想著成功、權勢、美貌、理想的愛。

☑ 他深信自己很「特別」，只有同樣特別、同樣有才華、同樣有名的人才能理解他或與他往來。

☑ 他需要你不斷以過分仰慕的心態來對待他。

☑ 他認為很多東西都是他應得的，他應該獲得特別待遇，別人應該自動順從他的意願。

☑ 他會利用別人，經常占你和其他人的便宜來達成自己的目的。

☑ 他似乎缺乏同理心，無法體認或回應別人的感受與需求。

☑ 他經常羨慕別人，或認為別人在羨慕他。

☑ 他的態度與行為往往相當傲慢。

如果你發現你忽略了自己的需求、渴望與興趣，只全心專注於你的情人，而他永遠不知滿足，總想要更多他不應得的仰慕與讚美，那你可能對自私情人有所偏好。如果你總是活在自我膨脹者的陰影下，那代表了什麼?你爲什麼總是吸引到這種生命中除了自己幾乎無法容納別人的人?如果你現在或以前的情人是自私情人，如果你總是跟自大狂交往，那你一定要仔細閱讀這一章節。

安妮的故事

我跟瑞克交往的過程，就好像搭著電梯緩慢地朝自我懷疑與喪失信心的深淵墜落。我今年已經三十五歲，過去兩年也都沒有跟這個人來往，但我仍然沒有辦法像三十一歲時，也就是遇見瑞克之前那樣有自信。當時我剛從法學院畢業，在一間知名律師事務所工作，我的表現非常出色，預計幾年後就能成為合夥人。我對自己的外貌有自信，也喜歡輕鬆地約會，不談太認真的感情。

我的向下沉淪之旅，要從我遇見瑞克那年算起。我在我們的事務所為知名客户與委託人舉辦的派對上遇見他，那是憑邀請函才能出席的派對，但是瑞克卻找到方法混進來。那年暑假，他擔任某位法官的助理，他説服那位法官帶他一起出席。當時他還只是法學院二年級的學生，就讀的法學院是全美國最差的。但他就這樣走進這個專屬派對，跟大家握手、自我介紹，一副他屬於那裡、大家都很高興看到他的樣子。

我還記得他一開始讓我印象深刻，就這樣直接走到我面前，介紹自己是美國未來的司法部長。我不知道到底該笑，還是該為他的傲慢感到惡心。他長得不錯，很高、很壯，也很有自信，很俐落，我一度認為他真的有可能成為下一位司法部長。現在回想我們的初次會面，我發現他幾乎沒有問我的事情，只是一直說自己在法學院的成就多高，他追隨的那位法官要「空降」他，讓他爬上巔峰。半小時過後，他約我出去，說：「大律師，我想你不會失望的。」現在想到他會讓我想吐，但是當時我的生活很無聊，工作得很累，也沒有男朋友。我很脆弱，他正好趁虛而入。

我們第一次約會，他邀請我到他家共進晚餐，他準備了非常豐盛的一餐，住處則是一塵不染。我一開始就應該要擔心的，因為我注意到玄關處掛著一幅他的裱褙照片，幾乎是真人大小，照片中瑞克穿著丁字褲，擺出健美先生的姿勢。相信我，他的身材真的很好，他顯然也引以為傲，但那讓我覺得有點怪怪的。我後來發現，他每天花三小時在健身房舉重（也在那裡的大鏡子前伸展肌肉）。那頓晚餐，他不停以法文來形容他做的菜，暗示他曾在法國廚藝學院受過訓練（後來我發現根本就沒有，他不過是看了本書）。他一直要我稱讚他做的菜，同時說了很多貶損城裡幾家餐廳廚師的話，說他們根本不知道自己在做什麼。我也記得，那頓晚餐的對話多半圍繞在瑞克身上，就連在問我的事情，他也會把我的話當作引言，好告訴我更多他的事，特別是他為什麼如此適合法律這條路。

當時，我以為這個可憐的人只是努力想給我好印象，我忍了下來，現在卻很後悔。我們繼續約會，但很奇怪，我們相處的時間越多，我就越覺得孤單、疲憊。如果我們相處五個小時，那有四個半小時都會花在討論瑞克的法學教授為什麼不懂得欣賞他的天賦（他的成績普通而已），還有他們為什麼那麼不公平，不願意在他缺課或考試遲到時，給他特別待遇。如果我在事務所遇到問題，或是想討論我的案子，他聽了一下就會表示這沒什麼，接著開始說，這讓他想到學校的什麼事。我從來不曾感覺瑞克真的有把我的話聽進去，可以肯定的是，我感覺他根本不在乎我的感受、我的遭遇。很快我就發現，如果我沒有一直告訴瑞克他有多厲害（身為廚師、學生、猛男、情人），他就會變得很沒耐性、更難伺候。他就好像一塊乾的海綿，不斷吸收房間裡的任何關注或讚美。

在臥室裡，瑞克總堅持要來段冗長的前戲，每次都從他緩慢跳起脫衣舞開始。有時候，這個過程會長達十五到二十分鐘，多半都是他穿著誇張的丁字褲，秀他的肌肉。一開始，我覺得這樣很性感，也很高興他花這麼多時間勾起我的「性」趣。但後來我發現，這一切多半是為了他自己，他其實只是想聽我對著他的好身材「噢」、「啊」地叫，而他也可以看著鏡中自己的表演。我開始了解，我其實只是他表演用的道具。如果我變得不耐煩，或不再哄他繼續下去，他就會生氣地說：「寶貝，如果這對你沒效，那你一定是個死人。」至於做愛本身，瑞克動作迅速、粗魯，只專注在他想要的東西上。有幾次，我試著告訴他我有什麼樣的性需求，他卻覺得我冒犯了他，暗指他比我還懂得要怎麼取悅女性。事實上，我不記得他有問過我，這樣舒不舒服，或我想要他怎麼樣。最後，我們做完愛後，他會一直要我稱讚他的表現，例如：「你說說看，你有過這麼激烈的快感嗎？」

我覺得跟瑞克交往最糟糕的一件事，就是對我的自我感覺造成的影響。我現在知道，在我們交往的那幾個月裡，我覺得自己越來越沒有吸引力，也越來越不適合當律師。當時的我很難了解，這種事怎麼會發生，但是現在我懂了。瑞克很擅長貶低我，好讓他覺得自己很棒。其實，多數時候事情都發生得不知不覺，舉例來說，他會說：「你如果能多挪點時間跟我去健身，我們就可以把你的大腿修飾一下，雕出像我這麼漂亮的線條。」還有：「我讀過你的訟案，看起來還可以，但我滿確定我可以幫你修得更好。」沒多久，我開始嚴重懷疑自己的吸引力，不知道自己是不是真的能夠勝任我的工作。我開始變得憂鬱。

後來，我在法學院的女同學吉兒來找我，才畫下這段感情的句點。吉兒跟我和瑞克一起住了一個星期，她似乎立刻就看出我的改變，也發現瑞克根本聽不見、看不見我的需求。某天下午，瑞克不停說著自己在某堂課上有多厲害，說我怎樣可以從他身上學一兩招，吉兒聽著聽著就發飆了，她罵瑞克傲慢，說他看待世界的方式很自私，指出他根本就是一所爛法學院裡的二流學生，而我則是十大常春藤學院畢業的。瑞克當場大發雷霆，要求吉兒馬上離開（那是我的公寓），還硬是要我在他跟朋友之間做選擇。那似乎是我第一次完全看清他這個人，於是我叫他走。他也的確走了，從此沒有再找過我。我將那天視為我從一團奇怪的迷霧中清醒的第一天，這迷霧吞噬了我的自尊，讓我幾乎喪失理智、毀了自己的事業。我永遠都會感謝吉兒那天救了我。

自私人格

自私情人很難伺候，因爲他們需要不斷的仰慕與讚美。心理師稱這種極度自私的成人是擁有自戀型人格障礙。有三大特徵可用來分辨自戀型的人：一、過度自我膨脹；二、滿腦子想著受人仰慕；三、無法替人著想或了解別人的觀點。你或許知道，希臘神話中的水仙子納西色斯（Narcissus，也是英文「自戀」的字源），是一位深深愛上自己的年輕男子，他最後在欣賞湖中自己的倒影時，不愼淹死。這就是自戀者的最佳寫照：過度迷戀自己，沒什麼能力去眞正愛別人。

自戀型情人有一種特質，心理學家稱之爲「浮誇的自尊」，意思是這種人就像動物王國裡的孔雀，總是高估自己的能力與成就，從不放過任何機會讓大家知道她天生有多偉大。如果你的情人是個自戀型，你常常會覺得自己的特徵與成就都被她（有時不著痕跡地）貶低、抹滅，例如：

「我只能說，那些男人都無法把視線從我身上移開！你也不差啦，親愛的。」要記住，自戀型情人不是刻意假裝或誇大，而是眞的相信自己比較優越、特別、有獨特的才華。自戀型情人常常滿腦子幻想著無盡的成功、權勢與才智，這些可能是私底下的幻想，但多數時候，你會有機會聽到這些幻想的範例，看到這些幻想的片段。你的回應如果不是肯定的，自戀型情人就會受傷，甚至有可能生氣。

這種情人不斷誇耀、吹噓自己，別人很可能會覺得他既傲慢又令人討厭。除此之外，由於他相信自己是如此特別、獨一無二，他願意往來的人，可能也只有那些他認爲在某方面也很特別、「完美」、出名的人。當然，這表示自戀型情人跟你交往，只是因爲他認爲你的吸引力、財富、成就也很獨一無二，差不多還可以跟他自身的偉大匹配（儘管還是不夠）。在眞實的意義上，你只不過是一幅傑作的邊框，或是一幅美景的窗飾。自戀型情人只會去看「最好的」或「頂尖的」醫生、會計師、髮型師，因爲這種人際關係能提升他理想化的自我價值。

自戀型情人很難伺候，會愛得讓人筋疲力盡，因爲她需要堅定且不間斷的關注、讚美與仰慕。就這點來看，自戀型情人其實很像小孩子：她的自尊非常脆弱，對正面評價的需求幾乎永無止盡。如果你不再仰慕、稱讚自戀型情人，就算只有一下子，你都要付出相當大的情感代價，可能會是憤怒、冷戰，甚至對你做出刻薄、輕蔑的批評。

自戀型情人的典型特徵，是覺得自己有許多應得的權利，或認爲自己應該獲得特別待遇。不管什麼場合、什麼情況，自戀型情人都認爲其他人會特別配合他，而這個規定只適用於其他（普通）人。如果有餐廳或新朋友沒有配合他，他會很驚訝，還有可能被激怒。舉例來說，自戀型情人會認爲他聚會遲到沒有關係（其他人應該要等他），他打斷別人的話也沒關係（當然是他要說的話比較重要）。如果沒能配合自戀型情人給予他自認應得的權利，一定會導致某種情感上的處罰或衝突。

除了傲慢、自大、勢利，喜歡擺出高高在上的姿態之外，自戀型情人還有個情感缺陷，無論多少溫柔或耐心都無法幫他克服這個缺陷，那就是缺乏同理心。自私情人眞的沒辦法從你的角度看事情，也無法眞正了解或體會你的感受、體驗與渴望。換句話說，自戀型情人無法跟人情感對等交流，他沒有能力透過別人的眼睛看世界，不過就算有，他自己的需求與體驗很快又會成爲重心。自戀型情人永遠都在羨慕別人（雖然他很努力掩飾這一點），也認爲別人同樣在羨慕他。他們相信自己比別人更應該獲得財富與成就，而且總想要指出身邊的人的弱點或缺陷，好強調他們的優越性。

最後，自戀型情人很容易受到所謂的「自戀型傷害」。自戀型傷害會發生在自戀型情人脆弱的自尊受到威脅或被揭露的時候，只要他覺得別人在質疑他誇大的自我形象，都有可能導致這種結果。因此，當愛人沒有稱讚他、沒能配合他的特權行爲，或質疑他過度誇大的自我評價時，都會讓自戀型情人覺得受到攻擊、輕蔑。他的回應方式可能是憤怒、感到羞辱、鬱悶地封閉起來，或是報復性地以言語（甚至肢體暴力）反擊。

自戀型人格是怎麼形成的？

一個小孩是怎麼長成爲自戀成人的呢？自戀型人格障礙的養成有兩大途徑，第一是「原生型自戀」，源自於自戀型的人從小受到父母崇拜，父母對他們的評價誇大扭曲，且眞心地一再重複這些讚美（例如：他「最優秀」、「最完美」、「最棒」）。天下父母當然都相信他們的孩子很棒、很特別，但是自戀者的父母沒有教導孩子：人都有缺陷、不完美、有相對的弱點。除此之外，這些家長也沒有表達自己的需求與個別興趣，讓成長中的自戀者以爲，其他人的存在只是爲了沐浴在他的偉大之中。這孩子因而仰賴不間斷的讚美與仰慕，把父母不切實際的評價內化。想當然耳，等這孩子長大成人後，他認爲其他人理所當然也要繼續這種仰慕與無條件讚美的傳統——包含身爲他的情人的你。

自戀型成人的第二成因是「彌補型自戀」。這種情況相當普遍，自戀者爲了彌補童年遭受的嚴重虐待或忽略，因而發展出這種障礙症。在這種情況下，孩子覺得自己糟糕到只有兩種選擇：一是變得極度沮喪（憂鬱症），一是躲進誇大的幻想中。經歷過虐待、情感上遭到貶低，或完全被忽略的孩子，用自戀來彌補這些傷害，其實是個很好的適應方法。藉由這種逃避與誇大的幻想，遭到虐待的孩子能夠不去面對內心所感受到的殘酷現實。當然，等這個自我保護、自我彌補的孩子進入成年期，彌補型自戀已經固化成爲潛意識的一部分。有百分之五十到七十五的自戀型案例都是男性。

有自戀型人格的情人

到現在，你可能已經知道，指望與自戀型情人談一段相互扶持、對等交流、彼此分享的感情，根本是錯的。與自戀型情人談感情，從一開始就注定會失衡，除非你願意不斷地肯定他、仰慕他，否則這段感情注定要失敗。有許多原因能說明，你爲什麼應該避免與自戀型情人交往；如果你已經和自戀型的人進入一段感情，那麼以下所述你大概都會覺得很熟悉。

首先，唯有當一段感情看來有助於達成他們的目標，或提升他們的自尊，自戀型情人才會進入一段感情。也就是說，藉著跟你約會，自戀型情人會「有面子」，或因此受到仰慕或地位提升，從而得到他想要的東西。如果你很成功、富有、外表出眾，自戀型情人喜歡的可能主要是這些特質，因爲他認爲自己值得跟你這種人在一起。這樣看來，自戀型情人就像一塊海綿，飢渴地吸收你能給予的所有關注與資源。

身爲你的情人，自戀型的人會覺得她應該得到你全部的關注，如果沒有的話，她很容易受傷、生氣、震驚。她認爲你永遠會爲了配合她的喜好、她的心血來潮，而改變你的行程。從這個角度來看，自戀型情人就像永遠停留在青春期：自私自利，無法了解她的需求對別人來說並不是最重要的事。自戀型情人也像個孩子，只要事情不順她的意，只要你膽敢不把她的需求、渴望擺在第一位，她就會發脾氣或鬱悶封閉。

如果你希望自己在感情中像個無名氏，不受注意，那自戀型情人可能適合你。試試看向情人提起你的需求、渴望、體驗、感受，你的自戀型情人只會忽略它們，很快將注意力再轉回自己身上，或是變得不耐煩、輕蔑，甚至將你的感受與體驗視爲脆弱的象徵。比較世故、圓滑的自戀型情人會把注意力擺在你身上，但只會短暫得剛好足以讓你產生他眞的關心你、同情你的假象，一旦目的達成，焦點很快又會轉移到原本的目標身上——就是自戀型情人自己！這樣看來，自戀型情人在情感上其實相當疏離，而且眞的無法了解他的舉止、評語對你會有什麼影響。舉例來說，自戀型男性形容前女友時，可能會說「她是我認識過最聰明的女人」，完全沒有想過這個評語會帶給你什麼樣的感受。

最後，只要你膽敢質疑、批評、糾正自戀型情人，你們的感情就會變得非常緊張。因此，就像與多疑型情人、邊緣型情人交往一樣，你的感情世界只能用如履薄冰來形容。舉例來說，只要你嘗試糾正自戀者自以爲在床上的表現是個一流情人的想法，他的反應將是震驚、大怒，而且很有可能針對你的床上功夫作反擊。除此之外，如果你比自戀型情人的表現好，或更有成就，那你要有心理準備感情會出問題。如果情勢越來越明顯，你在某些方面就是比他優越，他一定會擺出一副不以爲然（如「你只是運氣好」）或輕蔑（如「那又不難」）的態度。

我為什麼會喜歡上自私情人？

如果我會被自私情人吸引，那代表什麼？我到底是怎麼跟自戀型情人走到一塊的？我當初是看上他哪一點？這裡有一份讓你清醒地面對現實的清單，如果你會被自戀型情人吸引，那你喜歡的情人就是：

- ✓過度自我膨脹。
- ✓滿腦子做著擁有無窮權勢、才智、美貌的大夢。
- ✓真心相信只有菁英或特別的人才能了解她。
- ✓隨時都要受人仰慕。
- ✓認為她應該獲得通融或特別待遇。
- ✓利用別人來讓自己感覺更好、來達成自己的目標。
- ✓無法真正了解、體會你的感受或需求，也不在乎。
- ✓非常羨慕別人，卻說是別人嫉妒她。

∨在別人眼中是個傲慢、自大、眼中只有自己的人。

不是個令人舒服的畫面吧？把這份清單仔細讀幾遍。自戀型情人有機會成爲眞正的好情人嗎？大概不太可能。那你爲什麼會跟自私的人在一起，更糟的是，你爲什麼總是跟這種情人在一起？事實上，會喜歡上自私情人有很多原因。

首先，自私人格一開始可能讓人覺得有傳奇色彩，特別是如果他們很聰明，給人的第一印象會非常好。他們看起來很有成就、有自信、有經驗，能舉出令人讚嘆的成就與人生閱歷。事實上，第一次遇見眞正的自戀者，你想要印象不深刻也難（特別是如果他既聰明又有社交手腕）！到後來你會發現他說的許多話其實都是誇大的經歷、不實的幻想，甚至徹徹底底的謊言，但一開始這些都會讓你覺得不可思議；到後來證明不過是傲慢作祟的舉動，最初卻可能相當可信又叫人驚嘆。由於自戀型情人總是擺出一副很重要、很幹練的樣子，一開始的確很難看出一切都是假的。我們最初所仰慕的，到頭來不過是吹噓。當魅力十足的自戀型情人用豐功偉業的故事、獨一無二的經歷取悅我們時，任何人都有可能會上當。

有些人會受到愛掌控的情人吸引，因爲在一段感情裡，這種人會替我們安排好固定的位置。如果你是這樣，那你可能很難承認自己之所以會被自戀型情人吸引，正是因爲這種情人表面看來很堅強、很能幹，彷彿十項全能，正是你要找的那種掌控一切的感情領導者。你的情人似乎完全沒有正常人會有的那種自我懷疑，也願意（甚至要求）爲這段感情做出所有重要決定，對你來說，這樣的感情很有安全感。可惜，自戀型情人掌權不是爲了讓你有安全感，而是因爲只有他的感受、他所關心的事才是最重要的。

有些人被自戀型情人吸引，則是因爲他們看穿了對方的內心，其實是個沒有安全感的孩子。這就是拯救者與治療者。符合這種情況的人，其實是想重新撫育自戀型情人；或許在潛意識裡，他們相信這麼做能撐起自戀型情人脆弱的自尊，直到足以發展出一段成熟的感情。問題來了：重新撫育自戀型個案，就需要多年的心理治療。一般來說，因爲喜歡擔任治療師或父母的角色而展開一段戀情，是不智的做法。如果這些角色讓你覺得有些耳熟，那麼你應該好好探討自己童年時期與自私成人相處的經驗了。你總是努力應付、照顧哪一位自私、自戀成人？你對自大狂的好感是怎麼形成的？自戀型的人滿足了你什麼樣的需求？

有些平常很健全的人，也會喜歡上沒有任何同理心的情人，這些人可能需要活在情人的陰影下，才感到最自在。你是不是非常害羞，或只想當次要角色，只有在當背景時最開心？這種人很弔詭地，只有在自己的需求與渴望被忽略、置之不理時，才感到最舒服自在。我們得再一次問你，你想藉由與自戀型情人的感情，重建什麼樣的感情經驗？在人生的某個階段，你一定學會了放下自己的需求，心甘情願滿足別人的自尊，無時無刻不在爲別人的自尊服務。

你會跟自私情人走到一塊兒，還有個最後也最令人難過的原因：你可能已經開始從自戀型情人的角度看世界，也就是說，你接受、採納了自私情人對他自己、對你，以及對其他人的看法。透過這種角度，你對自己那既有才華、外表又出眾的情人施捨的任何碎屑，都只會心存感激；透過這種角度，相較之下你根本毫無價值，又沒什麼可彌補的優點，所以情人對你的需求與渴望置之不理也很合理——他才管不了那麼多呢。更慘的是，你可能會在公眾場合中爲情人的傲慢與惡行辯護，並且同意他，只有眞正特別的人才能了解他。

會與自戀型情人在一起有許多原因。他可能很迷人又帶有傳奇色彩。他經常處於主導地位，以他宣稱的那些豐功偉業與不尋常能力吸引人。又或者，你喜歡擔任脆弱人格的照護者角色。最可怕的是，你的自尊已在與自戀型情人交往的過程中消磨殆盡，以致你漸漸相信，離開他，你就毫無價值可言。

與自戀型情人共同生活

如果你的交往對象是自私情人，你應該怎麼辦？會有希望嗎？這段感情有沒有可能變得讓你比較能接受？你一定要搞清楚，跟自戀型情人一同生活永遠不可能幸福洋溢。別人會覺得你的情人很自負、缺乏同理心，令人憎惡。你的情人非常傲慢，而且眞的相信自己的卓越、才華、名氣無人能出其右。在自私情人眼中，要忍受你與你的不完美，是他必須背負的痛苦負擔，而且你的情人會不斷提醒你這一點。你的情人在多數社交場合中都令人難以忍受，而你的朋友家人會不懂你爲什麼看不出這一點。

不過，有些讀者可能已經與自私情人共譜了堅定的感情，你們或許有了小孩，所以你不願意離開，至少不是現在。如同所有的人格障礙症，自戀型的人也有不同的嚴重程度，所以有些自私情人會比較有彈性。我們提供以下幾種建議，讓你與自戀型情人的感情可以順利些，甚至有所改善。但是別忘了，不管你本身多堅韌、多有耐性，要與有嚴重自戀型人格障礙的情人共同生活，將會極度困難。

首先，照顧好自己

這本書所提到的怪咖情人中，自私情人應該是數一數二難伺候的類型。與自私情人一同生活，往往需要無比的耐性與關注。就現實面來說，你會像永遠在當班，二十四小時全年無休，因爲自戀型情人會不斷需要你的仰慕、關注與肯定，你再怎麼肯定他的才華與「特殊」都不夠。他渴望你的肯定，需要你付出時間，但他的胃口大得永遠無法滿足，就算你的諂媚滿足了他，也只能撐一下子。就像初生嬰兒的父母一樣，你很快就會因爲情人的要求而感到筋疲力盡。更重要的是，你會覺得自己越來越渺小。自戀型情人一定會傷害伴侶的自尊，除非你是個很有自信的人。請記住，自戀型情人只有靠貶低身邊人的才華與特質（特別是他們所愛的人的），才有辦法覺得自己有能力。要讓自己精神正常、心理健全，你一定要留些時間給自己：設下清楚的界限，規畫出時間照顧自己（例如運動、獨處、反省、休息），與家人朋友來往，甚至是在情人不擇手段貶低你時，尋求心理諮商提振自己的自尊。簡而言之，如果你想幫助情人滿足他的需求，一定要保持自己精神振作、情緒健康有活力。

提供自戀倒影

謹記在心，自戀型情人在情感上其實是個脆弱的孩子，所以你能做的最重要的一件事，就是經常給予他無條件的正面關注。治療自戀型人格障礙者時，心理治療師稱這個方法為「自戀倒影」（narcissistic mirroring）：你的情人需要你不斷地給予他愉悅與滿足的反映。簡而言之，你傳達的訊息是：這孩子很乖、很能幹、很有價值，而且只要做自己就很好。自戀型倒影最容易透過耐心、正面評價、微笑點頭、體諒地反映他的經驗而傳遞。溫柔、持續、準確地表現出你能理解情人每天的經歷，可以幫助他避免戲劇化的憤怒或憂鬱反應；這些情緒有時會困擾這類型的人。有趣的是，有些很愛練肌肉的健美人士內心都有強烈的自戀需求。他們每天花幾小時待在能夠提供這種反映回饋的環境，也就是四面都是鏡子的大房間裡！不過你要知道，隨時提供無條件的倒影是很累人的工作，會讓你壓力很大，有時候你會感到筋疲力竭，特別是如果情人的需求似乎都沒有減少。這種策略可能無法眞正改變你的情人，卻可以讓你們的感情更順利，衝突更少。

看穿情人的嫉妒心

自私情人有個不變的原則：任何因爲他們的行爲而生的不滿或抱怨，往往會被他們解讀爲嫉妒。他們就是會認爲，所有人都會立刻發現他們獨特的卓越與完美之處，也因此別人的鄙視或厭惡，他們會認爲不過是嫉妒的表現。所以，如果你溫柔地質疑情人在某方面自誇的特殊能力，她卻怒斥你是在嫉妒她，千萬不要太意外。如果你的情人在餐桌上不停地談自己，而你的家人在一旁翻白眼，她事後一定會憤怒地指責你的家人是如何嫉妒她。與其跟她吵架，倒不如提醒自己，這只是她原始的防衛機制，是一種投射作用。事實上，是情人在嫉妒你跟其他人，只是她無法接受這種感覺，因此她的羨慕與嫉妒一定要投射到別人身上。了解情人有這種傾向，會有助於你應付、了解這種行爲，這只是她用來保護自己、保護她脆弱自尊的方式。

忍受貶低行爲或自戀型憤怒要有限度

自戀型情人動輒發脾氣，往往因爲他們感覺被輕視，而這會威脅到他們脆弱的自我。如果你的情人常常發脾氣，一定要確保你與孩子的安全，萬一他訴諸肢體暴力或情緒性地侮辱你，要堅定地設下你能容忍的限度。你的情人心裡住著一個有著破碎自尊的小孩，所以特別容易覺得有人要攻擊他脆弱的自我。他就像是兩歲大的孩子，只要你有質疑他的評論，甚至只是有點心不在焉，立刻都會引發他的怒氣。而你就像兩歲孩子的父母，當你的情人生氣時，你必須清楚表示什麼是恰當、什麼是不恰當的行爲；面對情人刻薄的言語、貶低你的行爲，你也必須保護好自己的情緒。要記住，只有跟你比較，他才能展現自己的能力，所以不把情人心胸狹窄的批評與惡意的評論當一回事，是你必須不斷面對的挑戰——只要你縮小，他就會膨脹。同樣地，對這種言語虐待設下堅定的容忍限度，有需要時貫徹執行，或許離開一段時間，有必要的話甚至可以搬出去。

有時可善加利用他的自戀

我們在海軍當心理師時，常常要跟船員中有自戀者的指揮官商議。如果艦隊調度時船員中有自戀型的人，我們有時會奉勸指揮官「順從」這種自戀性格，與其跟自戀者起衝突，我們建議這樣跟他們說：「你知道嗎，我有個特別任務，需要非常聰明又獨立的人……嗯……這一師的船員中，我想就是你最適合了。你覺得怎樣？」只要是有自尊的自戀者，當然都無法輕易拒絕這麼大的誘惑，通常都會很愉快地配合。然後指揮官就會指派這位船員在船上獨自作業，如此一來，他的傲慢就不會在這段期間造成什麼問題。在感情中，你有時也可以嘗試同樣的技巧：「親愛的，還好我有你，多數男生都沒辦法眞正聽懂、眞正了解我要說什麼……」這麼說雖然不完全正確，這類誘惑卻很能迎合自戀型情人浮誇的個性，讓他努力想要證實你對他的描述，做一個細心敏感的人。

強化任何一絲的同理心

對所有自戀型情人來說，最大的挑戰莫過於同理心。自戀型情人很難眞正了解你的感受和你在感情中的心路歷程，因爲誇大的幻想占去他太多時間，使他很難眞正聽懂、甚至很難眞正想要去聽你或其他人要說什麼。因此，只要他表現出任何正確的同理心，都盡量稱讚他、鼓勵他的這種行爲，這會很有幫助。有時候，你必須小心地解釋，當他有傲慢的言語或行爲時，你有什麼感受；或是描述別人（可能是他冒犯的人）會有什麼感覺：「當你說……我在想……會不會覺得被貶損、被輕視？」如果你的情人對這種詮釋似乎有什麼領悟，要稱讚他、鼓勵他。

心理治療會是長期抗戰

就像多數有人格障礙的人一樣，自戀型人格者會抗拒接受治療；就算接受治療，也會非常刻薄、刻意破壞與治療師的關係。由於自覺受到威脅，自戀型個案會努力揭穿治療師的資歷，極力爭取療程的主導權，甚至與治療師陷入詮釋之爭，與治療師比賽治療！當然，這都只是爲了保護他們那易碎的自尊。有時候，治療師或許意識到個案非常脆弱，會過度鼓勵、過度支持自戀個案，讓他們永遠不想脫離治療，卻也無法從中獲益太多。就像多數人格障礙者，自戀型的人不認爲他們眞的需要治療。你可能也已經嘗到，你的情人把感情中所有的問題都歸咎於你。讓你的情人接受治療的方法之一，是你自己先接受治療，再請情人幫忙一起治療你，加入某些療程、認識你的治療師、發表他對感情和對你的看法。這個方法也讓情人有機會成爲你們感情的「專家」，而不會覺得他是「病患」。這個小撇步能夠讓自私情人願意參與治療，卻又不覺得受到威脅。

到了該分手的時候

儘管有以上策略幫助你忍受自戀型情人，或許有段時間情況甚至有所改善，但如果你的情人非常自私，我們還是很難想像你會認爲，長遠來說這段感情行得通、有可能變得健全。到了某個階段，你可能太疲憊，你的自尊可能過度萎縮，你對情人不斷要求你表現對他的仰慕感到太過厭惡，都會讓你無法再繼續這段感情。

到了該往前走的時候，要小心會出現自戀型憤怒、自戀型傷害。如果情人過去遭到漠視、質疑時會勃然大怒，或曾有肢體暴力行爲，在分手的過程中，請務必採取行動確保自己的安全。這可能包含先請朋友、家人、甚至警察協助，然後才表明你要分手。無法想像自戀型情人在愛人離開時，自尊心不會受創，這種傷害可能會引起憤怒或憂鬱，不過多數時候，自戀型情人只會很快將你離去的決定，解釋爲你一開始就不值得他付出的證據。他會把你的離去合理化：「如果她有那個眼光，能了解有我在身邊是多麼可貴，她根本不會想離開我。」不要太意外，自戀型情人有可能告訴別人是他甩了你！對自戀型情人來說，爲了保護自尊，現實是可以扭曲的。

結論

眞正的自戀型情人滿腦子只有自己，幾乎沒有空間容納別人。要繼續跟自私情人在一起，你必須不斷崇拜情人那些愚蠢又誇大的自我、才華與成就。一切永遠圍繞著自戀型情人打轉，很少會跟你、甚至「你們」有關。如果你總是跟自私情人在一起，我們強烈建議你開始檢討爲什麼會這樣。人生苦短，千萬別躲在情人自我膨脹的陰影裡虛度人生。

PART 11

破壞情人

被動攻擊型人格

The Passive-Aggressive Personality

☑ 他消極地拒絕完成例常性工作與社交任務。

☑ 他抱怨別人誤解他、不懂得欣賞他。

☑ 他經常悶悶不樂，又好爭論。

☑ 他對於掌權的人表現出過度的憤怒與挑剔。

☑ 他經常羨慕、怨恨那些比較幸運、成功的人。

☑ 他會誇大、抱怨自己的不幸。

☑ 他會在被動服從與惡意反抗之間轉換。

☑ 他的行為正逐漸破壞你的幸福與成就。

如果你發現自己越來越常對你交往的對象生氣，而她其實從來不曾做出什麼強勢或惡劣的事；或是如果你發現自己原本健全的自尊，因為情人的負面評語與暗示性批評逐漸下滑，那你可能正在跟破壞情人交往。破壞型的人通常有被動攻擊型人格障礙，是低調的有害人士，會慢慢侵蝕你的信心與幸福。最糟糕的是，你最後可能會覺得，感情中所有問題都出在你身上。如果清單上任何一項讓你覺得很熟悉，請特別小心閱讀這一章。

琳達的故事

我還是不敢相信，當初尼克有哪一點吸引我，現在回想起他來，還是會讓我退避三舍。跟他在一起絕對是我在感情上犯下最可怕的錯誤，到現在我還是想不通，我怎麼會跟一個這麼討厭、這麼爛的人交往得那麼認真！不過，一開始並沒有什麼明顯的警訊。

我在一個為出版界新進專業人員舉辦的小型職涯發展會議上認識尼克。當時，我們倆都在小出版社當小編輯，職業生涯才剛起飛。我還記得在許多場演講、專題討論會上，尼克都坐我旁邊。他長得很帥，但是真正吸引我的是他的幽默感，他會在我耳邊說些挖苦講者和講者演說辭的評語，雖然有時候他批評講者的方式有點毒，但他真的很爆笑。我現在說不上來，但當時不知怎麼，他的帥氣與對人生的嘲諷態度非常吸引我，尤其是他讓我笑著度過這場無聊的會議。

我們的出版社都在曼哈頓，距離不遠，所以我們開始經常一起吃午餐。由於我們的工作上的層級一樣，有很多共同經驗，我們花很多時間向彼此抱怨我們在公司裡不喜歡的人、抱怨辦公室政治、抱怨編輯生活糟糕的一面。能在工作之外有個知己真的很好，尼克總是讓我笑個不停，多數時候都因為他會極盡刻薄、非常負面地批評公司其他編輯，甚至他上頭的資深編輯，這些評語常冷不防讓我哈哈大笑。現在回頭去看，我早該看清尼克永遠都是那麼消極、愛找碴，雖然他用幽默感來掩飾，但在那表面之下，其實是一顆惡毒的心。我們在六個月之內進展神速，雖然沒有同居，但交往得很認真，幾乎所有空閒時間都在一起，而且我有一種強烈的感覺，他或許就是我的「真命天子」，至少一開始我是這樣想。

幾個月後，紅色警旗開始用力飄揚。我開始發現尼克總是充滿怨懟與憤懣，不只對他的上司，也對出版社所有在他之上的人，甚至對他的同事。他開始接到一些不好的反饋，總編輯說他做出「爛」作品、說他沒能搶到新書，又一再耽誤編輯文稿的重要截稿日期。一開始，我以為尼克的總編輯真的是個爛人，而尼克說得可能沒錯：他們專挑他來開刀。但是有兩件事讓我開始警惕。首先，不只這位總編輯，公司其他一些人似乎也在欺負尼克，我開始懷疑，尼克的表現是不是真的有問題。再來，尼克滿腦子全是他在公司所受到的差別待遇，很多好處或機會似乎都不公平地給了其他新進編輯。我們共進晚餐、共度夜晚的時候，彼此的對話總是慢慢導向尼克如何成為受害者，或是公司的人都不懂得欣賞他。我開始覺得很累。

一旦我開始誠實看待尼克的行為，我得承認我們的感情也不怎麼好。在尼克身邊時，我開始常常覺得煩躁、甚至憤怒。我們經常吵架，當我回溯爭執的源頭時，我發現通常是因為尼克對我做了一些評論，表面看來無傷大雅，暗地裡卻帶刺，讓我覺得自己很糟糕，要不就是很氣尼克，或兩者都有。舉例來說，有時候尼克會說一些話或做一些事來暗示我應該減肥，他當然從來不曾直接這麼說，尼克不是這樣的人。事實上，他會說我看起來「很好」，但是你從他說的方式就知道，他心裡不是這麼想。我生日的時候，尼克送了我兩個月城裡健身房會員的資格，還說了類似這樣的話：「不要誤會，你看起來很好。我只是想說，再多運動一點，你的身材會變得更好。」我當然開始多運動，但也開始比較擔心我的外表。類似的事情還發生了一次，我請他當聽眾讓我練習一場大型簡報，我花了很多時間準備講稿，要做簡報的前一天晚上，我在尼克面前發表完後，他笑笑說：「滿不錯的，我知道什麼最適合你。」然後他就出門去，買了一本書回來，是關於有效公眾演說的技巧。他圈出書中一半的要點，建議我去多加練習。不用說，這讓我對隔天的演說感到更加緊張，而我根本沒有時間看那本書，整個晚上我都睡不著，一直質疑自己演說的能力。弔詭的是，我的同事說那是他們聽過最棒的簡報。

我想，我們的感情真正出現問題，是在我升職的那一天。相較於尼克在工作上遭遇的問題、他獲得的不良評價，我表現得非常好。我很高興能成為出版界少數年紀輕輕就升上資深編輯的人。我立刻就知道尼克沒辦法接受這點，他當然有稱讚我、恭喜我，但是語調有氣無力、帶著不誠懇，我看得出來他不高興。接下來幾天、幾個星期，他越來越常提到我是多麼「幸運」，說出版商一定是想拐我上床，還說如果我想在他的公司成功，那又會是另一回事。這些評語都讓我很生氣，但是我只希望事情會過去。結果沒有，我們的感情更加惡化，尼克經常鬱鬱寡歡，對我的成就充滿怨恨。我們的性生活也從那時候開始走下坡，我當時就該了解到，這有多麼不尋常，因為尼克開始有早洩的問題。他會立刻達到高潮，然後道歉說他不懂為什麼會這樣，但他曾經不只一次隱約表示我「花的時間太久」，有一次甚至說，我如果身材好一點，「我就會更有反應」。

我們的感情結束得很突然。我當時面臨了工作上第一次的重大危機，我們快要趕不上一個重要的截稿日期，我整個週末都不能睡才能準時把工作趕完。尼克自願要幫忙，這讓我很感激，我很需要他的經驗與專長。由於我指派給他的任務非常直接，我以為他一定會幫我完成。結果我錯了。星期一早上，我發現他整份文稿的編輯風格都是錯的，我整個人目瞪口呆，那份文稿最後只能遲交。當我打電話問尼克，他到底在想什麼，他竟然說：「我所知道的優秀資深編輯，會在一開始就把這些細節交代清楚，才不會造成任何誤解。我不知道你想要哪種風格，所以我就選了自己喜歡的風格。或許你應該磨練一下你的溝通技巧。」我根本無法回應，只能慢慢地掛上了電話。那一刻，我也結束了我跟尼克的感情。那一刻，我看清了一切，我受夠了被暗中破壞、侵蝕，還覺得一切好像都是自己的錯。

破壞人格

破壞或被動攻擊型的人對許多事情往往有極度負面的態度，特別是對掌權者。這種人從小就會消極抵抗別人希望他在某些方面（如學業、工作、社交、感情）有表現的要求，但卻很少直接攻擊掌權者，或表現出敵意。事實上，破壞型的人對掌權者有相當的矛盾情緒：一方面，他依賴、需要別人的肯定與關注；另一方面，他迫切想要獨立、有自信。兩相矛盾的結果，就是他會暗藏怒火，消極地對任何阻擋他的人開砲。如果你交往的對象是這類型的人，你很可能會成為情人的破壞和抗拒行為的目標，特別是如果你是個成功、進取、有自信的人。

在工作場合，破壞型的人是個噩夢，這也是為什麼他的發展都不會太好，因為他很快就會跟上司、主管起爭執。這種人似乎會慣性地怨恨、抗拒、拒絕掌權者的要求，不願意執行與工作相關的合理任務。表面上，破壞型的人彷彿恭謙又服從，但是從他的行為可清楚看出拖延、健忘、固執，以及刻意「忘記」做他答應要做的事。一句話總結：這種人「說一套做一套」。被動攻擊型的人會看似興致勃勃地接下任務，或至少表現出有這個意願，但卻永遠不會著手，或是無法做出任何有用的成果，又或者拖得太久，結果最後根本來不及、不再有幫助。跟這類型的人交往，你可能也會常碰到類似的行爲。被動攻擊型的人表面看來很配合，但卻會阻撓事情的完成，老是「忘記」或犯下她聲稱「意外」的錯誤，讓人逐漸看清她其實是故意的。從這一點看來，破壞型的人無論在工作上、感情上，都是不折不扣的破壞天才。

雖然被動攻擊型的人可能會對你、對上司，以及任何他認爲掌權的人微笑，表面下卻經常是鬱悶、憤怒、好爭辯的，而且會向同事或心愛的人刻薄、負面地批評掌權者。如果你試圖建議他如何改善表現，或試圖化解這類衝突，他的惱怒會迅速爆發，因爲這會讓他覺得被錯怪、被誤解、不被欣賞。這種人覺得自己的工作、感情這樣就很好，如果你試圖指出他的不良表現、言行不一致、被動攻擊的本質，他就會怒髮衝冠，變得非常刻薄，甚至在情感上報復。只要你跟被動攻擊型的人對質，他一定會覺得自己是被錯怪的受害者。

破壞型的人會不停抱怨上司、父母、心愛的人，以及任何他覺得有權管他、向他提出要求的人。在這些人面前，他是悔悟且順從的，但背後卻充滿刻薄與指控；在他們眼中，別人都很無能、殘酷、不公平，不願承認他的優良表現與特質，他就靠這種觀念茁壯。破壞型的人覺得沒有人能眞正欣賞、了解他，所以他永遠在抱怨，把工作、感情上的失敗，全部怪罪到別人身上。想像這種情人是一大缸沸騰的敵意與怨恨，表面卻用無辜與看似善良的意圖掩蓋起來。

被動攻擊型的人最令人不悅的一點，就是會慣性地貶低、輕視身旁每個人的成功與成就，這種人會把每個比他成功、比他擁有更多的人，都當作競爭對手。舉例來說，如果同事升職而他沒有，他就會私下指控對方有較多機會、特權、甚至是靠作弊的。相較之下，他深信自己受到不公平的待遇：他得用更少的資源做更多的事，他被忽略，那些無能又不可信賴的掌權者不喜歡他，但卻主掌了升職大權。

面對被動攻擊型的人最困難的一點，在於他們總是在破壞工作、破壞感情，一邊假裝努力、眞心付出，一邊卻刻意阻撓主管或情人的計畫。被動攻擊型的員工或情人，一定會忘記重要任務，工作品質會很差，一定要準時的時候卻必定遲到，還會故意把事情做錯，讓你以後不會再叫他做。一開始，你或許很難對破壞型的人生氣，因爲這些行爲看起來眞的很無辜、不是故意的。但時間一久，這種行爲模式會變得難以忽略，你跟這種人的互動，也會越來越負面，也就是你自己會變得很生氣。告訴你一個訣竅：如果你跟某人每次（或多數的）互動，都會讓你個人覺得變渺小，或感覺遭到暗算破壞，那麼在你能證明他不是之前，先認定他是個被動攻擊型的人！

被動攻擊型人格是怎麼形成的？

你可能會好奇，破壞人格形成的原因到底是什麼。雖然原因各式各樣，包括基因、生物及其他環境因素，但是形成被動攻擊行爲最重要的因素，似乎是孩子與重要照護者的相處經驗。

破壞型的人小時候大概都受到充足的照護、關注與養育。早期的父母—子女互動關係，可能沒什麼特別值得注意的地方，但是到了某個階段，孩子卻經歷到養育與照護的中斷，並覺得失去這種照護很不公平。這種改變通常發生在家中增添了弟弟妹妹時，父母自然而然不再專注於較年長的孩子身上，較年長的孩子可能覺得很生氣，覺得被父母遺棄。也可能是父母期望孩子更加獨立，幫忙分擔家中更多責任，讓孩子覺得不合理，或太困難。孩子可能開始覺得掌權者殘酷、拒人於千里之外、不公平、不合理，甚至無能。

但是被動攻擊型的人沒有直接對父母發洩這些怒氣，或表達他這些想法、感受，而是學會間接地表現他的不滿與不認同。這可能是因爲他覺得父母很危險、很暴力，或會懷恨在心。不知道爲什麼，他接收到的訊息是：不要把不高興表現出來，也不要直接表示反對，要不就埋在心裡，要不就隱藏在言外之意、抗拒的行爲裡。所以，當父母給孩子下指令的時候，他學會配合，裝出一副完全願意順從的樣子。但是這個孩子會把事情做錯、做得不好、過了需要的時間才做好，然後對兄弟姊妹發表惡毒、負面的評論，說這種指令打從一開始就「不合理或愚蠢」。

在某些情況下，這種人的父母會在情感上侮辱孩子，粉碎孩子早期對獨立的夢想與努力，可能是羞辱他，或表示獨立、直接表達個人意見或喜好是一種反抗，是不被接受的。長大成人後，破壞型的人發現，唯一能表現這些埋藏在內心的怨恨與憤怒的方法，就是要破壞別人，特別是那些有權威的人，就算只有一點點權威也不放過（例如父母、上司、公眾人物）。

有被動攻擊型人格的情人

跟被動攻擊型情人交往，你可能會在困惑、憤怒、自我懷疑間擺盪。跟他互動常會讓你既困擾又氣忿，可是，慢著，他從來沒有說過、做過任何眞的很壞或很卑鄙的事，對吧？當你的情人面帶誠懇的笑容，說出那些批判性的評語時，他眞的是好心想幫你的，對吧？你看出問題在哪裡了嗎？你實在說不太上來，破壞情人到底做了什麼，這麼具破壞性、讓人如此憤怒，他看起來是出自好意的啊。被動攻擊型情人的狡猾、鬼祟之處，是一股批判、破壞、邪惡的力量，這就是爲什麼他會危及你的情緒、危害一段感情，同時他不太可能是你這輩子想要攜手共度的對象。

愛一個破壞情人，你常常會覺得像是在愛一個爲反對而反對的孩子，你很容易就會厭倦他不時的消極與嘲諷態度，特別是他總是針對權威、上司、甚至是你——只要你試圖設下規範、限制，或對他做出任何要求的話。舉例來說，如果你堅持要情人幫忙做家事或管帳，他可能會熱情地回你「好啊」，但事後卻出現一段陰鬱、消極的無聲期，以及錯誤百出的爛成果。你也可能發現，就連要求他幫忙分擔最基本的家務，都會演變成一場意志與嘲諷的無聲戰爭。最終的結果就是，就連開口請他幫忙，你都覺得會受到懲罰，於是你確信下次你還是自己來比較好。你可能也會聽到情人批評你的指示不清楚、你指派的任務是不可能在時間內完成的。

這之中最困難的一點可能在於，破壞情人幾乎從來不直接告訴你他的感受。被動攻擊型的人會微笑點頭、表示贊同，表面上看似願意順從，心裡其實在生氣，認爲你是個不合理的父母或某種掌權者，必須要加以抗拒。這種情人會偷偷地以你的失敗爲樂，你的計畫受到阻礙時，他在某種程度上也會開心。

跟破壞情人維繫一段感情，你的自尊一定會受到重挫。就像這章一開始的琳達，你的情人可能會帶著看似眞的關心你的笑容，做出某些評論、送你禮物，但其實明顯是要指出你的缺點。所以，當他把減肥廣告、如何滿足伴侶性需求的文章貼在冰箱門上時，或在公眾場合提及你的實際年齡、體重、教育程度（他明明知道你對這種事很敏感），你猜得沒錯，這些都是被動攻擊型的行爲。當然，如果你對情人坦白說出你對這些行爲的感受，他一定會一臉驚恐地看著你，假裝後悔地說：「天哪，我完全不知道你會有這種感受，我忘了你對這種事這麼敏感。我沒有惡意，只是想幫上忙。」雖然你最終會看清這根本是鬼話連篇，一開始你還是會與自己的理智掙扎，懷疑是不是你自己太敏感，還是你對情人太苛求，他其實是眞心想要幫你。

被動攻擊型的人也會是很難搞的性伴侶。首先，他會用性做武器，帶著白天尚未發洩完的消極與嘲諷上床，不是跟你對抗，就是讓你因爲先前跟他對質或提出要求而感到內疚。再者，也是更重要的，他會讓你無法得到快感來報復你。舉例來說，他可能會一直早洩，或更有可能的，會在某些情況下無法勃起、陽萎，之後他可能會暗示，是你太慢，或無法充分引起他的「性」趣；

又或者，她可能無法達到高潮，只是義務性地配合動作，看起來不怎麼興奮，也沒什麼「性」致，讓你覺得好像在跟假人做愛。當然，被動攻擊型行爲的表現，並不在於缺乏「性」趣或無法達到高潮，而是做愛反應前後不一致、在性方面總是無法做個好情人，甚至是生氣時或因覺得冤屈而決心報復時，刻意在性方面拒絕對方。

簡而言之，破壞情人對你、對你們的感情很矛盾：一方面，他被你吸引，而且某種程度上可能很認眞；但他同時也覺得被欺騙、受到不公平待遇、不被欣賞。這些感受大概與你無關，而是過往人生中對感情、對父母殘留的反應。由於破壞情人無法直接表達這些感受，他會不斷地抗拒、暗算、破壞別人。與被動攻擊型情人交往，你將會不斷感到困惑與憤怒。

我為什麼會喜歡上破壞情人？

如果我會被天生搞破壞的人吸引，那代表了什麼？我到底是怎麼跟這種人走在一塊的？這種行爲模式曾經有哪一點吸引我嗎？這裡有一份讓你清醒地面對現實的清單，如果被動攻擊型的人會吸引你，那你喜歡的情人就是會：

- 消極地拒絕你的要求。

- 抱怨你跟別人都無法真正了解、欣賞他。
- 經常鬱悶不樂、好爭辯。
- 經常批評任何掌權者，對他們充滿憤怒。
- 嫉妒、怨恨你的好運與成功。
- 誇大、抱怨他的不幸。
- 在被動服從與憤怒反抗間轉換。
- 經常讓你覺得被輕視、貶低，卻否認他有這種意圖。

討論怎麼會、爲什麼會喜歡上被動攻擊型情人，不需要花太久的時間。爲什麼？因爲要愛上這種人很難，他們的病態徵兆會在感情起飛前，早早就讓我們反感、把我們嚇跑。他們的態度負面、刻薄、尖酸、帶刺，非常難討好，在他們身邊，我們很快就會覺得被藐視、批評，我們的防衛心因此上升，吸引力則下降。

你一開始會喜歡上破壞情人，多數時候是因爲這個人的外型迷人，又聰明有趣。以琳達的案例來說，她覺得尼克帶點尖酸的風趣很新鮮、很逗趣，加上他們興趣相投，以及尼克外表的吸引力，這已經足夠讓這段感情起步。別忘了，就像其他人格障礙症一樣，除非徵狀非常嚴重，一開始都很難引起注意。被動攻擊型的人與人互動時，都很狡猾、聰明，他們習慣消極地控制別人、控制情況，好滿足自己的需求，所以，最初看似幽默嘲諷的態度，時間一久，就會發現是奸詐的被動攻擊型行為。

在某些案例中，那些需要幫助、照顧、拯救別人的人，會被破壞情人在工作上、在其他關係中的悲慘故事吸引。一開始，我們都傾向相信這個人眞是倒楣透頂，總是遇上宛如暴君、又不懂得欣賞他的上司和同事，他以前的情人聽起來都很壞心、殘忍、敏感過度。我們想要相信，這個人其實只需要一個眞正願意聆聽、關心他的情人，而我們是夠好、是講理的情人，是這個可憐的傢伙一直在找的對象，這樣的念頭令我們滿足。不幸的是，我們很快也會成爲破壞情人悲慘故事中的註腳。

也有可能是被動攻擊型情人的消極與惱怒，讓你覺得熟悉自在。如果你從小生長的家庭，父母中有一人有這些特徵，你可能早已習慣提心吊膽，習慣這種怪異的節奏——在報復性的發怒後緊接著道歉，並聲稱你誤解他了。當然，撫慰或治癒被動攻擊型情人的努力，從一開始就注定會失敗。別忘了，這種人必須覺得其他人不公平、不懂得欣賞他，他必須透過破壞、暗算別人，來表達他的內心。這種作風在你的情人進入成年期時，早已成爲習慣了。

很難想像還有什麼其他原因，能讓還算健全的人喜歡上被動攻擊型情人的陰鬱情緒和破壞行爲。雖然隔著一段距離來看，這種行爲可能相當有趣、好笑，但在感情內第一線經歷時，可就是另一回事了。我們曾遇過少數幾個人，他們樂於接受被動攻擊型情人的抗拒與批評，但是這些人沒有一個想談健全的感情。

與被動攻擊型情人共同生活

如果你在跟被動攻擊型情人交往，該怎麼辦？會有希望嗎？想讓情人改變，不再那麼嚴重地破壞你們的感情與幸福，是合理的期望嗎？身爲心理師，我們曾經治療過其中有一人是破壞情人的情侶或夫妻，我們可以告訴你，這會是段艱難的過程。如果情人的徵狀還算輕微（例如：偶爾有惡毒的言論或把事情拖太久，有時會相當消極、陰鬱），那你可能已經在自己的行爲、期望上做了調整。但是，如果情人的徵狀涵蓋面比較廣、比較嚴重（例如：不斷批評和諷刺你，總是無法履行感情中最基本的義務、每次都有藉口，經常藉由在感情上拒絕你來懲罰你），那你應該拔腿就跑。跟嚴重的被動攻擊型情人一同生活，會非常悲慘，如果你眞的打算長期投入這麼具侵蝕性的感情，那請你務必考慮先接受專業的婚姻諮商。

如果你已經跟破壞情人在一起，而且你非常獨立、臉皮非常厚，以至於情人的行爲不會對你造成任何情緒傷害；又或者，情人的破壞行爲只是個插曲，不會討厭到讓你無法堅持下去，那麼以下幾點可以讓你們的生活更愉快。

看清情人的行爲本質

與破壞情人一同生活，你很容易會被情人的觀點影響，覺得自己無能、要求太高、反覆無常，還是個不夠格的情人或配偶。在這種情況下要尋求任何一絲的幸福，你必須善於立刻看出情人的被動攻擊花招，同時明白那些花招都跟你沒有關係。相反的，那些花招只反映出你的情人對自己父母的強烈矛盾情緒，以及他尚未克服直接表達負面情緒的焦慮感。所以，當情人變得陰鬱，或透過消極迴避、刻意失敗來抗拒你的請求，你可以試著把他看成一個小男孩，正在用力跺腳、噘嘴，或是用其他愚蠢的被動行爲來發洩怒氣。就像個兩歲小孩在大鬧脾氣，被動攻擊型情人藉由這些行爲控制別人，好滿足自己的需求。這種安靜的控制方式，終究會永久存在，因爲基本上這很有效。透過這種角度去看情人的這些胡鬧行爲，你會覺得他們很荒謬、很可悲，但不會覺得生氣，不會覺得那些行爲好像只是爲了讓你不好過。這種觀點能讓你在情緒上保持距離，避免你一直貶低、責怪自己。

設下忍耐的限度，謹守不放

與被動攻擊型情人交往或一同生活，會有一些事情你願意忍受，但也有一些事情你不願意忍受。你要清楚列出你心中的最低限度和無法妥協的事情，然後要情人負責去一一遵守。舉例來說，如果情人工作上的被動攻擊行爲導致他丟掉工作，你可能不願意繼續這段感情；你可能明確地希望情人，絕對不能利用孩子、家人對你進行被動攻擊（例如：「忘記」去接孩子、「不小心」跟你母親提起你討厭她來造訪這件事）；你甚至可能決定，不允許情人對你發表任何貶低你、侮辱你的評語，就算他事後抗議是你誤解了他的意思，只要你聽起來有貶損的意味就夠了。不管你對情人有什麼能忍受、不能忍受的嚴格要求，一開始就要明確跟對方說清楚。如果情人的被動攻擊行爲嚴重到他無法避免以上任何一件事，那麼很不幸，你會覺得自己被逼到牆角，必須決定要不要繼續這段艱難的感情。

治療不會是解決的方法

當你要被動攻擊型情人接受心理治療時，他一定會有某種被動攻擊反應。舉例來說，如果你的情人似乎始終都沒空去預約門診，不要感到太意外，就算約好了，他聯絡上的也不會是合格的治療師，不然就是不會有空；而且，他一定會冷嘲熱諷（例如：「是啊，最好我去看菲爾醫生，這樣你的自我感覺才比較好。」或「什麼事情都以爲人家在針對你的人是你，是你該去接受治療吧？」）。

當破壞情人眞的開始接受治療時，通常也是心理健康專業人員最難應付的個案。就像他們在感情裡想盡辦法破壞你一樣，他們也會破壞治療成效，把改善的責任全部推給治療師，還會費盡心思貶低治療師的資格和技巧。被動攻擊型情人不會是和善、容易相處的個案，而且通常很難有什麼改變。我們要先警告你，如果你的情人持續要你為你們感情中出現的所有問題負責，完全推卸自己的責任，你也不要太意外。他很可能會做出反擊，消極地攻擊你，好讓你收回要他改變的要求，讓感情恢復原狀。對於治療，對於直接討論你們之間的問題，你的情人大概都不會感到自在。你要堅持對健全感情的期望，要求繼續與第三方對話，這樣才能為你自己、為你們的感情設下合理且健全的極限。

別附和他對掌權者的憤怒與怨恨

被動攻擊型情人最喜歡把你吸入他的世界，一同對抗危險、不公平的掌權者。你要小心，不要把情人抱怨老闆和主管都不合理、都不可信賴的觀念看成正當的，也不要贊同那些比較幸運、比較成功的同事一定有特別助力或特權的想法。要記得，你的情人會戴著偏見的有色眼鏡去解讀別人的意圖，就像是個為了成人打壓他的自主權、或對他做出無理要求而懷恨在心的孩子。同時，要小心情人也會帶著主觀的有色眼鏡，對你做同樣的事情。以堅定但不失溫柔的態度，拒絕為情人的指控與憤怒火上加油，你就能塑造、設立恰當且健康的忍耐極限。不過，你應該知道，拒絕加入情人憤怒尖酸的對話，很可能會讓你面臨更強烈的被動攻擊行為，目的就是要把你拉進同一國，或以此懲罰你。雖然這麼做很困難，但是你要克制自己，不能加入情人的這種遊戲，反而是要專注於建立、維持你的尊嚴與自我。

到了該分手的時候

跟本書裡提到的其他人格類型不同，當你覺得時候到了，不願意再這樣提心吊膽地過日子，忍受情人的破壞行爲時，被動攻擊型情人不太可能變得暴力，或是對你造成危險。你可能是隨著與日劇增的孤單、不斷縮減的自尊，逐漸意識到時間到了；也可能是突然發生的，例如你的情人在公眾場合說出或做出特別貶低、羞辱你的話或行爲；也可能單純是因爲你讀完了這一章，終於領悟到你的情人狀況有多嚴重，讓你在心理上不可能再維持這段感情。

不管離開的原因是什麼，當這一刻來臨時，你最好直接、清楚地說明，你爲什麼無法再繼續忍受他的破壞行爲。要確保你不需要靠你的情人主動離開，否則你可能得經歷一段很長的抗拒與破壞期（例如：不願意簽字離婚、無法整理好東西搬出去）。在你說出口之前，先自己找好別的住處，或請朋友陪著你，確保情人順從你的請求。

最後，你會需要一張厚臉皮，才能度過分手的過程，因爲你的情人會無法克制地用力宣洩，消極、刻薄地責怪你拒絕他。你一定會遭到誹謗、貶低，而且如果你們同屬一個社群，當你聽說你的舊情人不懷好意且不公平地述說你們的分手情況時，你也不必感到太意外。

結論

如果你覺得交往或一同生活的對象是個陰鬱、愛抱怨、愛反抗的孩子也沒什麼不好，那被動攻擊型情人或許適合你。這種人會默默地、偷偷地搞破壞，在極盡所能暗算你之後，當你挑明這種破壞行爲時，他還會張大眼睛佯裝無辜的受害者，這些行爲都會吸乾你們感情中的幸福。相信我們，跟被動攻擊型情人一同生活，會強烈破壞你的自尊；你值得更好、比他好得多的人。

C組

焦慮、孤僻、黏膩依賴的情人

膽小情人：逃避型人格

橡皮糖情人：依賴型人格

死板情人：強迫型人格

陰沉情人：憂鬱型人格

Crazy Love

PART 12

膽小情人

逃避型人格

The Avoidant Personality

☑ 他會避免任何需要大量與人接觸的活動，因為他害怕別人的批評與排斥。

☑ 除非他能確定人家會喜歡他，否則他不願意跟別人往來。

☑ 即使在密切或親密的關係中，他也很難與人分享，害怕會被羞辱或嘲笑。

☑ 他總想著自己會在社交場合中被批評、被排斥。

☑ 因為覺得自己不夠格，他在新的社交場合中會羞怯不自在。

☑ 他覺得自己不善交際、不吸引人、不受喜歡、在社會上低人一等。

☑ 他不願意冒險或從事新活動，害怕結果會很丟臉。

如果你現在的情人有上述徵狀，那他可能根本就害怕感情。你會發現，他極度害怕被排斥、被批評，或是你可能很難靠近他，因爲他似乎有些冷淡、疏遠。如果你覺得情人眞的很害怕感情，他可能有心理師所說的逃避型人格障礙。繼續讀下去，看看潔西卡的故事，多了解膽小人格類型，也了解如果你的情人符合這種模式，你能怎麼做。

潔西卡的故事

認識傑瑞的時候，我是個電腦程式設計師。他很可愛，也很安靜，就坐我隔壁的隔間。我沒有立刻喜歡上傑瑞，也花了好一段時間才了解他。他很安靜，不太跟我說話，如果不是我成天坐在他旁邊，我想我們這輩子都不會講話。現在回想起來，我好像沒看過他跟誰說過話，他都自己一個人，似乎真的非常專注於工作。我們的工作讓人容易獨處，不與人往來，你真的可以每天坐在自己的桌子前，成天待在你的隔間內，不跟任何人接觸。我開始跟他打招呼，有時候閒聊一下。一開始，他顯得很不自在，也不願意看著我。

時間久了，他開始願意跟我說比較多的話，最後甚至會主動跟我聊天。我們就這樣展開一段不錯又輕鬆的友誼，建立在工作與聊電影上，因為我們都愛看電影。那時候，我還沒什麼朋友，因為我剛搬到聖路易才不過六個月。我在那年冬天為了工作搬去那裡，我很喜歡那裡，但是說實在的，我很少出去。我在公司和健身房認識了一些不錯的人，但是我希望能擴展我的社交圈，甚至談一段感情。傑瑞不是我平常會往來的那種男生，我也從沒把他當成約會的對象。不過，有天他卻問我要不要一起去看電影，那是一部我們兩人都想看的電影。我把他當朋友，所以毫不猶豫就答應了。他整個晚上都顯得很不自在，很安靜、害羞。我想要讓他覺得自在點，所以整個晚上都在努力找話題、問很多問題。這絕對不是個輕鬆的夜晚，回到家後，我覺得好累，因為努力想讓我們兩人都玩得愉快而覺得累。另一方面，我又覺得跟傑瑞在一起，我完全可以做自己，他人看起來很好。從某方面來說，我變得有點在保護傑瑞，工作上有同事認為他冷漠、怪異時，我也常幫他說話。

我們越來越常一起消磨時間，也輕易地進入彼此的舒適區。我還是把他當朋友，對他沒有任何浪漫的想法。我們會一起去看電影、吃晚餐、騎腳踏車，或隨便閒晃。我們常聊天，但很奇怪，傑瑞從來不跟我分享太多他生命中私密的細節。他在這方面相當保留，似乎在身邊築起了一道牆，讓我無法太靠近他。

我還記得他吻我的那個晚上。看完電影後，他陪我散步回家，到達我家門口時，他略帶笨拙地把我拉向他，很快地在我嘴上吻了一下。他顯然非常緊張，而我也絲毫沒有預料到，他之前連我的手都沒有牽過。吻過我後，他紅著臉向我道歉，我不斷向他保證沒有關係，我一點也不介意。他匆匆離開，然後整個週末都沒有消息，我留言給他，最後等到星期一上班見了面，才跟他講到話。我覺得他似乎鬆了一口氣，因為我沒有生他的氣或是不高興。從那時候開始，我們的肢體接觸變得更親密，但我始終沒有感覺我們之間有什麼火花，我們的性關係很舒服，卻少了激情。雖然在內心深處，我知道我不會永遠跟他在一起，我們的關係卻越來越親密，這讓我感到內疚。我希望感情不只是舒適與便利，傑瑞是個很好的朋友，但他不是我想要、需要的那種男朋友。我除了因為喜歡他的程度比不上他喜歡我的程度而感到內疚，傑瑞對於在團體中與別人合作總是感到焦慮這點，也讓我越來越挫敗。他跟我在一起越來越自在，但我看得出來，他很討厭工作會議，討厭工作外的社交活動。

在我先前的感情裡，我們都會有一起出去的朋友，我過去的社交生活也比較活躍。傑瑞不會想要有其他好朋友，也不想去參加派對、應酬。當我更了解他後，他開始說其他人都不值得信任，多數人最後都只會背叛你。如果我跟其他朋友出去，他有時候會生氣，覺得我不想再繼續跟他交往，他會生悶氣，變得非常敏感。接下來幾天，我就得不停向他保證，我還是想繼續跟他在一起。跟傑瑞在一起很耗費精力，而且似乎都是我在努力，他很少會像這樣為我盡心力。我不記得他曾經說過我漂亮，或說過什麼我的好話。

我犯下的最大錯誤，就是搬去跟傑瑞住。當時我的租約到期了，這麼做似乎是最容易也合邏輯的事。雖然我們還是會做愛，我開始覺得我們好像在談柏拉圖式的感情，我們的性愛一點也不刺激，我也一點都不期待，只是例行公事、無聊，就像我們的感情。我知道雖然我愛傑瑞，但我絕對沒有「愛上」他。他對我們的感情似乎很滿足，不會想要更多，他樂於每個星期五、六晚上都待在家裡看電影。他似乎不會對什麼感到興奮，也不會想要改變。他的髮型都一樣，穿著都一樣，開著同一台老車，而且也覺得這一切都很好。他不喜歡跟我的朋友出去，他說自己跟他們沒有共通點，而且他們其實不喜歡他。我的朋友的確覺得他有點奇怪，但那是因為他都不跟他們說話，而且真的表現得很奇怪、很不自在。有時候，如果他必須在大家面前說話，他會很緊張、幾乎不與人視線接觸。他沒辦法打開心胸做任何改變，如果我建議他嘗試改變自己、做不同的事，他就會很難過、很生氣，他會退縮，用沉默懲罰我，直到我卑躬屈膝地向他道歉。

有天晚上，我跟朋友出去，認識了艾瑞克。跟他聊天很舒服，他很有趣，也似乎對我有興趣。我開始找時間跟他見面、聊天。接下來的幾個月裡，我慢慢了解艾瑞克，然後終於發現我跟傑瑞的感情少了什麼。傑瑞不願意冒險，總是擔心別人不喜歡他，他不想要成長，對什麼都沒有熱情，對幾乎所有事情都憤世嫉俗，特別是對別人。跟傑瑞在一起，我不會有什麼刺激，也不會有個可以分享生命點滴的對象。

我花了好一陣子才鼓起勇氣告訴傑瑞，因為我知道他一定會大受打擊。我在某天晚上，我們看完電影後跟他坦白，他就坐在那裡一直看著我。他說我就跟其他人一樣不懂得珍惜他，他就知道有一天我也會排斥他，他表現得像是一直在等我告訴他這個消息。我永遠都不會知道，這是因為他發現我開始疏遠他，還是他天生就是這麼不信任人。他要求換工作隔間，回到獨自一人、瘋狂加班的生活。他幾乎不曾再跟我說過話。我受不了工作時的緊張氣氛，後來就換了工作。我現在還跟艾瑞克在一起，而且我快樂多了。

膽小人格

在人生的過程中，我們學會如何駕馭感情，嘗試不同的社交生活，認識新的人，享受新的人生體驗。我們學會溝通，學會堅持自己，學會滿足自己的需求，同時也了解，其他人也在多方嘗試、尋求交集。時間一久，我們開始了解自己與別人的關係，也在社交生活中找到最適合自己、最自在的位置。不過，有些人似乎永遠學不會掌握較細緻的社交技巧，在人際關係的世界裡，總有點迷失方向。他們似乎眞的很怕別人不喜歡他們、不珍惜他們的感情，於是他們總在質疑，那些與他們互動的人有什麼動機。當然，這種恐懼反映的是他們缺乏自信，而不是別人的眞實狀況。無論如何，膽小人格類型的人會將這些自我價值低落的感受投射到這世界上，變得非常膽怯，害怕不被認同、被排斥。現實生活中，由於覺得會被排斥，別人若有絲毫看似不喜歡、排斥他們的反應，他們都會非常敏感。膽小情人不像冷漠情人，他們其實渴望與人有交集，卻又因爲害怕而避開別人。

有膽小人格的人，通常很難在工作場合覺得自在。雖然多數工作都會需要與別人有某種形式的接觸，但這種人格類型因爲害怕遭人評價、批評，所以工作上都會盡量躲在「雷達區」之下，也會竭盡所能避開社交聚會。對逃避者來說，工作眞的很危險，他們會因爲必須參與小組計畫或小組會議而感到無助、受困。逃避型的人不喜歡眾人目光聚焦在自己身上，不管在任何情況下都是如此，也害怕自己會要擔任領導者的角色，因爲領導者得公開曝光、任人評價。當升職或更高職責的機會來臨時，如果這個職位或職責表示自己、自己的表現會遭人評議，他們通常都不會接受。逃避型的人最喜歡獨自一人的工作，這讓他能避免別人的評鑑。其他人會注意到這一點，不只因爲他的言行舉止或互動方式，也因爲他的穿著與習性。逃避型的人就像變色龍一樣，善於隱身環境之中，降低被人發現、被人注意的風險。

以上所述，你大概看得出來，逃避型的人會有許多內心掙扎。一方面，他想要、需要能給他安全感與信任感的人際關係，但是他又不敢敞開心胸開展這些關係，因爲他害怕被拒絕、被批評、被評斷。多數人很早就了解，要跟別人展開關係，不管是親密的愛情或友情，我們都必須有接受批評的雅量和敞開的心胸，才能信任別人、讓別人進入我們的生命。相對的，我們也希望對方能夠敞開心胸、信任我們，讓我們進入他們的人生。任何關係中都必須要有信任、對別人有一定程度的信心；我們必須是可親近的，而要讓別人親近就必須要大膽相信，別人多半是好意的。

膽小人格類型絕對不是唯一會在不信任與焦慮中掙扎的人。身爲心理師，我們發現在各式各樣接受治療的個案中，信任是最普遍的議題。多數人展開感情時，都希望這會是一段互助互惠又安全的感情。但是我們都會在人生中受傷、失望，爲了走出舊感情、重次嘗試新感情，我們學會應付那些失望，了解其中的意義，不會因爲害怕未來再受傷而退縮。相較之下，逃避型的人有著永遠無法信任人的問題，他們只有在保證自己會被愛、被接納時，才會進入一段感情。當然，感情中沒有這種保證。逃避型的人不容易跟人建立感情，當他們要建立感情時，通常會反覆地「測試」情人的忠誠與誠意。他們不會從過去的失望中學習，也無法接受自己有什麼特別不討人喜愛、特別糟糕的地方。因此，他們缺乏信任的這個問題，便隨著他們進入每一段新感情，由此而生的焦慮從一開始就破壞了彼此的關係。

破壞情人非常懼怕感情。他們在外表、行爲上很善於不引人注意，你絕對看不到逃避型的人唱卡拉ＯＫ，或自願主持會議！對於接近別人，他們會很遲疑，建立新關係也很緩慢，遲遲不願透露任何私人的事情。他們比較喜歡有少數幾個好朋友，不喜歡一大堆人脈；星期六晚上在家看電視，遠比出去玩或參加派對令他們享受；他們不想要升職，也不想參與小組計畫或社團。再重申一次，逃避型人格的模式是只靠自己，安靜地完成工作，遠離所有評判的眼光。雖然多數人都多少有一些害羞，逃避型的人極度害羞、不信任的個性，卻會造成工作上、感情上的煩惱與障礙。

逃避型人格是怎麼形成的？

逃避型的人小時候以害羞、安靜爲典型。有這種人格類型的人，就算還是個孩子，也會很羞怯，在團體、社交活動中顯得不自在。這種孩子可能會拒絕上學，因爲學校其他人對他的要求、被送入新的學習環境而無法確定會被接納的處境，都會讓他感到不自在。如同其他的害羞形式，逃避人格類型與基因有關，而這些童年時期的行爲，往往會延續到成年期。

不過，人會傾向於逃避，環境可能占了更重要的因素。逃避型的人往往把過去的家庭經驗與父母行爲，描述爲充滿焦慮與恐懼。這些父母的教養模式通常是過度保護、建構在恐懼之上，他們對日常生活情境的反應，充滿了害怕逃避與深沉的恐懼，結果讓自己的孩子也變得敏感，對社交場合中的威脅過度憂慮也過度反應。如果再加上孩子天生就比較害羞封閉，這種教養模式就會留下無法磨滅的印記。有些研究讓符合逃避人格條件的成人回溯了他們的童年經驗，結果顯示這些人童年時期都曾經歷嚴重的精神虐待。這項證據進一步解釋了爲什麼逃避型的人會對別人缺乏信心，需要不斷確認別人的忠誠度，並且希望被人無條件地接納。

有逃避型人格的情人

跟逃避型情人交往，聽起來很累人吧？坦白說，的確是。逃避型情人會要對方通過無數的測驗與難關，需要不斷的保證及無條件的接納，他會需要你、要求你給他無條件的愛與肯定，但是過程中又會讓你抓狂，因爲他沒有相對付出。你付出再多的保證、再小心翼翼地溫柔對他，還是永遠不夠。如果你正在跟逃避型情人交往，你可能會覺得情人不斷對你提出這些情感需求，讓你很生氣、很怨恨。身處這種感情，常讓人覺得筋疲力盡；你可能無法滿足自己的社交、情感需求，卻還得不斷說服你的逃避型情人你是眞的喜歡他、忠於他、接納他。

就連感情初期都會相當困難。逃避型情人一開始都顯得冷漠疏遠，所以剛開始的追求過程，會好像貓捉老鼠那樣有挑戰性、那樣刺激。你或許會發現自己努力誘使情人約你，或是對你產生興趣。現在回頭看，如果當初不是你這麼費盡心力，這段感情可能連八字都不會有一撇。你可能也會發現，是情人焦慮、不願輕信別人的個性觸動了你的心弦，讓你受到吸引。

就連你們開始約會後，你的情人可能仍然不會大方吐露個人的私密細節，而且你跟他分享你的感受、願望時，他可能還會害怕。雖然某個程度上，他樂於接受你的關注，但是他永遠都帶著些遲疑，無法完全相信你。逃避型情人非常害怕坦露自己，因爲他們心裡深深相信，別人不會喜歡眞正的他。

你可能也注意到，隨著感情發展，與情人的生活變得限制很多。逃避型情人在社交上採取保守態度，你或許也已經看出，他的人生態度很平庸、很不刺激；你最初覺得他是小心翼翼、對你負責，現在卻覺得是無聊。有逃避人格的人會嚴格規範自己的人生，也規範他生命中的人，這樣才能應付被傷害、被排斥的恐懼與焦慮。逃避型情人多少有些疑心病重，覺得別人都會傷害他、讓他失望，因此無傷大雅的嘲諷或玩笑話，都會被他當成不能信任別人，或別人會批評他、排斥他的證據。如果你或別人稍微有一點點不認同的意味，逃避型情人就會覺得嚴重受到排斥或傷害，最後，你會覺得無法在感情裡坦白說出你的看法。

時間一久，你也會注意到你的情人還有別的焦慮，以及暗藏內心的巨大憂傷。相較於某些人格類型，達到逃避型人格障礙標準的人內心都有相當程度的憂傷。佛洛伊德大概會說這種人是「神經質」。瀰漫著恐懼與憂慮的人生，會讓人疲憊，有時更會讓膽小型的人憂鬱。你可能經歷過這種情況：情人對於必須參加某些社交活動感到非常焦慮，因爲他覺得很多人會看著他，於是在活動前或後陷入憂鬱。這種無止盡的焦慮，可能會導致長期的精神疲憊與輕微憂鬱。弔詭的是，這些情緒問題眞的會造成他們在感情中被拒絕。

我為什麼會喜歡上膽小情人？

如果我正在跟膽小情人交往，或是我過去有許多跟膽小情人交往的經驗，那代表了什麼？如果我總是被逃避型情人膽小、黏人的樣子吸引，那又代表了什麼？基本上，這表示你會受這樣的人吸引：

- 認為你天生好批評、好反對。
- 害怕跟你發展感情或把感情維持下去，除非你能無條件接納他、不斷給他保證。
- 不願告訴你他的個人私事，害怕你會排斥他。
- 覺得自己不夠格，拒絕嘗試新事物，害怕你會嘲笑他、批評他。
- 滿腦子都在想，你總有一天會拒絕他、對他不忠。
- 認為你的想法和意圖都有惡意。
- 總是避免社交場合，因為怕自己會丟臉。

這表示你個人、吸引你的這些特點，有什麼問題呢？把你引入甕中的，可能是這種貓捉老鼠遊戲的挑戰性。逃避型情人一開始很難接近，這種挑戰對某些人來說特別誘人。人類的天性就是會想要我們得不到的東西，那些必須努力爭取的，都會讓我們覺得格外吸引人；這點在追求逃避型情人時，更是再正確不過。這種膽小兔子般的個性，讓我們覺得只要用力給他一個擁抱、給他很多關愛，問題就解決了。這種可憐的妄自菲薄，懷疑自己有什麼可以給你，更會強烈觸動你的心弦。逃避型情人最初都很疏遠，在感情上、個人私事上都不多表露。

你可能也會發現，你越努力贏得逃避型情人的信任與關注，獲得的回報也越多。這種正面改變（信任度增加、開始對你感興趣）會讓你想要更多。許多心理研究顯示，塑造新的行爲模式時，間歇性、偶爾的獎賞最爲有效，就像實驗室裡的白老鼠，你會願意不斷去推那根桿子，就爲了獲得那一點點獎賞，或許是一絲關愛、信任、願意冒社交風險的跡象。這些都沒有問題，問題是，都是你一個人在做全部的努力，逃避型情人只是謹慎地等你證明自己完全可靠——而這本身就是不可能的任務。

你該問自己一個重要的問題：這種模式是不是有點吸引你？你有沒有發現，展開新戀情時，你似乎都是被疏遠、冷漠、不感興趣的對象吸引？你是不是包辦了大部分工作，努力讓感情起飛？你爲什麼渴望虜獲逃避型情人的心？這些問題很難解決，卻有解決的必要。我們往往會重建過往的感情模式，包括那些不太健全的模式，這種模式可能從童年時期就生根，而且在成長過程中逐漸茁壯。這種模式是不是延續到你進入成年期？你適合這種不斷追求不願親近你的情人的模式嗎？如果不適合，那麼該是你找個能幫你改變這種循環的人談談的時候了。

許多人開始約會時，預設的模式就是要照顧別人。但是到了什麼程度，你會付出太多？如果你喜歡逃避型的人是因爲他強烈需要被照顧，你要保護他不受羞辱、排斥的傷害，我們要說這可能是段必敗的感情。因爲逃避型的人有股熱切、無法滿足的需求，需要別人讓他安心、給他肯定，你得不停提供這些，你的工作永遠沒有完成的一天。你可能會發現，曾經覺得窩心、可愛的事，現在只覺得是沉重的要求。

與逃避型情人交往的時間，往往會超過適合的長度，因爲你會不忍心離開。你大概也注意到，基於許多理由，逃避型情人很容易就變得依賴。首先，支持他們的人很有限，這讓他們越來越依賴少數與他們有交集的人。再者，逃避型情人的社交技巧很不熟練，因此特別依賴少數幾位知交給他們建議與支持。最後，時間久了，逃避型情人會習慣有你照顧而覺得滿足，也滿足於只有幾位朋友，只要這些關係很穩固，他們不會覺得有擴大社交圈的必要。

與逃避型情人共同生活

如果你正在跟逃避人格類型的人交往或一起生活，你就會了解，你的情人的人格特質已經根深柢固、無所不在，因爲膽小情人從小到大都對社交感到恐懼、封閉、不自在。要控制膽小情人的焦慮，將是全年無休的工作，至於你自己的需求，你就只能自己看著辦。如同本書提到的許多人格類型，逃避型的人很難伺候：你絕大多數的情感資源，都會耗在不斷讓他安心。如果經過這樣的冷靜評估之後，你還是打算繼續跟逃避型情人在一起，我們給你幾個建議，希望能減少你跟逃避型情人的感情生活裡最可能發生的嚴重衝突。

不要有不切實際的期望

我們必須再一次強調，任何人格障礙情人那種根深柢固、無所不在的行為與感情模式，都不容易改變。謹記在心，你的情人焦慮的逃避和難以信任別人的行為，都已經是他的一部分了。當你想要求情人改變時，至少要把這點考慮在內。要你的情人相信你是可靠的，要他冒險進入新的社交領域，或主動一點經營你們的感情，都會讓他卻步、無法承受。如果你的期望能小一點、合理一點，你成功的可能性就會稍微高一點。

溫柔但誠實地告訴情人你的需求

當你努力要與情人一同解決問題時，你會陷入一個危險的處境：光是說出你的擔憂，就已經可能不小心加強了情人對批評、遺棄的恐懼。當你試著進行這類討論時，你的情人可能會變得憤怒、悲傷，或遠離你。請記住，你的情人只是想保護自己，因為他對於被排斥有著深沉的恐懼。

擔心情人脆弱的自尊，可能會妨礙你解決感情中的問題，也會讓你難以開口提出自己的需求。如果你也配合情人，逃避衝突、逃避你自己的不滿足，你們永遠不會有眞正的改變。我們建議你和善、溫柔、但肯定地說出你的需求與擔憂，同時也繼續表現出你的支持與關心。如果情人能慢慢了解，你不是想要離開這段感情，而是想要讓感情更茁壯，時間一久，他或許能做好準備傾聽你的需求，並做出有建設性的回應。

爲情人與自己打開另一扇門

成長與改變，對任何一段健全的感情都是不可或缺的，但是逃避型情人往往「困」在安全、隔絕的固定模式裡。膽小類型的人很怕嘗試新活動，害怕體驗新的社會歷險；在你幫他建立起來的固定模式、可預測的安定裡，他會感到自在得多。你們的感情就像一個繭，外面的一切都有可能讓他丟臉、讓他焦慮。儘管如此，如果你爲了安撫情人而停滯不前，你自己也會原地踏步，你對這段感情更可能產生深深的怨恨。

設法慢慢擴大情人的舒服區，過程中也滿足自己的一些需求。舉例來說，跟情人商量來個約會之夜，一起挑選要做什麼，然後無論如何都要貫徹這個約會。一開始，你可能要挑不那麼大膽的活動（來個長長的散步，再去你們最喜歡的低調餐廳吃東西），慢慢的，再把新的活動加進來（新的餐廳、畫展開幕會、演唱會）。重點是在你們的慣常生活之外，好好享受些優質時光。慢慢的，再嘗試讓新的人、別的情侶或夫妻一同加入。如果情人拒絕參與，那你就自己跟朋友約時間見面，甚至自己一個人出去好好玩一玩。當然，不要指望情人會對你的獨立生活感到開心，準備好迎接他可能會有的情緒反擊。但是以全盤考量的話，當你拒絕讓自己的社交生活因情人逃避的焦慮而受到限制，你才會是個更健全的情人、更健全的個人。

力勸情人尋求專業協助

雖然你已經明白，人格障礙者會抗拒改變，我們還是永遠懷抱著希望，他們多少能從原本的固執僵化，慢慢變得靈活有彈性。有些人格特質能夠隨著時間、耐性、努力而慢慢減弱，但是與其自己一個人努力這麼做，我們強烈建議你尋求專業人士的協助，因為他們擅長應付有人格障礙的人。在各種人格障礙情人中，逃避人格相當獨特，因為他們心理上通常很痛苦；生活中時時感到深沉的焦慮與恐懼，是件艱難又累人的事，所以逃避型情人可能很願意減少自己的痛苦。由於你的情人經常很不開心、很痛苦，他很可能會願意尋求幫助、改變自己。

到了該分手的時候

經歷過漫長的自我挖掘，也嘗試過促使情人改變，你可能慢慢發現，這段感情不適合你。為了你自己、也為了你的情人好，最好是能平靜地分手、以有尊嚴的方式結束這段感情。我們建議你要坦白但溫柔地讓情人知道，你結束這段感情的原因是什麼。最好還能提醒你的情人，他沒有什麼「不對」、「不好」的地方，只是因爲你對感情還有更多的需求。坦白說，逃避型情人可能是這本書中最難搞的情人，因爲他對被拒絕超級敏感。你可能會覺得，自己好像在粉碎一個孩子的希望與夢想，讓你感到內疚又羞恥；你也可能會擔心，情人能不能從這個傷害中復元。雖然這些恐懼不安都不足以把你繼續困在不幸福的感情裡、鎖在人格障礙情人的身邊，你還是要做好心理準備。尋求朋友、家人的支持，吃得好、要運動，還要參與社交活動。你可能會願意繼續跟這個情人做朋友，幫助他度過分手的過渡期，但這還得看你對情人的容忍度，以及他是不是能夠遵守適當的界限，了解分手的事實。

結論

雖然逃避型情人很少有惡意或造成危險，這種人卻會讓人筋疲力盡。他們非常謹愼、害怕不被認同，滿腦子都想著自己不夠格、沒有價値，所以除非你不斷給他們保證、肯定，否則他們會不敢全心進入一段感情。就算開始了，你們的連結也會很薄弱，而且可能讓你覺得自己彷彿在扮演治療師或父母的角色，而不是一起經營感情的伴侶。我們很難想像這種情人會有覺得自己與別人對等的一天。想要愛膽小情人、想要挑起這種全職責任之前，請務必三思。

PART 13

橡皮糖情人

依賴型人格

The Dependent Personality

☑ 沒有你或別人給她建議與肯定，她連日常決定都沒辦法做。

☑ 她需要你或別人為她承擔生活中大部分的重要責任。

☑ 她無法與別人持不同意見或立場，害怕會不被認同、喪失別人的支持。

☑ 由於對自己的能力、判斷力沒有信心，她很難主動發起計畫或獨立作業。

☑ 她拚命爭取別人的照顧與支持，為此甚至甘願做她不想做的事情。

☑ 她獨自一人時常覺得無助、不自在，因為她很怕無法照顧自己。

☑ 一段緊密關係結束時，她會迫不及待找尋能給她關心、支持的新感情。

☑ 她害怕得自己照顧自己，這種憂慮已到了與現實脫節的地步。

上述徵狀是不是有部分（或全部）聽起來很耳熟？你目前是不是受困於感情中，情人彷彿寄生蟲似的纏著你？你是不是因爲情人似乎沒有你就不行而感覺受困？還是你經常跟橡皮糖般黏人的情人交往？橡皮糖情人就是心理學家所謂的依賴型人格障礙者，很難伺候，當有必要跟他分開時，也會很困難。如果你發現自己正在照顧一個依賴型情人，請好好讀這一章。

彼得的故事

我生長在一個還算傳統的家庭，父親是個會計師，有自己的事務所；母親曾在離家不遠的小學教書，不過我和弟弟出生後，她就決定留在家照顧我們。我們住的是小地方，鎮上的人彼此都認識，我的父母也很融入我的生活，參加我在學校的活動、認識我的朋友。我還記得每天放學，都能回到一個幸福的家。我媽把一切都打點得很好，讓我們日子過得很輕鬆。我爸負責賺錢養家，他跟我媽看起來都很幸福快樂。我媽在社區裡當義工，中午都會跟朋友一起吃飯。人生好像就該是這樣。

高中畢業後，我搬到大城市，認識了克莉絲。她一開始有點害羞，但是很關心人，人也很好。我過了好一段時間才覺得自己真正認識她，但是她總有辦法讓我覺得我很特別，好像她什麼都願意為我做。我們認識的時候，她在圖書館工作，有自己的公寓、有幾個朋友。她似乎很獨立，但一方面又天真、惹人憐愛。我喜歡她這種錯綜複雜的個性，看似很有能力，卻又很需要我。當時我離家很遠，所以希望有個人在身邊支持我，而她永遠都在那裡守候著我。她很會做菜，好像還很喜歡伺候我。

克莉絲跟我一成為情侶後，事情就開始變了；也可能只是我更清楚地感覺到，她不管什麼事都仰賴我。不用多久我就覺得窒息。一開始情況還不嚴重，就是一天打很多通電話給我，問我在做什麼，問我對很多事情的看法。我越了解她，越發現她那些「朋友」都在利用她，她是那種永遠都會「守在那裡」的人，所以人家多半把她當成腳踏墊。我知道她雖然不喜歡這樣，卻還是讓這種事情一再發生，有時候甚至連我都會這麼做，但事後我總覺得心裡不好受，因為她人太好，都不在意。

對克莉絲來說，下決定很困難（任何決定都是），所以不管什麼事她都會問我的看法和意見，就好像要她做決定時，她整個人就會癱瘓似的。如果找不到我，她就會打電話給她母親，或是任何她找得到的人，然後把想法講給對方聽。還有，她找不到我的時候就會不停地打電話給我；有時候我檢查來電紀錄，會發現她打了二十幾通電話給我。如果我生她的氣或覺得挫敗，她就會哭、一副很抱歉又惹人憐愛的樣子。她會竭盡所能讓我們之間和好如初，如果我繼續生她的氣，她會整個崩潰，因為她沒有辦法面對這種情況。

隨著我們的感情繼續發展，她的被動程度也更加嚴重。我知道我們的政治、宗教立場不同，但是她都不願意跟我討論，我想那是因為她不敢反對我的意見，或怕我會因為她跟我的理念不同而生氣。我以前會強迫她跟我討論熱門話題，然後我們就會吵架，因為我氣她都不為自己的理念辯護；不然就是她哭哭啼啼地離開房間。她會打電話給她的母親或女朋友，為這在電話上哭好幾個小時。最後，她還是會回到我身邊，緩和一切。我愛克莉絲，但是我希望她能更堅強、更獨立。

我開始懷疑，這種感情真的是我要的嗎？克莉絲希望被人照顧的方式，是我想要照顧人的方式嗎？我想要的感情是對方事事都依賴我嗎？我想要幫她下所有決定嗎？我們出去的時候，克莉絲連餐廳都無法挑選。我們看的每場電影、去的每間餐廳、參加的每個活動，都是我挑的，每次都是我主動要做愛，有時候我還得幫她挑她要穿的衣服！我覺得她有一種奇怪的心理，很怕我會離開她，所以我要她做什麼她都願意，就算是很丟臉的事。

最後，我終於受不了了，我感到筋疲力竭，很害怕接到她的來電。我開始對她非常的冷漠，連我自己都覺得，我對她很過分、讓她很受傷。她很努力想要維繫這段感情，但是我知道這麼做不健康。我掙扎了很久才離開她，因為我知道她是個善良又熱情的人，但是我也知道我不適合她，我需要一個比較像伴侶的對象，我不喜歡這種隨時都要我注意、要我照顧的對象。我覺得很窒息，好像我得為她的幸福負責。回想起來，我雖然很慶幸自己離開了她，但是有很長一段時間，我都感到很內疚。

橡皮糖人格

橡皮糖人格的特徵就是需要人照顧，這種人需要別人給予大量的肯定、指引，嚴重缺乏自我肯定的能力。依賴型的人會迫切想要討好別人，所以他們通常讓人覺得很好相處，事實上，這種人常被人形容爲爛好人，過分關心、配合別人。但由於他們是如此需要肯定、需要感情上的聯繫，最後反而會對別人造成負擔，除非對方也是個依賴型的人。

由於害怕孤獨，害怕沒有人幫助他們走過人生，橡皮糖類型面對別人時會很被動，好讓別人採取主動，藉此讓別人照顧他們。這種人缺乏眞正獨立的能力，如果沒有人能幫他們在人生的路上導航，他們就會感到絕望。爲了要獲得、保持他們需要的情感親密度與照顧，他們通常願意盡一切所能來維持感情的和諧，原本討人喜歡又好相處的人，就會變得在情感上非常纏人，彷彿橡皮糖一般。當然，依賴型情人並沒有眞的改變，只是你更加清楚意識到她有多黏人。到了某個階段，你可能會突然了解，你的情人在心理上根本就是個孩子。

這種需要別人的傾向，會讓依賴型情人的自尊陷入逐漸喪失自信的循環。換句話說，他越是需要別人，就越不相信自己，也就越降低自己的效能，最終他必須更加依賴別人，才有辦法感覺有生存能力。這種負面循環會導致依賴型的人變得憂鬱，有時情況還很嚴重。如果問依賴型的人會怎麼定義、形容自己，他們通常很難找到正確的形容詞，因爲如果一個人從來不向內尋求肯定與接納，他就很難在除去別人意見的情況下了解自己，依賴型的人眞的要靠與別人的連結來定義自己。

要一直符合別人的期望與要求也並非易事，但是依賴型的人卻努力尋求這種不變的支持接納。當然，多數人都沒有辦法給予這種不間斷的保證與堅定的照顧，特別是在感情中，因爲感情理應比較像是夥伴，而不是父母跟孩子。要是鼓勵依賴型情人獨立一點，他們只會感到焦慮和傷心；如果交往對象要求有更多自主權，他們則會變得更糾纏、更黏人，情感上的要求更高，因爲焦慮和沒有安全感，是驅動依賴型情人的兩大情緒力量。這種人的想法很天眞，很容易被說服，常會拒絕承認生活和感情裡眞正的問題，而且很容易有悲慘的念頭，想著如果你離開他，那會有多糟糕、多可怕，他會多活不下去。

基於以上這些原因，依賴型的人最常被貼上「腳踏墊」的標籤。依賴型的人會因爲害怕孤獨、害怕無助，而什麼都願意做。她願意原諒多數人不會原諒的事，也願意做貶低自己的事，會緊抓住無法滿足她、甚至充滿暴力的感情，只爲了維持表面的平靜。

對於信任，依賴型的人內心有著無法解決的衝突。他毫無來由地害怕被遺棄，需要別人不斷保證對他的忠誠與情感；他很黏人，要求別人把時間、關注放在他身上。我們在做心理治療時，會把依賴型的人看成需求的黑洞：再多的關注或同情也不足以滿足他、鼓勵他眞正獨立。

依賴型的人缺乏自尊與能力，讓他們害怕自己在沒有他人的協助下，會無法在社會上正常生活。他們很少獨自執行計畫或任務，就算有，也會不斷要別人保證沒有問題才放心。最適合他們的工作環境，是由別人指派任務給他們，要是過程中還能不斷受到讚美與鼓勵，他們的表現會更好，少了這樣的引導，他們很難完成任務、很難成功。內心深處，依賴型的人深深覺得自己笨拙、不夠格，這種感覺讓他們覺得自己很無能。

在依賴型的人心頭盤旋不去的恐懼，是世上只剩下他一人爲自己抵擋一切，這種不切實際的恐懼經常驅使依賴型的人躲進感情裡，甚至深陷早已變質的感情。顧名思義，依賴型的人「需要」別人，所以會讓自己身邊圍繞著能夠滿足他們這種需求的人。如果一段感情因爲某些因素畫下句點，他們會很快再找新戀人，好獲得他們需要的支持與關心。許多輔導者與家庭成員都能證實，依賴型的人經常從一段糟糕的感情，「跳入」另一段同樣糟糕的感情，對象通常也是同樣不適合自己的情人。

簡單來說，橡皮糖情人的動力主要來自害怕——害怕獨自一人。有這種人格障礙的人多半會以自己所缺乏、而非擁有的東西來定義自己。當有別人在身邊、當他們覺得有穩固的陪伴的時候，他們的心情就會很好；他們渴求別人的鼓勵與輔導，如果有人替他們定下計畫，並給他們許多建議與讚美，他們就會拿出最好的表現。因此，他們的自我很不明確，還會不斷加強自己沒有能力的這個想法。

依賴型人格是怎麼形成的？

一個人怎麼會變得這麼依賴？這種人的童年或後來的發展，到底發生了什麼事，才會養成這樣的依賴作風？很可能是眾多事件的集合，塑造了這種人格類型。除了天生的人格特質因素，依賴型的人生長的家庭環境，很可能是嚴格管制、過度保護、過度呵護，雙親或父母之中的一人可能把孩子的所有需求都照顧得好好的，而且不僅沒有鼓勵、甚至在各方面破壞了孩子的獨立性。因此，孩子沒有學會如何做決定、如何滿足自己的需求。這個孩子可能也曾被同儕欺負，被取笑爲「娘娘腔」、「小嬰兒」、「膽小鬼」。這些經驗，再加上天生害怕獨自一人的傾向，構成了今天你在情人身上看到、在你們感情中感受到的依賴性。雖然這種人格以前可能沒有問題，你的情人曾經靠著依賴別人適應了人生中的諸多顚簸，這一套現在已經行不通了。

每年被診斷出有依賴型人格障礙的女性，要比男性多出許多，有幾點原因能解釋依賴型人格在性別上的差異。首先，跟男孩比起來，女孩小時候表現出依賴特徵比較會受到鼓勵：女孩會因爲呵護、關心別人，把別人（特別是男性）的需求擺第一而獲得獎勵。再者，有些文化重視女性的依賴行爲：卑屈、順從、無私的服務等，在某些民族或地區是受到崇尚的女性特徵。最後，遇到壓力時，男性與女性會有不同的反應：男性會訴諸暴力或其他積極的策略，女性則可能投靠扮演保護、照顧角色的人，這兩種策略可能都有其演化的價值；但是別忘了，男性也會依賴人。以下就是一個例子。

兩位作者中有一位曾經治療過一個男性個案，那位男士毫無預警地結束原本延長了的出差行程回到家，卻撞見妻子跟別的男人上床。他不但沒有直接面對這件事（因爲他太害怕會失去妻子，剩下自己一人），反而開始睡在車上，把車子停在離家幾個街口之外。他出軌的妻子堅持自己需要時間「把事情想清楚」，他還繼續把薪水都交給她，也沒有告訴任何人這件事。他是那麼擔心妻子會疏遠他，所以當妻子說他不能見自己兩歲大的女兒時，他也沒有反抗。最後，這位男士變得非常憂鬱，工作也做不好，他的主管才知道發生了什麼事，還幫他控制局面，帶著這位變得很憂鬱的先生一路走過分居、爭取孩子監護權、重新分配財產的程序。當然，他後來就變得很依賴他的心理師，而且在尋找合適的支持團體時，需要很多的肯定與鼓勵。

有依賴型人格的情人

如果你曾經、或是正在跟依賴型的人交往，你可能會覺得窒息又難以承受。當初甜蜜又吸引人的感情，現在可能已經變得到處受限又有壓迫感。如果你目前的情人是依賴型的人，你背負的感情需求可能是隨著時間慢慢增加，以至於現在已占據了你生活的大部分，在情人的情感需求之下，你的獨處時間、享受獨自一人的樂趣只能退居次要地位。你越是堅持自己的獨立性，越是要求情人也這麼做，她就越覺得不安，你的情人在情感上不夠堅強，無法讓你擁有自己的時間與空間，最終你將會因此而感到怨恨、憤怒。如果你想設下嚴格的界限，又或是退縮，你的情人都有可能變得更糾纏、更黏人，這是個無止盡又令人疲憊的負面循環。最根本的問題是什麼？是你的情人無法在你們的感情中成爲你對等的伴侶，因爲她沒有那種能力，也沒有自我意識。

難題來了：久而久之，你還能應付這段感情的需求嗎？這可能不會是一段平衡的感情，你要在情感上扮演父母的角色，而且久而久之，依賴型情人通常會變得要求更多：她越黏人，她的自尊與自我效能就越遭殃。這種感情很耗費心力，最終兩個人都會面臨危機，你跟情人可能都會覺得無法從這段感情中獲得滿足。

總而言之，依賴型情人有著永不滿足的情感需求，對感情、對情人的要求會讓人難以承受。這種人會竭盡所能想要獲得關注、照顧與支持，那對任何情人來說都會很累人；雙方最後都會覺得，自己的需求好像都沒有獲得滿足，於是大家都痛苦、不開心。要改善一段越來越相互依賴的感情，預後只能說差強人意。如果打算繼續跟橡皮糖情人在一起，表示長遠來說，你願意至少忍受感情中有一些依賴性。

我為什麼會喜歡上橡皮糖情人？

如果你會被依賴型情人吸引，那代表什麼？如果你過去有許多與橡皮糖情人交往的經驗，那又代表什麼？首先，這表示（至少在某種程度上）你會被這樣的人吸引：

- 少了別人的肯定，連日常生活中的決定都沒辦法做。
- 需要別人承擔生活中所有的責任。
- 害怕失去支持或肯定，所以很少反對別人。
- 無法主動發起計畫。
- 竭盡所能想要得到呵護與支持。
- 一個人的時候就覺得不自在、感到無助。
- 舊感情一結束，很快會再找新的。
- 害怕剩下自己一人，得照顧自己。

你喜歡上依賴型的原因會是什麼？如果你目前的感情只是個例外，過去交往的對象也都不是依賴型的人，那很可能只是因爲你現在的情人外貌很吸引人，或人很有意思。可能他默默想要靠近你、想要一直在一起的方式，讓你覺得很可愛；不過，你通常不會覺得情人那些依賴的特質吸引人。

　　但是，其他一些讀者如果對自己誠實的話，就會承認他們過去的戀情常常出現橡皮糖情人。如果是這樣，你就要誠實地檢討，與依賴型情人交往到底有什麼樣動力，能一再地吸引你。毫無疑問，一再與橡皮糖情人交往的最大原因，就是你有照顧別人的需求。有些人是天生的照護者，而依賴型情人的黏人行爲，會讓人難以忽視。這種纏著我們好獲得安全感、舒適與肯定的人，似乎就是會吸引我們、甚至引起我們的情慾。可能是你的原生家庭讓你很早就學會照顧父母、兄弟姊妹，或成長環境中的其他人。這當中有什麼讓你覺得很有滿足感，所以這種照護行爲也就持續到成年初期。你可能就是那種無法拒絕收養小狗、小貓的人。就某方面來說，你的最佳狀態可能就出現在照顧需要你的人的時候。這有什麼問題呢？問題就在於，你正在讀這本書，你想不通你的戀情什麼地方出了錯。這讓我們知道，照顧依賴型情人已經不再能滿足你，或對你不再有效。老實說，這可能代表你開始變得健全，開始放棄童年時期把所有精力都放在別人身上的模式。

　　除了單純需要照顧別人外，有些人覺得依賴型情人順從、黏人的行爲很勾魂、讓人情不自禁。可能是你父母中異性的那一方有這種特質，或是你一向會被缺乏自尊的人那種惹人憐愛的樣子吸引。及時趕來給人安慰、給人救援，在某種程度上讓你覺得熟悉、有意義。你會在不同的感情裡重複同樣的模式，所以每一任情人到最後都會變成長期而嚴重的橡皮糖情人。

有時候，有些人很需要肯定、自尊心需要受到吹捧，便會持續選擇依賴型情人，因爲這種情人樂於把注意力與精力全部投注在眼前的對象身上。你可能會發現，你喜歡身處可以做主、掌權的感情中，而依賴型的人眼中除了情人外，本身沒什麼自尊或自信，會把自己的需求放在一邊好服侍你。不過，一開始讓你很受用、很滿足的行爲，現在卻可能讓你覺得受限、窒息。

還有一個強有力的原因，讓某些人即使在感情不管從哪方面來看，都已不再有相互性、不再令人滿足時，卻仍然繼續跟依賴型情人在一起；那就是：恐懼。有些人眞的很害怕傷害到那看來已經很脆弱、很黏人的情人。每當你想要離開，情人的絕望與恐慌會讓你很難過、不忍目睹，於是你就會改變主意，說服自己情況沒那麼糟，或是你無法忍受一個遺棄情人、在情感上摧毀情人的自己。當然，害怕應付情人因你離去而有的情緒反應，絕不是繼續在一起的好理由，然而卻是把你留下的強大力量。

與依賴型情人共同生活

你大概也看得出來，與依賴型情人共同生活，會讓人在情感上感到窒息，讓人有感情幽閉恐懼症。問題來了：你能夠永遠與依賴型情人生活下去嗎？你要考慮的一點是，你的情人對你們感情的本質會不會感到難過。有人格障礙症的人，能不能改變的預後或可能性，通常都是根據他們有沒有改變的動機，還有他們能不能洞悉自己的行爲而定。有人格障礙症的人，以看不見自己的問題出名，而且事情不順的時候，很容易責怪別人；你的情人也不太可能會爲你們感情中的困境負責。依賴型情人擔心戀人不接受自己、擔心被遺棄，當情人發現你不快樂的時候，這可能就證實了她最大的恐懼：你不願意再無條件地給她保證，或你可能想分手。這會讓你的情人陷入危機，甚至逃進另一段感情裡，希望能在那段感情中滿足她的依賴需求。如果你決定要認眞與依賴型情人交往下去，以下有些策略或許能幫助你與你的情人。

態度要審愼樂觀

眞正的改變需要時間與毅力，也需要不斷的練習，堅持不懈。所謂「江山易改，本性難移」；不過，依賴型情人或許能夠稍微移動一點點！根據我們的經驗，如果前來接受治療的情侶，其中有一方是依賴型情人時，他們通常已經歷了相當的痛苦與混亂；依賴型那一方往往很害怕失去這段感情，也厭倦於總是感到絕望與黏人，這種人通常還會有憂鬱症，顯得很焦慮。還好，痛苦往往是重大改變的前兆，畢竟，當一切順遂時人通常不會有什麼成長。不過，有一點要小心：你的情人尋求改變，可能只是爲了討好你。被動的改變很少會有成效。

讓情人享受到小小的成功

你的情人長期以來都仰賴別人發起活動、仰賴別人下決定；幫助你的情人慢慢開始自己做決定。日常生活中，不要落入讓情人繼續依賴下去的陷阱。想像嬰兒在學走路！暢銷育兒雜誌常常會建議父母給孩子選擇，讓他們自己做決定，這樣能幫助他們學會做決定，也幫助孩子建立自尊與自我效能。如果你的情人無法決定該穿哪件上衣，你可以說你喜歡紅色跟綠色兩件，然後要他自己挑一件喜歡的穿。

我們所受的教育也告訴我們，要正面鼓勵我們希望別人以後會重複的行爲。在各種關係中，我們有時會不小心鼓勵我們不希望對方有的行爲，這是一種不經意的鼓勵。孩子發脾氣的時候，我們會讓步，只爲了停止那讓我們抓狂的大吵大鬧，理所當然，孩子因此學會大吵大鬧可以得到他要的東西。這很弔詭，爲了停止讓人受不了的大吵大鬧而做出讓步，反而會提高孩子重複這種模式的可能性；如果你希望這種大吵大鬧繼續下去，那你就盡量讓步、用你的注意力來鼓勵這種行爲吧！現在，想想你的依賴型情人。當情人難過、悲傷、纏人的時候，你會不會感到內疚、會不會讓步、會不會付出情人想要的呵護與大量的陪伴？問題來了：你如果鼓勵這種糾纏、黏人的行爲，又爲什麼要爲這種行爲持續發生而感到訝異？停下腳步，看看你在這段感情裡所扮演的角色；若能設下更堅定的界限，同時鼓勵情人自己做決定的行爲，這種循環有沒有可能改變？

開拓情人的生活圈

與依賴型情人交往，你們的社交圈會變得很狹隘。依賴型情人通常有幾位關係緊密的朋友，或能夠滿足他對親密度與被照顧的需求的關係。研究結果不斷顯示，人的社交圈與支持的人脈越廣，就會越健全、越快樂。如果你的情人擁有更大的支持後盾，他可能會開始從多處滿足他的需求，而減少對你的要求。幫助情人認識新朋友，加入新的活動，拓展他的社交圈。如此一來，你可能會發現，你也能認識新朋友，營造更多的社交機會。

鼓勵情人培養獨立處事的能力

由於依賴型情人的基本立場，是保護自己不要落得被遺棄的悲慘下場，因此她從小就努力避免自己獲得該有的能力。這是個萬無一失的方法，確保其他人一定要照顧這個依賴的人。舉例來說，依賴型的人從來沒考過駕照，從來沒有獨立生活過，從來沒有自己寫過履歷，或自己去參加面試，都會是很平常的事。在一段長期的關係中，你必須把握每個機會，塑造、鼓勵每一小步，幫助情人慢慢獲得你認爲成人理所應當要有的能力。還有，別忘了鼓勵絕對比羞辱、讓對方丟臉、威脅要遺棄她來得有效。如果你有辦法讓情人朝獨立之路邁出小步，同時又還能讓她有安全感、對你的承諾有信心，那麼她就有改變的可能，就算改變的幅度有時會很小！

讓情人成為專家，由她做決定

依賴型情人通常不讓自己成為任何事情的專家，所以何不與你的情人一同嘗試新事物，然後來個角色大逆轉？向情人請教意見，看晚餐要去哪裡吃、早上要穿什麼上衣。依賴型情人通常不會主動說出自己對事情的看法，害怕會壞了事，先從簡單的事情開始問她的意見，再慢慢轉向比較複雜的事情。訣竅在於要找出有創意的方法，幫助情人增加自信與自尊。每次情人成功地說出自己的意見時，你就要不斷鼓勵、鼓勵、再鼓勵！

治療有幫助嗎？

如果你打算長久跟依賴型情人交往，一定要考慮接受婚姻輔導。與情人一同接受專業諮商，或許有助於增進你經營這段感情所需要的健全技巧。這裡有個好消息：比起診斷出其他人格障礙症的情人，依賴型情人比較有改變的動力，接受治療而成長的預後也不錯。你對這段感情的品質感到苦惱，可能會讓你的情人難過，對自己感到焦慮或不開心，這份苦惱會激勵她，願意在治療中付出漫長艱鉅的努力，最後改變她的人際關係作風與自我意識。與專業人士建立穩固的關係，也能讓情人獲得她一直渴望、持續不斷的肯定與關注，一旦建立了治療關係，依賴型情人不太需要鼓勵也會持續下去。但是，這裡有個陷阱，有時候依賴型個案會太過依賴治療師——記得《天生一對寶》（*What about Bob?*）這部電影嗎？專業心理師應該要懂得設下堅定的界限，慢慢地鼓勵更高的獨立性。

雖然依賴型情人如果有足夠的動機，改變的預後會不錯，但是心理治療不是特效藥，要把它想成長期的奮鬥。與情人一同接受治療時，一定要專注在你自己身上，注意你自己的角色。透過改變你與橡皮糖情人互動的方式，你就越能夠改變感情裡的機能，這時情人如果不是與你建立新的模式，就是坐困原地。如果情人無法或是不願意接受這樣的挑戰，那你就要傷腦筋爲你們的未來做抉擇了。

到了該分手的時候

到現在你應該了解，要離開依賴型情人會很困難，甚至會非常痛苦。當然，離開其他類型的人格障礙情人也很困難，但是不同於危險的妄想型情人和反社會型情人，也不像毫不在乎你離開的疏離型情人，依賴型情人會因爲你的離開而在情感上嚴重受挫。如果你不忍心看到別人受苦，特別是你在乎的人，那麼分手將會非常痛苦。橡皮糖情人一定會哀求你留下、會哭到無法控制，就算你早就清楚表態要她別再找你，她還是會一直打電話給你、到你家找你；就算分手的過程中你已經竭盡所能仁慈、公平、溫柔地對待她，你還是無法避免感到內疚、羞恥。要離開依賴型情人，需要很大的毅力與決心。你可以向朋友與家人尋求協助與支持，你需要身旁的人來證實你並非麻木不仁、冷酷無情，你不過是結束一段情人永遠不像情人的感情。

結論

有依賴型人格障礙的成人可能永遠會是情感需求的黑洞，這樣的情人會越來越黏人、要求越來越多。想要讓感情裡雙方有一定的獨立性，或有呼吸的空間，只會讓他們感到焦慮和憂鬱。久而久之，與依賴型情人的感情會變得像是義務，你則成了情人的父母；原本浪漫又甜美的感情很快讓人感到窒息、疲憊。如果你希望有一段相互扶持的感情，希望情人喜歡跟你在一起卻不會死命纏著你，那麼依賴型情人真的不適合你。

PART 14

死板情人

強迫型人格

The Obsessive-Compulsive Personality

☑ 他滿腦子都是細節、規定、清單、秩序、時間表，結果活動的意義和樂趣都沒了。

☑ 他為了追求完美，常常無法完成工作。

☑ 他太過專注於工作與產能，生活中容不下感情、玩樂、休閒活動。

☑ 他道德心太重，墨守倫理道德規範。

☑ 他無法丟棄老舊、殘破、沒價值的東西，就算毫無紀念價值的物品也不捨得丟。

☑ 他不喜歡指派任務或工作給別人，除非能完全按照他的意思去做。

☑ 他對自己、對別人都很吝嗇。

☑ 他死板、固執，控制欲很強。

你是不是喜歡拘謹、嚴肅、控制欲強的類型？心理師將這種極度死板、執拗的類型稱爲強迫型人格障礙，接下來你將會看到，這種人格障礙跟強迫症（一種嚴重的焦慮症）並不相同。強迫型情人的人生，全繞著規定、秩序、例行程序打轉，聽起來很耳熟嗎？與死板情人在一起會非常單調無趣，你可能會開始納悶，從什麼時候開始，生活的規則比生活本身還重要。繼續往下讀莉思的故事，想想你是不是也曾生活在死板情人的掌控之下。

莉思的故事

我跟喬治在一場橄欖球賽上認識，我們各自跟一大群朋友去參加橄欖球賽前的野餐會。那是個舒服的秋日午後，陽光露臉，葉子正開始轉黃。大家都玩得很開心，有說有笑，興致很高。我還記得別人向我介紹喬治時，我心裡想著：「這就是我想嫁的男人！」他長得又高又帥，很會穿衣服，又很平易近人，我還記得他的得天獨厚讓我印象非常深刻。他告訴我他主修商管，接下來想去念法學院。他的父親是個律師，祖父也是，所以他從七歲就知道他未來要當律師。

他屬於大學的某個兄弟會，平常在他父親的律師事務所打工。他告訴我這是他上大學後看的第一場橄欖球賽，因為他平常都忙著念書跟打工。他的兄弟會朋友常常責難他，說他週末都不跟他們出去玩（我後來得知，他們給他的綽號是「圖書館員」，因為他對細節、秩序、課業都非常專注），所以最後他屈服了，來看這場橄欖球賽。我跟喬治一起度過一個愉快的下午。他很有禮貌、人很好，雖然有時候看來有點不自在、不專心。之後，我一直等他打電話給我，過了一個月，最後我決定自己打給他。他很親切，但我聽得出來他很忙、有點分心。不過，他還是約我出去，我們約隔週六吃晚餐。我稍微遲到了一下，他看起來有點不高興；我走進餐廳的時候，他一直在看表。他說他提早三十分鐘到，因為校園周遭的交通一到下午就很糟，一定要事先計畫好才行。那是個很不錯的夜晚，他竭盡所能讓一切都很完美，就好像所有細節都是事先計畫過的，從要點什麼菜到要聊什麼話題都是。

我們交往了幾年，情況都很好。我每隔一段時間就會因為他沒什麼時間陪我而感到沮喪，但是我向自己解釋，那是因為他很努力要讓自己過得更好。我喜歡他有目標，有強烈的工作倫理，我想那觸動了我童年的記憶。我父親是個努力工作的人，讓我母親、我哥哥與我有舒適的生活。我父親是個內科醫生，冗長的工作時間全部都奉獻給他的病患。我記得我總希望他更常在身邊，希望他來看我的運動比賽、話劇表演，甚至參加我的生日派對。他總是在醫院忙，就算在家，他的工作好像也永遠做不完。我父親從來都無法休息，也不肯讓別人幫他做事。在某個程度上，我一定是在喬治身上看見我父親的影子，他對感情的態度也非常傳統，通常我們上床過後，他就會變得很拘謹，對他自己、對我都感到內疚與憤怒，因為我們

「竟然讓情況發展成這樣」。

喬治就讀法學院一年級的時候，我們開始同居。當時我也在念研究所，所以我們都很忙、都很努力。當我們都有空的時候，我喜歡跟喬治待在家。我們當時沒什麼錢，但是那沒有關係。我為了適應研究所、適應與喬治同居的生活，有時候真的覺得無法承受。喬治為了畢業跟找工作，承受很大的壓力；那時我注意到，喬治壓力很大的時候，就會更加努力工作，雖然好像也沒有因此完成更多事情。我不知道這樣是為了讓他感覺更能掌握他的專業，還是為了要逃避我、避免我要他陪我。喬治在家的時候，脾氣有時很暴躁，很愛評斷人，特別是當我沒有按照他的方式把事情做好時。他花很多時間打點家裡，還把我要做的事列成清單；星期天是我們少數彼此在家的日子，但都會變成把公寓刷得亮晶晶的清潔日。真是太誇張了！我們的公寓很小，不過要打掃到符合喬治的乾淨標準，得花上三、四個小時。但是，他似乎不太願意討論替代方案，也不願意改變他的清潔時程表。我一直在想，等他找到工作後就不會這樣，壓力或許會比較小。我開始變得小心翼翼，感到很寂寞、很孤立。就是在那個時候，我開始向外探索。我好像都不會笑，不會嘗試新的東西了；所以我加入了幾個社團，認識了一些新的女性朋友。我在圖書館當義工，加入當地女子跑步俱樂部。我喜歡這樣與人交際，有其他女性朋友支持我。

喬治在事務所找到工作時，我們都鬆了一口氣。我們一起搬進比較大的公寓，但是沒說好要結婚。喬治一直說，等他多了幾年事務所的工作經驗，等他經濟比較寬裕後，我們就結婚。他甚至帶我一起去見他的理財顧問，看各式預示我們未來財務狀況，以及什麼時候最適合「整合我們的資產」的圖表。他對這些數據和詳細規畫似乎非常興奮，但老實說，我們僅存的浪漫都快磨光了——喬治看見他的理財顧問，好像比看見我還興奮。對喬治來說，要嘗試新事物之前，一切都要安排得很完美。

喬治的工作時間越來越長，壓力也越來越大，而且真不敢相信，他變得比以前還要難搞、還要愛評斷人。他不只對我這樣，對他的同事、祕書也是如此。我們不再一起做有趣的事，也很少出去，除非是他覺得應該要出席的跟工作有關的晚宴。碰到這種時候，我必須準時而且準備周全，不然他會沒完沒了。隨著時間過去，我開始覺得自己越來越像在過單身生活，我與其他女性朋友的友誼，是支持我繼續下去的力量。喬治跟我開始吵架，到了這個時候，我可以說我們真的不愛對方了。

喬治記錄我花的每一筆錢，每當他用電腦畫圖表比較我們的花費時，我就會很生氣，因為那些圖表總是顯示我比他「浪費」。他甚至曾經想要幫我列預算表：我每個月都有家用可以繳帳單、買食品雜貨，但是很少有剩下的錢可以自由運用，而且其中有不少錢是我出的啊！我終於看清喬治是在控制我，強迫我遵循他死板的模式。

我們生活中的重大決定都是喬治在做主，而且他通常都沒有問過我，我真的覺得自己就像窩在家中的「小女人」，可是卻沒有享受到婚姻中該有的東西，也沒有我認識的其他情侶或夫妻之間會有的那種夥伴關係。我在想我母親是不是也有這種感受，她怎麼能夠忍受伴侶那些年來都沒有參與家裡的事、也不在家？我想我沒有母親的那種耐性，因為我再也受不了了，我受夠了喬治什麼都要擔憂、他的執拗、要求掌控一切，我受夠了他在我不順從時就發脾氣批評我。

他不願意跟我談我們之間的問題，就算談也不過是他一貫的說教方式，而且從來不流露任何感情。我覺得很孤單，而且彷彿完全失去人生的樂趣。最後，我終於搬出來，重新展開新生活。分手讓我很難過，但至少我現在不再那麼緊張，有更多自由做決定，可以人性一點，把事情做好但不必追求完美。到現在我還是覺得很訝異，當初怎麼會跟喬治在一起那麼久，不過現在的我反而很慶幸喬治當初不想立刻結婚。目前我正在接受諮商，探討我為什麼總是想找像我父親那樣的工作狂男人。

死板人格

雖然人生有規畫很重要，小心遵守規定、法律、規範也很重要，但是遵守到了一個程度，就會變成過度注重秩序、完美和細節。要有強迫型人格障礙的人見林不見樹，會非常困難！他往往太執著於生活中的瑣事，而無法完成最基本的工作。跟這種人談感情會很辛苦，因爲他們追求完美，不只對自己，也對生命中的所有人。他們很努力、往往太過努力想要完成工作，減少清單上的待辦事項，所以通常花在工作上的時間比在家的時間多。不過，死板類型的人其實把許多時間都花在規畫與安排上，做工作前的準備，而實際完成的工作反而不多。你很容易看出來，強迫型人格障礙者在人生各方面都很不知變通，最終會陷入追求完美的自我循環中。

有強迫型人格障礙的人會過分地以秩序、紀律來管理自己的人生。人生中的灰色地帶讓他們感到不自在，所有事物非黑即白，所有決定都是事先安排好的。他們喜歡列清單，然後一絲不苟地遵循；雖然清單與規畫能讓許多人做事井井有條，但強迫型的人卻會做得有點超過——好吧，也許不止一點點！他們會非常注重清單、時間表、瑣碎細節，結果這些反而變得比原本的工作還重要！所以，有強迫型人格障礙的大學生可能會花兩小時整理書桌、做七彩學習卡，結果沒什麼時間眞的念書。強迫型人格障礙者的矛盾之處在於，他們太想要掌控人生、掌控環境，卻不經意地在這些事物上失控，最終也失去這種掌控的意義。這種情況會發生在工作上、家庭中、感情裡，而他們不會注意到，自己追求完美的方式會把身邊的人逼瘋。強迫型的人要完成任何事情都需要花大量的時間，清單與遵行守則要一而再、再而三檢查，數據要經過確認，就連指派給別人的工作也要徹底審查、重新做過。不幸的是，這種行爲會把別人惹惱、讓人覺得被傷害。

強迫型人格障礙者的時間與精力常常配置不當，結果最重要的事反而拖延到最後。這就像把最愛吃的東西留到最後，結果最後反而吃不下一樣！沒有效率的時間與資源管理，結果就是會花太多時間專注在不重要的小細節上，這都歸因於太追求完美，標準太高而且不切實際。強迫型的人覺得自己應該要「完美」，所以花大量時間想要做到完美，結果反而無法及時完成工作。作者之一曾有個同事，因爲無法及時完成指派的任務，而被上級列入觀察期；雖然她是個優秀的作家、稱職的專業人士，而且非常聰明，但她似乎老是停留在事前準備工作的細節上，沒有足夠的時間實際完成工作。她在公司的最後一個週末，因爲禮拜一一定要交一份書面報告，所以整個週末就睡在辦公室加班，可是她不是眞的在寫報告，而是花了一整個週末在電腦上建立寫報告要用的格式。最後她就被開除了。

死板情人會花許多精力在秩序、產能與精確度上，經常讓他們的感情受到傷害。這種人需要掌控感情，就像他們需要掌控人生的各個方面一樣。他們通常不會給人熱心、想談感情的印象，情感上會保持距離，而且越是投入工作，這種情況就越嚴重。他們很少度假，就算度假也會帶著工作去。嚴重的強迫型人格障礙者就算抽十分鐘上廁所，也要帶工作資料進去看。坐在沙灘上，還一邊用黑莓機回覆電子郵件、用耳機講電話，很偶爾才看一下周遭環境的正是這種人。但是，如果他眞的決定要從事一項休閒活動（例如某一項運動），他會像是要完成一件任務那樣認眞。舉例來說，公司的壘球隊裡如果有強迫型的人，當他拿出每位隊友每週表現的統計數據，以及其他球隊的詳細情蒐報告時，不必感到太訝異。

在強迫型的人眼中，對道德、價值、倫理秉持一絲不苟的態度是很重要的事。你大概也慢慢了解，強迫型的人很少採取溫和的態度，他過於正直、墨守成規的性格正好能說明這一點。他很會評斷別人，常將嚴格的道德規範加諸於工作和感情之上；對感情有嚴格的標準，沒什麼轉圜或妥協的餘地。強迫型的人會順從權位比他們高的管理者，但是對其他人就很少展現寬容；他們把自己當作最終的仲裁者，決定工作與生活上的規定與守則。不管在工作上或個人生活中，死板情人都不太能容許改變規定，如果強迫他行事實際一點、人性一點，他可能會辯稱：「規定就是這樣！」他嚴格遵守、執行道德規範，而且會毫不顧忌地在這方面「幫人家上一課」。不幸的是，這對於建立密切又溫暖的感情毫無幫助，同事、親友和愛人都會覺得，強迫型情人這種死板的個性很令人討厭。

強迫型的人有時也被稱爲愛囤積的人或「馱鼠」，他們不喜歡丟棄東西，就算沒什麼紀念價值的東西也要留起來，他們會留著沒有價值、殘破的東西，如果有人想要把東西丟掉，他們還會大發脾氣。這種情況往往會讓感情起摩擦，因爲雜物會越積越多，占去太多空間。

死板情人的死板，也表現在他無法信任、無法指派任務給別人這一點，她眞的相信她的方法就是唯一的方法，所以不願意學習、認眞考慮別人的想法。如果她眞的把任務指派給別人（這會讓她感到焦慮），通常也會留下詳細的指示，要求別人一定要嚴格遵守；如果別人沒有這麼做，她大概就會很惱火。如果她正在進行什麼事，但進度又落後（強迫型情人常有的事），她也可能會拒絕別人的幫助，因爲她深信唯有她才能把事情做好，這往往會造成下屬間、甚至是她的同事親友士氣低落、喪失信心。她不常給予讚美或鼓勵，還會嚴格地評斷別人，讓人覺得有距離。她不僅吝於表示善意，也常常吝於花錢；她生活過得非常節儉，深信應該要爲未來存錢、省錢。她完全沉迷在自己對安排、預測與控制人生的需求上，以致無法看清她這種行爲會如何影響別人；她通常會被形容爲固執而控制欲強。就算她肯承認困難，或是看清自己的互動模式、自己死板的應對方式的一些問題，她也會爲自己找理由說這是「必要的」。

清楚分辨「強迫型人格障礙」與「強迫症」很重要。這兩個名詞經常被搞混，儘管聽起來很相似，兩者代表的是兩種極爲不同的障礙症。有強迫型人格障礙的人一般不會覺得有需要不斷重複儀式性動作（例如一直想洗手），好控制滿腦子讓自己焦慮的想法（例如被細菌感染）。請記住，強迫型人格障礙者的人格特質是追求完美和秩序、想掌控一切、個性死板又固執，但是他們很少會爲焦慮或不安的想法所苦。

簡而言之，強迫型人格障礙是一種想要控制的障礙。但是，這種人越是想要控制自己的人生，他的障礙就越嚴重。負面循環因此而生，最終會讓死板情人覺得失去控制，於是加倍努力好恢復控制；他越是努力追求完美的秩序與精準度，就越沒有效率、越失去控制。最後，無法達到或維持完美的秩序，會讓強迫型的人惱怒、害怕，因而更加強他們的控制欲與對工作的投入。但是接下來你就會看到，死板情人的感情卻在這過程中嚴重受創。

強迫型人格是怎麼形成的？

一個人怎麼會變得這麼愛控制、這麼死板，對別人的看法絲毫不察？這個人的成長過程發生了什麼事，才會造成這種追求完美又執拗的類型？讀過其他人格障礙類型後，你應該已經了解，除了固有的基因外，很可能還有一連串事件聯合造成這種人格類型。有強迫型人格障礙的人，可能生長在混亂又讓人不知所措的家庭，爲了彌補在動盪不安的家庭裡失去控制的那種感覺，強迫型小孩學會控制自己、控制周遭環境，好減低他們內心的焦慮與混亂。同樣地，嚴格遵循規定、清單、時間表能幫助這孩子盡量減低家中騷亂又模糊的界限。雖然這種方式可能曾經幫助這孩子面對生命中內在與外在的混亂，卻沒有長期的適應價值。

發展出強迫型人格障礙的另一常見原因，可以從某些孩子的報告中看出來；這些孩子都成長於父母管教方式太死板、控制過當的家庭。這種家庭過於嚴謹，有著嚴格、不容改變的規定與慣例，孩子在外人面前表現出一副尊貴、掌控一切的模樣，是很重要而被期望的事，違反這些規定或行爲越軌，都會引起嚴重的後果。由於家中缺乏溫暖、彈性、包容，這些孩子學會對自己非常嚴苛，當這種完美主義延續到成年期，就會造成他們一切以規定行事，同時強烈想要避免感到失敗或平庸。男性與長子被診斷出強迫型人格障礙的機率，比一般人要高出一倍。

有強迫型人格的情人

如果你交往的對象符合強迫型人格障礙的條件，你會覺得自己不重要，甚至不被尊重。由於情人對你、對你們的感情握有較大的控制權，你們將不可能在這段感情中處於對等的地位。最初你以爲對方是個投入、認眞工作的人，現在卻覺得他只是個控制欲強的工作狂；當他沒有在工作時，就會像個教官似地在家管你的生活，定出時間表、列清單、實施秩序與規定。你可能學會了要提心吊膽，才不會觸怒情人的暴躁脾氣，而這些花招跟表現都讓你感到筋疲力盡。

死板情人很難信任別人，特別是不相信你有能力完成任務，或你會完全根據她的標準行事。這會讓你覺得情人好像一直在背後觀察你，你永遠受到她無微不至的管控。死板情人不太可能因爲你事情做得好而讚揚你，反而會批評你的決定跟表現，久而久之，這會侵蝕你的自尊。在對你發號施令的時候，你的情人大概很難讓她的這種行爲不顯得麻煩又令人討厭。

不幸的是，只要你的強迫型情人擁有主導權，你的情感需求就很難滿足，你也無法享受到什麼樂趣。你的情人接收不到你的需求，也不太可能接受你的觀點，他的工作、他對產能的追求可能都比你重要，你會覺得自己好像要跟他眾多優先考量的事物爭奪他。雖然他可能會辯稱，過度專注於工作是負責任的表現，也是人生要成功不可或缺的要素，但是，你會發現自己越來越常從別的人際關係裡滿足你的感情需求。

情人死板執拗的特質、對工作與產能的專注，會讓隨性、放鬆與玩樂難以存在。「歡樂」時光得要排入時程、經過研究，才能仔細執行，結果樂趣就在這過程中消失殆盡。你可能會發現，你的情人拒絕外出、拒絕度假，儘管明明負擔得起，她還是會認爲這樣太花錢、太奢侈。如果你眞能說服你的情人，一同外出一晚或度個假，那你就成功地跨越了第一個障礙；但是不要太意外，她會鉅細靡遺地規畫這趟假期，要求有詳細的行程，同時有秩序地去執行這個「計畫」的每一階段。你的情人可能無法眞正放鬆、好好地享受任何活動，休閒活動對死板情人來說是件痛苦的事，她要不就逃避，要不就當作是一個需要馴服、需要掌控的挑戰來應付。她會太過執著於想要從活動中獲得成就，儘管這些活動原本應該只是爲了有趣、好玩而已；她可能一星期打四次高爾夫球，就爲了成爲零差點球員，不然就是一頭栽入網球的技巧與生理機能訓練，就爲了打贏她所有的朋友。

就連你們的性關係，都可能成爲你的強迫型情人的死板目標，一樣得遵循秩序與計畫。舉例來說，如果你的情人總是選在同一時間、用差不多的方式做愛，你也不要感到太意外；你甚至可能發現，事先排好時間、計畫好的性愛讓他感到最自在。如果你發出抱怨，或要求新花樣，他一定會專注在某些細節或技巧上，而不是你主要想要傳達的訊息：你希望他改變的是態度，以更隨性、更有彈性的方式來跟你做愛。

就像許多其他的人格障礙症，你在這段感情中吃的苦可能會比你的情人多。你的情人能透過工作與對產能的專注來滿足她的需求，只有你覺得這段感情少了隨性、樂趣與愉悅。如果你希望交往的對象是個溫暖、有彈性、願意跟你共度歡樂時光但不必過度計畫的人，那強迫型情人可能會讓你很受挫；你對於與情人共享親密與休閒時光的需求與渴望，可能都無法實現，你的情人可能也沒有能力眞正了解你對於深層情感連結以及容許人類不完美的需求。

簡而言之，強迫型的人對於自己與伴侶都有著不合理的期望，這些期望往往不切實際，但他卻固守不放。這種人會因爲過度專注於工作與產能，而犧牲了感情，因此也沒有能力享受樂趣或閒暇時光。這種人也出了名的執拗、控制欲強、沒有感情、過度強調道德。身爲強迫型人格障礙者的伴侶，感情上的需求會無法獲得滿足，最終你會很不快樂、充滿絕望。不幸的是，要你的情人認清自己有過度按表操課的問題，或希望他有足夠的動機改變，可能性都不高。

我為什麼會喜歡上死板情人？

當感情與我們的期望有所差距時，我們就該好好檢視爲什麼。有時候，是我們自己造成了有問題的感情模式。就死板情人來說，你的確應該檢視，你是不是都在找這類型的人。這樣的情人可能有些什麼特別吸引你：

- 滿腦子都是細節、規定、秩序，因而犧牲你的需求。
- 是個極端的完美主義者。
- 投注在工作上的時間比跟你在一起的時間還多。
- 執拗、太過強調道德、一絲不苟。
- 像個馱鼠，什麼都不願意丟棄。
- 掌控你做的每一件小事，如果你抗拒就會不高興。
- 對錢非常吝嗇、小氣。
- 非常固執、死板。

如果我們回到最初的前提，每個人都必須衡量自己在一段感情裡扮演的角色，那麼，這表示你有什麼問題？讓我們來看看，你目前被死板情人吸引，或一向很容易被死板情人吸引，可能有些什麼樣的原因。

你會喜歡這種人格類型，可能是因爲你從小到大的哲學，就是人生要成功就一定要認眞工作，還有自我價値完全建立在成就之上。所以，選擇一個非常認眞、負責、有強烈工作倫理、徹底遵守社會規範與社會倫理的對象，對你很有吸引力。你從小的教養方式可能讓你相信，這種人格類型象徵著努力就有收穫、有夢想就會成功的人生觀。你自己可能也有努力工作、追求成就的傾向，不過你可能也很重視與家人、與所愛的人相處，同時重視旅遊，喜歡每隔一段時間就放慢腳步，享受人生。但是，當你選了強迫型情人，因為他的責任心、工作倫理、認真投入的態度一開始很吸引你，慢慢地你會發現，他同時也有執拗、極度要求完美、無法放慢腳步享受人生的特質。為了避免在這種受控制的感情中一直感到孤單，你必須學會分辨，條理分明與強烈的工作倫理，跟強迫型人格障礙者的極端死板和要求完美是不同的。沒錯，有很多健全的情人也很有條理、很努力工作。

有時候，強迫型情人對細節縝密規畫、全然專注的特質，會吸引我們。如果我們自己是沒有條理又愛拖延，並為此所苦的人，這種特質就會更有吸引力。由於我們知道自己的弱點，就會更願意讓強迫型情人主導我們人生當中某些要獨立就不可或缺的部分，例如財務。一旦把主控權交給死板情人，我們自然而然把自己擺在依賴的位置，於是可能覺得沒有什麼選擇，只能順著情人那要求完美的要求。

你也可能是受到比較傳統的感情模式的吸引，認為感情裡應該要有一個人有比較大的權力。你成長的家庭是不是有一方（通常是男性）是一家之主，他是家裡做重大決定、握有較大權力的那個人？我們通常（有時無意識地）會選擇家中所示範的感情模式，這種模式或安排一開始可能讓你覺得很自在，但是現在你卻想重新考慮，想尋找相互性高、不那麼注重生活小細節的感情。

與強迫型情人共同生活

如果你在情人身上看出強迫型人格障礙的特徵，你可能會一方面覺得鬆了一口氣，因爲你終於能了解情人的行爲；但另一方面也戒愼恐懼，因爲情人把他的心理障礙帶進了你們的感情裡。無論如何，你大概都有一大堆問題與擔憂：如果我的情人永遠都會過度專注於規定與例行程序，無法眞正享受當下有我在身邊，我要如何繼續這段感情？我的情人能否學會偶爾放鬆一下，讓我也能滿足自己部分的需求？我有沒有辦法繼續提心吊膽地留在這個人身邊，順從他一絲不苟的固定程序，好維持感情的和諧？我能否繼續愛一個情願工作也不回家、不回到我身邊的人？你一定也發現，與有強迫型人格障礙的人一同生活並不容易。或許你曾經很獨立、很有自信，但是現在你可能也開始質疑自己的能力，覺得自己會因爲稍微偏離情人對家裡、對感情定下的「規則」而受到懲罰。情人曾經吸引你的特質，現在卻讓你非常不快樂、充滿絕望，因爲你發現這段感情很少顧及你的需求與渴望。他的情感如此約束，對於違反規定如此焦慮，對任何改變你們感情模式或添加新意的構想都抱持如此負面的態度，你可能會覺得，你要不就是得接受情人強迫型的人生態度，要不就是得離開他。

你可能會發現，現在你大部分的精力都用在安撫情人、維持感情和諧，而不是在享受一段有付出、有收穫、彼此都滿足的感情。如果你決定要繼續這段感情，你必須先認清，改善這段感情所需要付出的努力，絕大部分都會落在你肩上；畢竟，你的情人對現狀大概是很滿意的。每一樣東西都要有它的位置，每一項活動都得事先安排妥當，生活中很少會有意外或驚喜。不過，有些讀者會覺得他們對強迫型情人的愛，以及感情中的正面價值，遠遠超過了那些問題。如果你決定要繼續這段感情，並努力試圖與強迫型情人過得更快樂，那我們現在就給你一些建議，讓你們的感情能有多一點相互性、多一點樂趣。

千萬不要有不切實際的期望

有人格障礙症的人不太能夠洞悉自己、自己的行為、自己的動機，他們認為生活中的問題與缺陷，全都來自外在。強迫型情人真的無法看清自己有問題，相反的，她認為問題在於沒有人值得信賴，因為沒有人能像她這樣仔細、小心，就連她身邊的人也無法體會，她只是想把一切控制好。想要有什麼徹底的改變，是不大可能的，不過，你如果能學會與情人一同生活，設法從別的地方滿足你的某些情感需求，你或許就能在這段感情中找到平衡。

有時候，我們展開一段親密關係，會期望情人是個沒有任何怪癖或弱點的人，會希望情人是我們的死黨、知己和情人。這樣的期望實際嗎？要找到一個能單獨滿足我們全部需求的人，可能性又有多大？這可能是個不公平的期望吧。如果能找別人支持，滿足一些重要的情感、社交需求，那麼與強迫型情人共同生活的成功機率就會大許多。朋友、家人、同事、健身夥伴、支持團體的成員、一起旅遊的死黨，這些都是很好的訴苦對象，能給你情感的支持，成爲你交心的知己。

你正好遇上了一個永遠都多少會有一點愛掌控、要求完美、遵守規則、苛求、焦慮，還有滿腦子都是例行程序與秩序的人。佛洛伊德大概會說你的情人是「肛門持有型」。你要面對的問題是：你有沒有辦法從這段感情中獲得足以讓你繼續走下去的回饋；你願不願意接受情人或許沒什麼能力改變那些強烈的人格特質。

幫助情人放寬眼界

強迫型的人往往陷入瑣事之中，無法把眼光放遠，看不見活著的意義。提醒情人你覺得重要的事，可能會有幫助，但前提是態度要溫柔，不要責備情人視野狹隘。提醒你的情人，能夠停下腳步聞聞花香、手牽手靜靜坐在一起、在夕陽下漫步、晚起抱著一起賴床，是多麼美好的事。當你的情人願意放慢腳步，休息一個晚上，讓你帶領他進入新的感情領域時，要鼓勵這種行爲，這樣以後發生的可能性才會比較高。

雖然有時你會感到很失望，但千萬不要停下你們的約會之夜、你們的假期。你需要這些活動，你的情人更需要！要你的情人限制工作時間、抽空放鬆很困難，所以你要鼓勵他適時放下工作，但是不要要求這樣做就能改變什麼。如果你能抱持實際的期待，偶爾享受一下優閒時光，那麼你的情人就有希望能滿足你那些期望。最後，我們建議你當一個細心、周全的榜樣，向他示範什麼是平衡的生活：要運動、吃得好、有支持你的好朋友，享受生命中的小事物。時間一久，你的情人或許能受到一些傳染，幫助他了解生活不只是爲了工作，沒辦法掌控一切也沒有他想像的那麼可怕。

幫助情人建立同理心

有強迫型人格障礙的人往往不熟悉自己的感覺，要體會別人的感覺就更加困難。他們太過專注於該做什麼、做事的方式正不正確，而無法接收到任何感覺，不管是你的，還是自己的。久而久之，他們也無法掌握同理心所需要的微妙暗示。強迫型情人理解與表達內在情緒狀態的能力很有限，你能怎麼做？你可以溫柔但持續不斷地向情人表達你在感情裡的情緒感受，並溫柔地請情人也說出她自己的。由於強迫型情人沒有什麼表達情緒的經驗，會欠缺能正確描述自己感受的字眼，你可能得做出猜測或提供一些可能性，讓他們去選擇。只要情人表達了自己的情緒感受，一定要用讚美跟關注鼓勵這種行爲。

善加利用情人的優點

面對現實吧，你的情人非常有條理，與其反對、抗拒情人在每方面都要掌控局面、維持秩序的努力，何不順水推舟，把他的條理運用到對感情眞正有幫助的地方？何不切割出某些領域，讓情人能夠「掌權」？舉例來說，財務、家管、假期的安排與規畫可能讓你很頭痛，是不是能找情人來負責這些事情？我們猜他應該會欣然接受這個挑戰，立刻開始畫表格、做長期的時間表。

自願地放棄某些領域之後，當你切割出某些你絕對不願放棄掌控權、不願讓情人支配的領域時，強迫型情人才會覺得比較合理、可接受。舉例來說，你可能要在三餐計畫、休閒時刻、孩子的時間表等領域周圍架起堡壘，當你的情人試圖（她一定會）慢慢把死板的程序與秩序帶進這些領域時，你必須溫柔但堅定地解釋，這些事情是你掌控的範圍。你一定要明確地表示，有些領域你絕對不會讓步，不會接受強迫型的控制。

接受治療也無妨

沒錯，心理治療通常無法治癒人格障礙症。不過，有強迫型人格障礙的人接受諮商與治療的成效，可能比本書中提到的許多人格障礙症都要好。要在治療中獲得正面成效，訣竅之一就是把治療塑造爲「任務」或「工作」，讓你的情人了解，你期待他能透過治療而更善於表達情緒，對事情不要那麼拘謹，好讓你們的感情更茁壯。如果情人能把他追求完美的精神、對小細節的專注力，用在努力減緩某些會釀成問題的強迫型特徵，情況或許就能有所改變。把參與治療塑造爲挽救你們感情的機會，也會有所幫助。當然，你也必須願意全心參與，還要用力鼓勵任何一絲的收穫與進步。

到了該分手的時候

如果你的結論是這段感情不適合你，是你繼續向前走的時候了，那麼以下這一點或許對你有幫助：如果你的情人眞的有強迫型人格障礙，那麼比起本書談到的某些人格類型，她對於結束感情不會感到那麼悲傷；這主要是因爲強迫型情人的情感很約束、很疏離。你離開後，情人可能會更投入例行公事與工作，但是這反而能幫助她適應。你的情人也可能大聲抱怨你不公平，沒有遵守感情或婚姻的「規則」，或堅持你有合約義務要留下來。別忘了，強迫型情人的主要防禦機制，就是秩序、專注於規則、極度重視法律與道德規範。你的情人不一定能看清你最後選擇離開的原因，可能也無法眞正體會她固執地投入工作與例行公事，就是問題所在。最後，你的情人可能眞的因爲你要離去而情緒低落，不過她也大概無法有效地表達這種情感。

結論

想要更清楚跟強迫型情人一同生活是什麼樣子，你可以去租《天生冤家》（*The Odd Couple*）這部經典老片來看，傑克·李蒙在裡面飾演有強迫型人格障礙的菲力斯。看電影的時候，問問自己：我眞的能跟這種情人一同生活嗎？我眞的能忍受這種死板、秩序、例行公事、不斷的輕度焦慮嗎？強迫型情人對我來說是不是有某種莫名的吸引力？與死板情人一同生活，將會是非常約束、情緒壓抑、完全不隨性的。想把你的人生交到強迫型情人的手上，千萬要小心。

PART 15

陰沉情人

憂鬱型人格

The Depressive Personality

- ☑ 他整體上可以用陰鬱、不開心、無精打采來形容。
- ☑ 他覺得自己很差勁，自尊心、自我價值低落。
- ☑ 他常常批判、怪罪、否定自己。
- ☑ 他常常垂頭喪氣、滿心憂慮。
- ☑ 他對你和對其他人都抱著否定、批判的態度。
- ☑ 他幾乎對什麼事情都很悲觀。
- ☑ 他常常感到內疚與懊悔。

你有沒有跟上述人格特徵的人交往過？你正在跟一個悲觀、不快樂，又愛批判人的人在一起嗎？雖然我們都會有悲傷、陷入低潮的時候，陰沉情人的負面態度卻是持續而無所不在的，心理學家稱這種人格為憂鬱型人格障礙。雖然不是嚴重的情緒障礙（像重鬱症或躁鬱症），憂鬱型的人有些徵狀卻很像長期患有憂鬱症的人，很少有什麼能讓他開心，你也很難把他從低潮中拉上來。我們建議你讀讀莎拉的故事，想想看你是不是會喜歡上憂鬱型的人。

莎拉的故事

史提夫冷靜、沉默的氣質真的很吸引我，他似乎有一種黑暗神祕的味道，讓我為他神魂顛倒。他的幽默感是冷面型的，跟我平常認識的男生完全不同。我當時正在做畢業後的第一份工作，就跟大多數的社會新鮮人一樣，還在尋找適合自己的路。史提夫已經在我那棟大樓工作了一陣子，但是你相信嗎？我從來沒注意過他。我跟他其實是在健身房認識的，在那之前，我已經偷瞄了他好幾個月。我原本用的是他隔壁幾台的跑步機，他從來沒有注意過我，有一天，我鼓起勇氣，移到他隔壁那台跑步機，他竟然還是沒有注意到我！我想他是活在自己的世界裡，但是他長得好帥，那冷漠的態度也引起了我的興趣。雖然我約會過的男生大多數都比較外向，我卻莫名地被史提夫吸引。

我主動跟他搭訕，結果我們聊得還不錯。他沒有跟我要電話號碼或什麼的，但是我們發現彼此都在同一棟大樓工作。之後我沒有再遇見他，直到有一天，我在我們大樓外面的庭院看到他。當然，又是我主動跟他攀談。他總是很願意跟我聊天，但顯然沒有打算要主動做什麼。他說話的方式非常平靜緩慢，我很喜歡。他似乎是個內省又實際的人。他真的長得很帥，又聰明，但是卻不會自戀；他甚至顯得很謙虛，對自己的期望很高。據他說，他有好一陣子沒有談感情了，因為他心目中伴侶應該要有一些特質，而他還沒碰到擁有這些特質的人；他還說，他覺得大多數女生都不會對他有興趣。我發現他把上一段感情分手的原因歸咎於自己；他說他的女朋友認為他的工作沒有未來。我們似乎有點來電，所以知道他是個謙虛又肯負責任的人之後，我覺得很開心。

我請他去喝咖啡，他看起來很願意，甚至有點高興。我們度過了美好的時光，兩個人都覺得很自在。他從那時候開始約我出去，我們也開始交往。他稱讚我漂亮、說我聰明，似乎覺得我們很合適，我也這麼覺得。我超級喜歡他，在床上我們也很合。他總是在擔心我好不好、玩得開不開心、覺得他有沒有吸引力，也總是擔心事情會出錯，似乎花很多時間評估我們相處的時間。我記得，當時我好希望他能放輕鬆、享受一下，但他總是做不到。史提夫很會打擊自己，什麼都是他的錯，就好像他隨時都背負著一個看不見的重擔。

我知道他喜歡跟我在一起、想要跟我在一起，因為他常打電話給我，問我要不要去做點什麼。好笑的是，他似乎總覺得我會拒絕他，結果我沒有，他就會很驚訝。等到我們真的碰面時，他又會有點悶悶不樂，悲觀地擔心我玩得不開心。奇怪的是，我也開始懷疑自己是不是玩得開心，然後我就會努力讓自己更開心、更活潑。我很努力想讓我們都有快樂的時光，但是我總覺得，史提夫一點也沒有放鬆、沒有覺得好玩。這個人似乎總隱隱帶著一股沉重、一份幾近痛苦的自我懷疑。有一天，我突然想到史提夫讓我想起誰了：驢子伊唷（Eeyore）！發現這一點時，我笑了出來，可是，當我跟他說這件事的時候，他一點也不覺得好笑，只是低下頭（就跟伊唷一樣）說，以前學校裡有個同學也這樣叫他。我覺得好糟糕。

儘管籠罩著一股憂鬱之雲，我們的感情還是越來越認真。我越來越了解他，也努力想讓他知道這段感情讓我很快樂。雖然史提夫通常嘴很甜，很會讚美我，有時候卻會變得吹毛求疵——不只是對我，他對自己也非常嚴苛——久而久之，我開始覺得自己隱約被人衡量著。史提夫對自己的期望很高，也努力想達成這些期望，但是我知道他總覺得自己沒有能力做到。問題是，他對我的期望有時也感覺難以達成。我看得出來，他花很多時間反覆思考這些事情，所以他總流露出一股沉默、負面的情緒。

雖然我已經比較了解史提夫，但是當初吸引我的那位黑暗神祕男子，對我來說仍舊很神祕。我從來不覺得他過得快樂，或真的享受生命中的事物，生活周遭的小事物似乎無法帶給他什麼樂趣，他甚至根本不會去注意到。有個週末，我們去健行，那天天氣很好，山景美得令人屏息，周遭巧奪天工的自然美景，讓我心裡充滿了喜悅，但史提夫無法享受這些景致，我想他根本連注意都沒注意到。相反的，他對我們選的健行地點意見很多，說我們背包裡應該帶些別的東西，不應該帶那麼多食物。那感覺就像想到樹林裡開開心心地健行，可是卻拖著驢子伊唷！當我去反省史提夫的行為，我發現與其說他是個完美主義者，不如說他根本沒有能力享受當下，就好像他是自己選擇要過得不快樂，要一直專注在事物黑暗的一面，而不是讓自己盡情享樂。毫無疑問，他是個會看到杯子半空的人。

相處日久，史提夫的負面特質變得更明顯，我甚至到了不想再規畫任何事情的地步，因為不管我怎麼做都不對。我們待在家裡的時候，他通常很沉默、很陰鬱，也總是在打擊自己，就連我們的性生活也逐漸減少。他覺得自己什麼都做不好，對自己身為情人、身為員工、身為一個人，都有負面的評價。一開始，我不清楚他是謙虛，還是只想要別人稱讚他，我曾經嘗試提振他的士氣，但是都沒有用。我花了好些時間才了解，不管我說什麼，他打從心底就是不相信。他的自尊非常低落，我根本無法幫他補救。如果我氣他把什麼事都弄得又難搞又緊張，他就會開始內疚、難過，然後就會努力想要補償我，不停地說他總是「把一切都搞砸了」。我當然會試著打圓場，讓史提夫覺得好過些，因為最終我也會感到內疚。這樣的循環一再發生，我好像就是無法改變它。

有一段時間，我以為史提夫有憂鬱症，一直要他去看醫生。他去看了內科，可是醫生說他還不符合憂鬱症的條件，不過還是開了一些抗憂鬱藥給他，但我跟史提夫都不覺得有什麼改變。我得承認，我沒看過史提夫真的很憂鬱或想自殺或什麼的樣子，只是我們在一起做的每件事，永遠都籠罩著一層低潮與悲傷的影子。認識史提夫幾年後，我了解到他就是這個樣子，但我不喜歡這樣。他的黑暗與神祕是有原因的，只是這已不再那麼吸引我了。我自己也開始總是悶悶不樂，自尊也逐漸萎縮。我愛史提夫，但是我知道，跟他在一起我永遠都不會快樂。離開他是我這輩子最困難的決定，但是我覺得我必須這麼做，才能夠找回我自己。

陰沉人格

只要是人，總會有幾天、甚至幾個星期心情特別低落的時候，隨著時間、隨著每天的變化，我們通常又會回到「原來的自己」。我們會說，那些低潮時刻不過就是「今天糟透了」、疲憊，不然就是碰到難過事情的正常反應。這些小事件是人生的一部分，我們也學會接受人生三不五時就是會有挫折。然而，當我們說到陰沉或憂鬱型人格，那種低潮可是更加持久、影響一切。我們把這種人格類型叫做伊唷症候群，記得小熊維尼和牠的朋友們的故事嗎？伊唷就是那隻永遠都很悲觀、陰沉的驢子，好事情發生在牠身上時，牠會覺得壞事馬上就要來了，就連牠的聲音，聽起來都很平淡、不帶感情；沒有什麼事情能讓牠興奮，牠也不覺得這一生會有什麼不同。伊唷正是陰沉人格的吉祥物，完美地代表了這種人格障礙症候。

與陰沉人格交往，就像陷入沉悶的漩渦之中。根據我們的臨床經驗，陰沉人格者的情緒感受非常有限。如果問這種人有什麼感受、有什麼體驗，她會很難回答；如果問她快樂是什麼感覺，她也很難找到適合的字眼；如果要她描述會讓她快樂的事，她似乎也得拚命找答案。要這種人列出二十件能讓她快樂、開心的事，就像是要求一個人光著腳丫子跑馬拉松一樣！所以，她不僅情緒感受很有限（除了各種不同程度的悲傷與憂鬱），她也很難形容這些情緒。

這種人的沉悶、陰鬱，深深根植於一種強烈的無價值感之中；陰沉情人覺得自己很差勁，而這種感受又會投射到別人、環境與未來之上。如果一個人總覺得自己很無能，就很難感到歡樂。陰沉情人在尊嚴與歡樂方面，有著持久且嚴重的缺陷。

於是，陰沉情人那種差勁的感覺、低落的自我，就化成了愛挑剔、愛批判、愛指責的行爲，這種負面思維往往是針對他自己，而且陰沉情人通常也不吝於貶低自己。他們不會接受讚美或好意，反而會用這些來證明自己沒有什麼價值。憂鬱型的人打擊自己、貶低自己的方式可能非常嚴厲，讓身旁的人不時覺得自己不得不介入幫他們抵抗這些憂鬱的負面時刻。這種情人會散發一種負面能量，把聚會上的所有歡樂氣氛都驅走——有時是透過非常微妙的方式。

要徹底了解陰沉情人，就要知道這種情人愛批判、愛挑剔的態度與行爲，也可能針對別人；在陰沉情人生命中的人，會直接體驗到他投射在自己身上的那種嚴厲期望與批判。在這種人眼中，沒有什麼事是「夠好」或「對的」。他們是如此根深柢固地缺乏寬容之心，從他們的言語、態度與舉止中都感受得到，就算只是隱隱約約，這種消極態度在他們心中仍然可能很沉重。不過，多數時候，陰沉情人的批評都很直接坦率；從這種人身上，不太可能找到圓滑這個特質。雖然他可能會爲自己辯護，說自己是「實際」，別人卻會覺得他是悲觀、麻木。

有陰沉人格的人，會花許多時間、精力思索負面的事，爲了自覺的失敗、表面的缺點、誇大的錯誤、長期的悔恨而感到苦惱。她對未來自然會感到悲觀，會暗自盤算大小事情的結果。這種反覆沉思，加上她大體上總不快樂，讓她散發出沮喪、陰鬱的氣息。當然，這樣深沉的消極與憂鬱會讓人反感，讓人趕快逃到別處去呼吸新鮮空氣、讓心情照照太陽。這種循環模式會一直持續，因爲，別人排擠的行爲會加深陰沉情人自覺沒有價值的消極觀念。

憂鬱型人格是怎麼形成的？

憂鬱症狀有不同的嚴重程度，一端是嚴重的情緒障礙：重鬱症，這會徹底使人衰弱，甚至有自殺的念頭與行爲；另一端則是情緒功能正常，沒有憂鬱症。憂鬱型人格大約落在這兩端中間。這種人很少因爲憂鬱症狀而無法生活，只不過總是一副陰沉、消極、悲觀、滿懷憂思的樣子。但是憂鬱型的人已經非常習慣這種情緒狀態，不會再爲這些症狀感到緊急或苦惱，他們很可能會說：「我就是這個樣子！」他們對這種長期的輕度憂鬱，已經熟悉得不再感到奇怪。

針對這種人格類型的研究仍在進行中，不過我們已經知道，家中第一等血親（父母、手足）診斷出有情緒障礙（重鬱症、躁鬱症）的人，比較容易診斷出這種人格障礙。從這項證據，我們可以推測，憂鬱型人格的特質有著強烈的基因傾向。男性與女性同樣會受到憂鬱人格症狀之苦。

不過，除了基因之外，有憂鬱父母的孩子會因爲其他原因變得憂鬱。碰到憂鬱型的照護者，你很難不學會這種看世界、衡量自己、衡量別人的方式。兒童早期發展的研究有一個很有趣的部分，顯示就連最年幼的嬰兒也能辨識成人臉部的憂鬱表情，嬰兒看到成人憂鬱的臉就會別過頭，而且只要在場有成人開心的臉，一定會選那種表情。可是，當家中只有憂鬱型的範例，家中成人只展現出憂鬱的情緒時，孩子就比較沒機會學習不同的情緒表現。他們可能精通於各種微妙的憂鬱情緒，卻一直沒有學會歡樂、幸福、愉悅是什麼樣子。簡而言之，父母這種不開心的模式，會形成孩子的核心人格類型。最後，證據顯示有憂鬱人格的成人，比較容易不時出現嚴重的憂鬱症狀，這就叫做「雙重憂鬱症」，可能會需要吃藥、治療，好解決嚴重的情緒問題。

有憂鬱型人格的情人

憂鬱型的人是難過、悲傷的情人，也會造就一段不開心的感情。情人原本吸引你的嚴肅、神祕、自嘲的特質，很可能會變成感情裡讓你最難應付的特質。憂鬱型情人與人互動的風格，是建立在他深深自覺不足與自尊低落的感覺之上，因此，這種人是透過由無價值感與深沉的不快樂所構成的陰暗鏡片，來看自己、看世界、看未來、看自己所擁有感情和人際關係。

與憂鬱型情人交往可能會讓你自己也開始變得憂鬱。這種憂鬱情緒的渲染力與偏頗的人生觀，會讓心理師特別小心，避免一次收太多有情緒障礙的病患，因爲這會讓自己也變得憂鬱！你自己的低潮可能有很多來源：情人的挑剔、批判可能讓你受傷；憂鬱型情人很注意自己的失敗，所以也會很注意伴侶的失敗；憂鬱型情人往往會出於好意向伴侶表達感激，然而她的悲觀、帶刺的消極與陰鬱態度會掩蓋這一切好意。面對自己的這種傾向，或是當你被批評而受傷時，憂鬱型情人會感到內疚與懊悔，可能還會自我鞭撻一番，讓你爲了提起這件事而內疚。你可能會發現自己變得無法下決定、無法卸下心防，因爲你害怕情人嚴厲又毫不婉轉的回應。你可能也會發現自己更常受傷，卻還要幫情人一起背負沒有安全感的重擔。

還有更讓人困擾的現實：你的情人會花大把時間思索、擔憂太陽底下的所有事情。鼴鼠的小土堆很快會擴大成喜馬拉雅山，多數情侶間都會有的小爭執，在你情人眼中都是大災難，你會覺得你永遠都在與情人一同解決感情裡的「大」問題，反覆向他保證一切都好。問問自己這些問題：你是不是得不斷向情人保證情況沒有那麼糟糕？你是不是會避免提及讓你困擾的事情？你是不是都不提出你的感情需求，因爲你害怕情人會變得更陰鬱、更憂心、更打壓自己？

如果你希望自己的對象是個積極進取、充滿信心的人，你會發現你的情人正好是這種樂觀自信類型的反面。你曾經解讀爲謙虛的特質，其實是嚴重的自尊與自我價値低落。矛盾的地方來了：憂鬱型情人需要大量的肯定，可是你肯定他，他也不太可能會相信。你會不會已經到了一個地步，發現主要都是你在努力維持這段感情？這種人的伴侶最後都得格外努力找尋適合的互動活動、話題和方式，好肯定、鼓勵憂鬱型情人脆弱的自我。

健全的成人幾乎都會覺得很難跟一個永遠散發著陰鬱、悲觀氣息的人在一起。當我們覺得身邊有人很憂鬱時，自然會想幫這個人走出低潮，對方越是沮喪，我們越是想讓對方心情變好。爲了給你一些明智的忠告，我們現在回到伊唷的例子：不管維尼多努力想要說服伊唷，明天會是充滿希望、晴朗的一天，伊唷就是相信明天會下雨。其實伊唷根本就有一朵自己的雨雲，一天二十四小時永遠跟著牠。可憐的伊唷總是用帶刺的薊來吃蜂蜜，很形象地刻畫出憂鬱人格看世界的方式：那就是苦樂參半。當伊唷的尾巴掉了的時候，牠的好朋友都想盡辦法幫牠接回去，可是伊唷就是開心不起來，只是一貫地陰鬱、無精打采，等著別的事情出錯。

我為什麼會喜歡上憂鬱情人？

你個性裡有什麼特質，讓你會受到憂鬱型情人的吸引？如果你喜歡憂鬱型的人，那表示你喜歡的很可能是這樣的情人：

> 一直處於陰鬱、沮喪、不快樂的情緒中。
> 滿腦子都是自己很差勁、沒有價值的感覺。
> 對自己很挑剔、很批判。
> 對你也很挑剔、很批判、很嚴厲。
> 心事重重、很愛擔心。
> 對很多事情都很悲觀，包括對你。
> 時時感到懊悔、內疚。

這代表你有什麼問題？憂鬱型情人最初的作風，可能有許多方面吸引你，這裡面有些特質可能會持續吸引你，特別是如果你已經與憂鬱型情人交往了一段時間。你的情人可能看起來很負責任，這在某種程度上會繼續深深吸引著你；他冷靜看待人生的方式，會讓他看起來比較嚴肅、保守；除此之外，他善於打壓自己這一點，會讓你愛上他的謙虛、不造作。

你可能生性喜歡那種需要你「拯救」、「幫助」的情人。回顧你自己的感情史，你可能會發現自己交往的對象，都是那種會表現出某種缺陷的人，在這裡就是嚴重缺乏自尊與基本的快樂能力。真正吸引你的，是讓這個情人「好過一點」的挑戰：治療情人人格裡最核心的憂鬱特質。你可能會發現，自己從孩童時代就扮演了這樣的角色。成為「幫助者」或「拯救者」不是壞事，除非你要拯救的是人格障礙情人，那又另當別論；如果你懷著能拯救或治療憂鬱型人格障礙情人的幻想，你面對的將是一場艱難的奮戰。

關於你為什麼會喜歡上憂鬱型情人，最後要思考的一點，跟感情裡的權力平衡有關。你那嚴肅、安靜的情人，在感情裡可能是比較被動、服從的一方，而你可能喜歡當那個做決定的人。雖然多數感情都有雙方權力分配不均的現象，但你會發現由你來下多數決定讓你感到最自在、最合你的味。擔任撫育、照護的角色可能也會讓你感到比較自在，除了想要幫忙之外，這也跟你需要管理、指揮、「治療」別人有關。當然，與憂鬱型情人這種權力分配的矛盾之處在於，你會不經意地加深情人低落的自尊，讓他更覺得自己無能。你應該要問問自己，情人這種持續的憂鬱情緒，是不是在某種程度上讓你感到自在。

與憂鬱型情人共同生活

不管怎麼樣，你已經跟憂鬱型情人在一起了。這段感情是不是能夠帶給你，你最初想要的東西？你的情人有沒有能力改變？先別說要他變得隨性又愛找樂子，你能不能期望情人有一天能常常面帶微笑？雖然我們不希望自己聽起來也很悲觀，但是我們必須挑明了說：期待這種情人能夠明顯改善他的憂鬱行爲，是不太合理的事。陰沉情人已經養成了終其一生的情感體驗與情感思維模式，所有人事物都會籠罩在一片憂鬱與悲觀的灰暗之光裡。你可能到現在才眞正看清楚，情人的憂鬱已經影響了你，影響你看待這段感情的方式，甚至影響你的人生觀。與憂鬱型情人在一起，會讓人覺得彷彿陷進情緒的流沙裡。

在你們交往的過程中，憂鬱型情人大概還是會與自己的憂鬱奮戰，不過你可能已經準備好要長久經營這段感情，只要有小小的進步、偶爾閃現的快樂，你就會很滿足。如果你打算要繼續這段感情，以下幾點建議或許能幫助你們的感情進行得更加順利。

改變不會太大

個性要改變非常困難，就連健全的成人，都很少能大幅改變自己的個性。人格障礙者的典型問題就是僵化，因此更會抗拒改變。對你來說，這代表了什麼？你對陰沉情人的期望最好不要太高，他們的改變幅度都很小。幫助情人減少打壓自己的念頭，或幫助情人短暫享樂一下，長遠來說都會是巨大的勝利。此外，別忘了改變需要動機，情人是不是對自己的情緒狀態、滿腹憂愁感到非常不滿？如果你的情人不會對自己不滿，那麼改變的可能性就很小。

小心自己的態度鼓勵了情人的行爲

你扮演了什麼樣的角色，讓情人繼續目前的憂鬱行爲？你是不是在無意之中，鼓勵了情人某些讓你討厭的行爲？舉例來說，每次情人變得特別憂鬱陰沉，你是不是會擔心她、急著照顧她？你是不是竭盡所能關心她、體貼她，求她跟你說說話？你是不是不自覺地不讓情人承擔家中或感情裡的責任，因爲你怕她太難過或太脆弱？當情人過度貶低自己時，你是不是急著讚美她？由此可見，喜歡照顧人的類型很容易不小心助長了情人沉迷於憂鬱的行爲。而且，如果你擔下一切責任，幫忙「搞定」情人的憂鬱，她又怎能好轉？多數人都情願被人照顧，也不要自己努力改變；你是不是容許她這樣逃脫責任？最後，如果你目前承擔了情人大部分的憂慮與包袱，搞得你自己也變得苦惱、憂鬱，那就表示你讓情人的憂鬱人格變得有感染性。你必須好好設下界限，在不鼓勵情人的憂鬱症狀的前提下支持她。

教情人停下腳步享受生命中的小事物

憂鬱型情人的氣質，基本上就是嚴肅又消極，這種人不會是派對的靈魂人物！對憂鬱型的人來說，眞正停下腳步來享受當下，是很難理解的體驗；我們知道這聽起來很平常、很簡單，但事實就是，憂鬱型情人很難從當下和生命的小樂趣中得到快樂。教你的情人放慢腳步，與你一同享受，這代表你允許情人感到滿足，就算歷時很短。與情人一同練習這些技巧，這同時也讓你有機會從小事物中獲得平靜與滿足。與情人一同練習放鬆，你也可以考慮兩人一起運動，腦中有了腦內啡，要他不享受到一點點健全的感覺都難。最後，如果情人很難不發表他對自己、對未來一連串的消極看法，你可以考慮把這樣的對話限制為一天只有一小段時間。（例如：「我很樂意聽你訴說你的憂慮，但是我一天只能聽十分鐘，講完之後，我希望你多花點力氣，用比較正面的字眼描述自己、描述我、描述未來。」）

跟情人一同進行簡單的活動，例如：把你們想去的地方、兩人都會喜歡看的書、都想吃吃看的餐廳列成清單，這樣會激發新鮮、樂觀的想法。設法不要讓自己困在你們平常的活動與例行公事裡，設法走出你們平常的世界，而且帶著情人一起這麼做。

幫助情人重建認知

有憂鬱人格的人，往往會一直悲觀、一直滿腹憂愁下去，這種思考與認知模式很不健康，而且會不斷地延續。透過陰暗消極的眼光解讀一切，幾乎可以保證會降低自尊、削弱希望。幫助情人建立多元的觀點會很有幫助，人很容易會受困於單一種看待世事、解讀世事的方式，藉由指出不同的解讀方式，你可以鼓勵情人擴展眼界，超越只以憂鬱觀點來理解世事的模式。舉例來說，當情人在工作上感到失望時，你如果能質疑她的假設，說明這不是因爲她無能或天生沒有價值造成的，這會很有幫助。這麼說的證據在哪裡？哪裡有白紙黑字寫明，她必須要完美才能被人接受？就算她犯了錯又怎麼樣，難道這就能界定她這個人的特質嗎？

治療可能會很有幫助

儘管人格障礙個案接受治療不一定有效，但是有憂鬱人格的情人偶爾可能會陷入極大的苦惱與混亂。舉例來說，如果你們的感情走下坡，情人內心可能會很憂慮、會出現更多負面症狀、更顯得滿腹憂愁。治療可以幫助改善某些會導致情人貶低自己、陷入低潮的習慣。如同所有的人格障礙情人，憂鬱型情人往往也會抗拒關心，很快回到舊有的模式。治療必須持久，你的情人也必須有眞正想要改變的動機。此外，有證據顯示，抗憂鬱藥物能幫助改善某些折磨憂鬱型情人的症狀。我們建議你諮詢心理醫生，好好探討這種可能性。

到了該分手的時候

我們經常聽到有人這麼問：我會知道什麼時候該離開嗎？我要怎麼知道我已經試過一切了？我的情人眞的有可能改善情緒，讓我們能有段健全、幸福的感情嗎？這些都是會引起痛苦與絕望的問題，要有答案也不容易。許多人格障礙情人都不覺得自己有需要改變。在我們的執業生涯中，我們發現有時候要離開憂鬱型情人比較難，因爲這種情人總是悲傷又絕望；要離開會虐待、發怒、欺騙的情人，都比離開被動、沮喪、陰鬱的情人容易得多。但是，憂鬱型情人會嚴重損害你的生活品質、你的心理健康、你的自我感。當你在爲是不是眞的能跟憂鬱型情人走一輩子這個問題而痛苦掙扎時，務必要把照顧自己的健康列爲重要考量。如果你提出分手時，情人變得更憂鬱，或表示要傷害自己，要通知家人、朋友，還有適當的有關單位（例如醫生、警察），這是在幫助你的情人。到現在，你應該已經很能了解，感情走到盡頭時，有廣大的支持後盾有多重要了。

結論

陰沉情人長期處於輕度憂鬱狀態，他們的自尊低落，散發出濃厚的陰鬱、沮喪和苦惱氣息。這種情人對自己、對你、對世界、對未來，一定都會吹毛求疵、態度消極。你也一定會花你大部分的時間，努力振奮情人的精神卻徒勞無功，不然就是透過與朋友或是獨自一人的活動，躲避情人的低氣壓。有些人對情人的情緒狀態會異乎尋常地不受影響，多數人都沒有這麼幸運，大概會無法忍受與憂鬱型情人一同生活。

PART 16

最後幾點提醒

萬一我的另一半是人格障礙者呢？

以下這個熟悉的場景，可以在任何婚姻治療診所中看到。一對新婚夫妻開始接受治療，治療師很快就明白，這段感情中的許多障礙，都歸因於夫妻之中有一人有嚴重的人格障礙症。先生可能是個瘋狂的自戀型，完全沒有同理心，甚至並不真的關心妻子的需求或感受。或者，太太可能是個嚴重的戲劇型，有過多次外遇，永遠都在調情，情緒很難預料。不管是哪一種人格障礙，治療師都必須小心決定，什麼時候要告知沒有障礙的那一方，他或她的情人有什麼樣的障礙。治療師應該要立刻點名這個障礙症嗎？還是應該避免給有障礙的一方貼標籤，讓他或她的情人自己去發現是怎麼回事？而一旦較健全的一方了解這種障礙症的本質，治療師應該要接著解釋改變的渺茫預後，建議他們分開嗎？這些都是非常難回答的問題。

你的情況不同。讀過這本書之後，你可能已經診斷出眼前（或以前）的情人有人格障礙症。你一直在忍受的那些瘋狂情緒或行爲，如今都有了道理。多數時候，發現並接受自己的情人有人格障礙，是個複雜又耗盡心力的過程。雖然，了解情人有什麼問題，多少能讓人鬆了一口氣，但是，在否認與接受情人有障礙之間掙扎，絕不是容易的事。然而，接下來你該怎麼做？你能永遠跟這個人在一起嗎？儘管可能要在痛苦與傷害之間無止盡地循環，你也能繼續投入這段感情嗎？你想要這麼做嗎？在你要問自己的眾多問題中，這些可能是最難回答的，特別是如果你們已經結了婚，或是陷入長期的感情關係中。

雖然，在感情裡，知識會帶給你自由與權力；雖然，戀人最好都能知道，所愛的人是否有嚴重的障礙，但是你現在可能有很多問題，關於你自己、關於你的判斷力，以及你們的感情會有什麼樣的未來。最常見的問題包括：

- 我為什麼會娶／嫁給這個人？
- 為什麼我沒有在認真交往之前，看清情人的人格障礙？
- 我一開始這麼快樂、這麼愛他，怎麼會演變成這樣？
- 情人人格有問題，我是不是也要負部分責任？
- 我要怎麼確定，情人真的有人格障礙？
- 如果我是個更好的伴侶，我的情人難道不會好轉嗎？
- 我有什麼辦法能讓這段感情成功？
- 我已經做出一生的承諾了，現在怎麼能離開？
- 如果我選擇離開，我要做什麼，我的孩子要怎麼適應？
- 我是不是注定永遠要愛上人格障礙情人？

這些問題、還有其他許許多多的問題，都是正常且健康的問題。如果你正在讀這一章，那你大概在經營一段長期的感情，很可能已經結婚了。我們很清楚，持久且堅定的感情是生命中真正的寶藏，擁有這種關係的人健康情況都比較好；父母在一起，孩子的表現通常也比較好。沒有任何稱職的治療師會把你們的感情當兒戲，因為少數討人厭的習慣或怪癖就鼓勵你離婚。每個人都會有一些人格怪癖，甚至會有這本書裡提到的某些障礙類型的特質，但是，一個成人如果達到人格障礙症的標準，一切都會不同，正面改變或婚姻適應的預後也會下降。

此刻，你的情緒一定猶如搭雲霄飛車一般，雖然我們深感同情，但我們也堅信，你必須完全了解情況後再做選擇。在你做出任何決定之前，先花點時間來回顧成人人格障礙症的顯著特徵，好好想想每一個特徵在你們感情中的情況；在你反覆思考每個特徵時，問問自己：這是我能長期忍受的嗎？如果你的另一半有人格障礙，這表示她／他：

- 觀點扭曲，特別是對自己和對別人，因此造成不正常的人際互動功能。
- 有僵固的人格特質，無法視情況需要而伸縮或調整，幾乎總會造成情緒苦痛或感情障礙。
- 這種僵固的人格特質至少可追溯至青少年時期，同時過去有許多不成功的感情。
- 在各種不同的情況下展現出人格病態。
- 不太能看清自己有障礙的人際互動模式，而且可能認為問題都出在你身上。
- 沒什麼改變自己的動機，卻很樂於改變你。
- 假以時日也不太可能有顯著的改變，往往是心理師難搞的治療個案，甚至不願治療。

就是這樣。你在現在的情人身上看到什麼，之後得到的就會是什麼。雖然人格障礙症往往會隨著時間變得不那麼嚴重，雖然有些人格障礙者在長期心理治療中獲得了改善，多數人格障礙的症狀還是會繼續存在，造成情人的痛苦與困擾。

眞正的問題（也是我們無法回答的問題）是：你要怎麼做？有些讀者認清了無情的事實，發現他們要陪伴一生的人是個人格障礙者，但還是選擇了留下，努力讓感情順利走下去。可能是你們有了孩子，也可能是你覺得，情人的行爲沒有這本書中形容得那麼嚴重。有些人則可能痛苦地決定，他們已經到了極限，已經撞上了感情中那道無形的牆；你可能已經沒有精力、也不想再繼續這段婚姻。

不管你最後的決定是什麼，我們建議你做決定前多花些時間，過程中也可以考慮尋求專業協助。還有，你可以回到本書中討論情人的人格障礙症那一章，重讀那一章的最後幾節；那些決定繼續這段感情、希望能讓這段感情更順利的人，會在其中找到明確的建議，讓這段旅程比較不孤單，情緒上也比較不容易受傷。不管你的情人是哪一種人格障礙症，這裡有幾點提示，適用於所有愛上人格障礙者的人：

> 情人的任何行為改變都會很緩慢、很困難、很遲疑不決。有人格障礙症的人很難看清自己的人格，

如果有人建議他們需要改變，就會變得很有防衛心。就算能有改變，也會像是嬰兒學步。在你決定留下之前，先確定你對改變的期望能符合這樣的現實。

- 情人的行為與反應都跟你無關。別忘了，早在認識你之前，情人就已經有人格障礙症了。你應該像容忍、耐心對待診斷出有人格障礙症的家人一樣，把情人的行為視為人際互動的一種障礙。
- 藥物、心理治療，還有你付出的超人努力，都不會是萬靈丹。訣竅在於你要適應，要好好照顧自己，而不是找尋「治癒」的方法。
- 注意你在這段感情的騷亂中所扮演的角色。沒錯，情人或許有人格障礙症，但是你通常都怎麼反應？你的反應是不是讓情況更糟？舉例來說，當情人疑心病重、不信任你時，你是不是會故意有所保留又含糊不清？或者，當情人變得黏人又依賴時，你是不是把她推開、威脅要走？很可能是你目前對情人的病態所做出的反應，讓情況變得更糟。
- 經常提醒自己當初情人吸引你的特點。這些特點已經完全蒸發了嗎？還是你已經滿腦子都是情人的人格障礙特徵，幾乎不再注意到那些吸引你的特點？
- 好好照顧自己。沒錯，跟你一同生活的對象，可能是個冷漠型、反社會型，或逃避型，但你還是可以積極運動、有活躍的社交生活、參加支持團體，拒絕與情人陷入無聊的衝突。
- 獎勵你的情人。積極的鼓勵對任何感情問題來說，都是強效藥。不斷找尋方法與機會，讓情人知道你喜歡她哪一點、她哪一件事做得很好，還有你注意到她有了好的改變，就算幅度很小。如果你希望情人更常有你想要的行為，沒有什麼比這更重要。

∨那些已經知道自己會離開的人，要好好閱讀離開特定人格障礙者的章節。有些人格障礙情人會變得有威脅性、好鬥，甚至變得暴力。在你決定分手前，一定要先做好準備。離開任何一段感情都很困難，離開人格障礙情人則會讓你感到羞愧、內疚、焦慮、恐懼，或是很矛盾。過程中，可以考慮尋求心理師、神職人員、家人、支持團體，或是以上所有人的協助。

最後，如果你有喜歡上人格障礙類型的模式，要對這種模式的跡象有所警惕。誠實地探討本書的第三章，需要的時候可以尋求專業協助。你如果跟許多人格障礙情人交往過，就不太可能只是巧合。這種類型有什麼特點會吸引你，考慮這樣的可能性，然後問問自己爲什麼。

MAGIC 012

INK PUBLISHING 搞定怪咖情人

作　　者　布萊德・強森、凱莉・穆瑞
譯　　者　柯乃瑜
總 編 輯　初安民
責任編輯　張紫蘭
美術設計　周家瑤　黃昶憲
校　　對　吳美滿　張紫蘭

發 行 人　張書銘
出　　版　INK印刻文學生活雜誌出版有限公司
台北縣中和市中正路800號13樓之3
電話：02-22281626
傳真：02-22281598
e-mail：ink.book@msa.hinet.net
網　　址　舒讀網http：//www.sudu.cc

法律顧問　漢廷法律事務所
劉大正律師
總 代 理　展智文化事業股份有限公司
電話：02-22533362・22535856
傳真：02-22518350
郵政劃撥　19000691 成陽出版股份有限公司
印　　刷　海王印刷事業股份有限公司

出版日期　2008年10月 初版
ISBN　978-986-6631-32-0

定價　300元

CRAZY LOVE: Dealing with Your Partner's Problem Personality
by W. Brad Johnson, Ph.D. and Kelly Murray, Ph.D.

Published by arrangement with Impact Publishers, Inc.
through Bardon-Chinese Media Agency

Printed In Taiwan

國家圖書館出版品預行編目資料

搞定怪咖情人 / 布萊德・強森(Brad Johnson),
凱莉・穆瑞(Kelly Murray)著；柯乃瑜譯.－－初版.－－
台北縣中和市：INK印刻文學,2008.10 面； 公分
譯自：Crazy Love: Dealing with Your
Partner's Problem Personality
ISBN 978-986-6631-32-0（平裝）
1. 人格障礙症 2. 人際關係 3. 兩性關係
415.986　　97018347

INK INK INK INK INK INK
K INK INK INK INK INK IN
INK INK INK INK INK INK
K INK INK INK INK INK IN
INK INK INK INK INK INK
K INK INK INK INK INK IN
INK INK INK INK INK INK
K INK INK INK INK INK IN
INK INK INK INK INK INK
K INK INK INK INK INK IN
INK INK INK INK INK INK
K INK INK INK INK INK IN
INK INK INK INK INK INK
K INK INK INK INK INK IN
INK INK INK INK INK INK
K INK INK INK INK INK IN
INK INK INK INK INK INK
K INK INK INK INK INK IN
INK INK INK INK INK INK
K INK INK INK INK INK IN
INK INK INK INK INK INK
K INK INK INK INK INK IN
INK INK INK INK INK INK
K INK INK INK INK INK IN
INK INK INK INK INK INK

K INK INK INK INK INK INK
NK INK INK INK INK INK IN
K INK INK INK INK INK INK
NK INK INK INK INK INK IN
K INK INK INK INK INK INK
NK INK INK INK INK INK IN
K INK INK INK INK INK INK
NK INK INK INK INK INK IN
K INK INK INK INK INK INK
NK INK INK INK INK INK IN
K INK INK INK INK INK INK
NK INK INK INK INK INK IN
K INK INK INK INK INK INK
NK INK INK INK INK INK IN
K INK INK INK INK INK INK
NK INK INK INK INK INK IN
K INK INK INK INK INK INK
NK INK INK INK INK INK IN
K INK INK INK INK INK INK
NK INK INK INK INK INK IN
K INK INK INK INK INK INK
NK INK INK INK INK INK IN
K INK INK INK INK INK INK
NK INK INK INK INK INK IN